KB122141

# 코페르니, 작은 철학자

문학과 철학과의 만남./
이 책은 진한 감동과 깨달음을 동시에 주는
새로운 형식의 철학소설입니다.
그저 평범한, 그래서 이 땅의 어느 학교에나 있음직한 소년 코페르니.
그 또래 특유의 솔직함과 쾌활함으로 마주치는
삶의 조각조각에서 길어 올려진 사색과 성찰이
우리를 되돌아보게 합니다.
김상욱 편저

나라사랑
도·서·출·판

코페르니 작은 철학자

김상욱 편저

개정 제3판 1쇄 1992. 4. 10.

6쇄 1997. 6. 22.

펴낸 곳/도서출판 나라사랑

주소/서울시 서교동 326-26호

전화번호/326-2897/8

팩시밀리/338-7231

등록번호/제2-457호(1988년 1월22일)

# 차    례

나의 별명, 코페르니

　이 이야기의 주인공 코페르니는 중학교 2학년 학생이며, 이름은
김동우(東佑)입니다. 아버지는 간혹 이름을 '움직이는 바보(動
愚)'라고 풀이해 주시곤 하셨습니다. 비록 바보 같아 보일지라도
열심히 일하는 사람이 되라는 것이지요. 물론 지금 코페르니는 자
기 이름이 그 뜻이 아니라는 사실을 알고 있습니다. 그리고 코페르
니는 동우의 별명입니다. 나이는 열 다섯 살인데, 열 다섯 살 치고
는 키가 작은 편입니다. 사실 코페르니는 그 점에 늘 마음을 쓰고
있습니다.

　학기 초 담임선생님이 모두를 한 줄로 세우고 키 순서대로 번호
를 정할 때마다, 코페르니는 뒷꿈치를 얌전히 들고 있거나 목을 길
게 뽑든가 해서 어떻게든지 뒷번호가 되기 위해 애를 썼지만, 제대
로 성공한 적이 없었습니다. '옹고집'이란 별명의 진호와는 항상 2
등, 3등을 다투며 앞서거니 뒤서거니 했습니다. 물론 거꾸로 셀 때
의 등수입니다.

　그런데 성적은 그 반대로 1등 아니면 2등을 했고 3등으로 떨어졌
던 적이 별로 없었습니다 — 이건 정상적인 성적순에 따른 것입니
다. 그렇다고 해서 코페르니가 공부벌레냐 하면 그것은 아니고, 노
는 것 또한 무척 좋아하는 편입니다. 축구는 아주 잘해서 학급대표
로 뽑힐 정도입니다. 조그마한 코페르니가 커다란 축구공을 몰고
요리조리 빠져나가는 걸 보면 여간 귀여운 것이 아닙니다. 비록 다
리가 짧아 빨리 달리지는 못하지만 발재간이 뛰어나서 시합 때마다
언제나 큰 공을 세우곤 했습니다.

　공부는 늘 1등 아니면 2등을 하면서도 아직 코페르니는 반장을
해본 적이 없습니다. 급우들에게 인기가 없어서라기보다, 코페르
니의 장난이 너무 심하기 때문입니다. 수업시간에 선생님의 눈을

피해서 나무인형을 깎아대고, 잡아 온 풍뎅이를 실에 매달아 경주를 시키는 코페르니에게 반장 일을 맡길 수는 없지 않겠습니까?

학부형 회의 때마다 코페르니의 어머니가 선생님으로부터 듣는 이야기는 정해져 있습니다.

"학업에 관해선 드릴 말씀이 없습니다. 성적이 대단히 우수해서 이번에도 일등을 했습니다. 다만……."

이 '다만'이라는 말이 나오면, 어머니는 또 그랬구나 하고 생각하게 됩니다. 그 다음에 이어지는 말은 언제나 코페르니가 장난을 좋아해서 큰일이라는 이야기였습니다.

코페르니의 장난이 그치지 않는 이유 중의 한 가지는 어머니에게 책임이 있는지도 모릅니다. 어머니는 학부형 회의에서 돌아오시면 "또 선생님한테 주의를 받았다"고 하시며 코페르니를 타이르셨는데, 그것이 그다지 엄격하지 않았던 것입니다.

사실을 말하자면 어머니로서는 이런 일을 가지고 엄한 꾸중을 할 수가 없었습니다. 왜냐하면, 코페르니의 장난이라는 것이 대개 사람들을 곤란하게 만들거나 싫어하게 만드는 것이 아니고 그저 사람들을 웃기고 즐겁게 하는 그 또래에 맞는 극히 자연스러운 것이었기 때문입니다. 그리고 그보다 더 중요한 이유는 코페르니에게 아버지가 안 계신다는 점입니다.

코페르니의 아버지는 회사를 다니시다가 2년 전에 병으로 돌아가셨습니다. 주위의 많은 사람들이 아버지의 죽음을 안타깝게 여겼으며, 단둘만 남게 된 모자(母子)의 앞날을 걱정하였습니다. 다행히 걱정했던 생계문제는 회사에서 나온 퇴직금과 그동안 틈틈이 저축한 돈으로 그럭저럭 해결할 수 있었습니다.

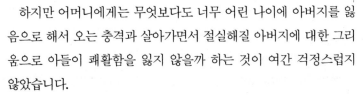

하지만 어머니에게는 무엇보다도 너무 어린 나이에 아버지를 잃음으로 해서 오는 충격과 살아가면서 절실해질 아버지에 대한 그리움으로 아들이 쾌활함을 잃지 않을까 하는 것이 여간 걱정스럽지 않았습니다.

최근에, 지금의 집으로 이사온 것도 점점 어려워지는 아들의 교육문제에 조금이나마 도움이 되고자 하는 어머님의 바램에서였습니다. 새로 이사온 곳 가까이에는 어머님의 동생, 즉 코페르니의 외삼촌이 살고 있었기 때문입니다.

코페르니의 외삼촌은 법과 대학을 졸업했지만, 어떤 이유에서인지 전공을 살리지 않고 서점을 경영하고 있었습니다. 이사한 뒤로 삼촌은 자주 코페르니에게 놀러와 주었고, 코페르니도 삼촌의 서점이나 집으로 자주 놀러가곤 했습니다. 둘은 사이가 좋았습니다. 동네사람들은 키가 큰 삼촌과 조그마한 코페르니가 나란히 걸어가는 것을 자주 볼 수 있었습니다.

본래 코페르니라는 별명도 이 삼촌이 지어 준 것입니다. 어느 일요일, 학교 친구인 민수가 놀러 왔을 때 마침 삼촌도 와 있었는데, "코페르니야, 코페르니야" 하고 불러댔기 때문에 그때부터 이 별명이 학교에까지 퍼지게 되었습니다. "동우는 말이야, 집에서는 코페르니라고 부른대"라고 민수가 친구들에게 얘기했던 것입니다. 지금은 동우라는 이름보다 '코페르니' 라는 별명이 더 많이 불리워지고 있습니다. 어머니마저도 가끔 코페르니라고 부르실 정도입니다.

　　그러나 친구들 중에 어느 누구도 왜 동우의 별명이 코페르니인지 이유를 아는 사람은 없습니다. 다들 이유는 모르면서 그저 재미가 있어 그렇게 부르고 있을 따름이지요. 더러 궁금한 친구가 코페르니에게 "왜 너를 코페르니라고 부르니?"하고 물어도 그저 웃을 뿐, 거기에 대한 설명은 굳이 하지 않았습니다. 그저 이 질문을 받았을 때 코페르니의 얼굴은 무언가 즐거운 듯이 보였습니다. 그래서 친구들은 더 한층 그 뜻이 알고 싶었습니다.

　　여러분도 이 점에 대해서는 코페르니의 친구들과 마찬가지일겁니다. 그래서 우선 코페르니라는 별명의 유래부터 이야기를 시작할까 합니다. 그런 다음에, 순서대로 코페르니의 머리 속에서 그리고 생활에서 일어나는 여러 사건들을 여러분과 함께 나누기로 하겠습니다. 무엇 때문에 그런 이야기를 하는지는 읽어 가노라면 저절로 알게 될겁니다.

새로운 경험

코페르니가 아직 1학년이었던 지난해 여름이었습니다. 코페르니
는 어머니, 삼촌과 함께 동해안 작은 바닷가를 찾았습니다. 더위를
잠시라도 식히기 위해서였죠. 삼촌은 산으로, 코페르니는 바다로
가자고 서로 맞섰지만, 가재는 게편이라고 어머니가 코페르니의
편을 들어 겨우 바다로 올 수 있었습니다. 매일 서울의 귀퉁이에서
하루하루를 다람쥐처럼 맴돌고, 먼 여행이라곤 기껏해야 국민학교
때 경주로 갔었던 수학여행이 전부인 코페르니에게, 6시간이나 버
스를 타고 가는 바다는 코페르니를 설레게 하기에 모자람이 없었
습니다. 그래서 막상 도착한 바다는 참으로 놀랍도록 신선한 충격
이었습니다.

그 넓고 확 트인 바다를 보자 코페르니는 거의 숨이 막힐 지경이
었습니다. 끝없이 이어진 수평선, 바람에 실려 오는 알싸한 갯내
음, 끼룩대며 날아가는 갈매기, 천천히 먼 바다로 나아가는 통통
배, 이 모든 것이 코페르니에게는 처음이었던 것입니다.

백사장에서 가까운 민박집에 짐을 풀자마자 코페르니는 바닷가
로 달려 나갔습니다. 함께 가자는 어머니의 말씀도 코페르니를 붙
들어 두지는 못했습니다.

코페르니는 백사장에 도착하자 신발을 벗어 들었습니다. 발밑으
로 꼼지락거리는 모래알들이 마치 살아 꿈틀거리는 듯했습니다.
간혹 바스라진 조개껍데기인 듯한 딱딱한 것이 발바닥을 아프게 하
기도 했지만, 그것조차 코페르니에게는 즐겁게 생각되었습니다.

　　마침내 코페르니는 바닷물이 닿는 곳에 섰습니다. 파도가 밀려 올 때마다 시원한 바닷물이 바지를 걷어 올린 발목을 휩싸고, 다시 빠져 나갈 때는 발밑의 모래알들도 함께 쓸려 가곤 했습니다. 코페르니는 크게 숨을 들이마셨습니다. 왠지 큰 소리를 지르고 싶었지만 거칠 데 없이 펼쳐진 바다 앞에서 그것은 부질없이 느껴졌습니다.

　　좀더 앞으로 코페르니는 걸어 나갔습니다. 바닷물이 거의 무릎을 적셨고, 코페르니는 조심스럽게 손을 모두어 바닷물을 담으려 했습니다. 그러나 바닷물은 어느 틈에 손사래 사이로 달아나곤 했습니다. 이번에는 좀더 손을 힘껏 붙이고 조심스럽게 퍼 올렸습니다. 얼굴 가까이 갖다 대니 혹하고 더욱 생생한 갯내음이 끼쳐 왔습니다. 코페르니는 어리석다는 생각이 들었지만 가만히 혀를 갖다 대어 보았습니다. 역시 생각대로 짭잘하고 진조름한 맛이 느껴졌습니다.

　　"더 늦기 전에 해수욕이나 하지 그래."

　　목소리가 나는 뒷쪽을 돌아보니 어느 틈에 나오셨는지 수영복 차림의 삼촌이 맨손체조를 하고 있었습니다. 그 옆에는 어머니가 코페르니의 수영복을 손수건인 양 흔들고 계셨고요.

　　수영복으로 갈아 입은 코페르니는 학교에서 배운 대로 준비운동을 하고, 바다엘 뛰어 들었습니다. 사방이 막힌 실내수영장에서 느끼던 기분과는 감히 비교조차 할 수 없을 지경이었습니다. 몸도 더 가볍게 느껴졌습니다. 파도를 가르며 손을 내어 뻗는 대로 몸이 쑥쑥 앞으로 나가는 것이었습니다. 하지만 순식간에 접근금지 표시의 빨간 부기까지 갔다가 돌아오곤 하는 삼촌을 따라잡기에는 코페르니가 너무 어렸습니다. 기껏 코페르니는 겨드랑이 깊이에서 더

나아갈 수가 없었던 것입니다. 그래도 코페르니는 마냥 즐거웠습니다. 어머니께서도 여간 즐겁지 않으신지 얕은 곳에서 연신,

"아유 시원해, 아유 시원해"

하시며 앉았다 일어났다 물장난을 하고 계셨습니다.

그날 밤 코페르니는 언제 잠들었는지도 모를 만큼 쉽게 깊은 잠 속에 빠져 들었습니다. 오랜 여행과 격렬한 수영이 힘에 부쳤나 봅니다. 다음 날은 아침 일찍 일어나 해돋이를 보았습니다. 멀리 수평선에서 뭉실뭉실 솟아 오르는 둥그렷한 아침해는 조금씩 새벽안개를 밀치며 햇살을 잔뜩 수면에 비추고 있었고, 그 햇살을 등지고 긴 그림자를 끌며 고깃배들이 들어오고 있었습니다. 그리고 마을 방파제에는 배가 들어오기도 전인데 벌써 술렁거리고 있었습니다. 광주리를 머리에 인 아주머니들이 끼리끼리 웅성거리며 배를 기다리는 것이었습니다. 코페르니가 잠깐 눈을 거둔 사이에 이미 해는 높이 떠올라 있었습니다. 안개도 말끔히 가셔 투명한 여름 아침이 비늘처럼 물 위에 반짝이고 있었습니다.

갑자기 마을 포구 쪽이 소란스러워졌습니다. 배가 막 들어오는 참입니다. 코페르니는 어머니를 이끌고 포구 쪽으로 달려 갔습니다. 코페르니가 도착했을 때는 닻을 내리고 밤새 잡아올린 생선을 배에서 부리고 있었습니다. 대부분 이름도 알 수 없는 생선들이 퍼덕거리고 있었고, 포구에 내려서는 어부들과 그들을 맞이하는 사람들의 얼굴들도 갓 잡아 올린 생선 마냥 퍼드덕거리고 있었습니다. 여기저기서,

"정말 근래 없었던 만선이야"

라고 말하며 기뻐하는 소리가 들렸습니다. 그 가운데에서도 모두들 자기 몫의 일을 바쁘게 해치우고 있었습니다. 더러는 뒤엉킨 그물을 펼쳐 말리고, 더러는 생선을 배에서 부리고, 또 더러는 그 생선을 팔고 사는 흥정이 한창이었습니다. 코페르니는 지칠 줄 모르고 이 광경을 한참 동안 지켜보았습니다. 하루가 마악 시작되는 이른 아침에 이다지 활기차게 삶을 열어 가는 이들이 있다는 것은 코페르니에게 커다란 놀라움이었습니다.

매일 아침 어머니가 깨우는 소리에도 아랑곳없이 '5분만 더, 10분만 더' 하며 이불을 끌어당기는 자신의 모습과는 너무나 달랐습니다. 이번에도 코페르니는 말없이 어머니의 손을 끌었습니다. 민박집에 돌아오는 길에서도 그을린 팔뚝의 아저씨들, 저마다 보자기를 들쓰고 있던 아주머니들의 모습이 줄곧 아른거렸습니다.

그러나 정작 코페르니를 뒤흔든 것은 그날 밤의 일입니다. 전날처럼 코페르니는 수영도 하고, 모래찜질도 하며 하루를 즐겁게 보냈습니다. 아침의 일은 어느 틈에 잊고 말았습니다. 어린 코페르니의 마음을 한낮의 바다가 온통 빼앗아 버렸던 것입니다.

저녁을 먹고 나서 어머니와 삼촌, 그리고 코페르니는 가까운 시내에 가서 몇 가지 작은 물건을 샀습니다. 버스를 타고 돌아왔을 때는 이미 어둠이 짙게 깔려 있었습니다. 버스에서 내려 무심코 하늘을 본 코페르니의 눈앞에는 너무나 놀라운 광경이 펼쳐져 있었습니다.

"야!"

하고 코페르니는 자신도 모르게 탄성을 질렀습니다. 밤하늘을 온통 은하수와 별들이 수놓고 있었던 것입니다. 서울의 희뿌연 하늘과는 비교할 수 없이 아름다운 광경이었습니다.

"왜, 저렇게 별이 많은 건 처음이니?"

어머니는 빙긋이 웃으시며 코페르니에게 물었습니다.

"아니요, 몇 번 보긴 했는데 이렇게 아름다운 건 처음이에요."

코페르니는 말을 하면서도 연실 혀를 내둘렀습니다.

"그럼, 바닷가로 나가 볼까? 그러면 별이 훨씬 많이 보일거다."

삼촌은 어머니께 먼저 들어가시라고 말하며, 성큼성큼 앞질러 바닷가를 향했습니다. 길을 걸으면서도 밤하늘만 보다가 코페르니는 몇 번이나 넘어질 뻔하였습니다. 그럴 때마다 삼촌은, "이런, 서울 촌놈"하며 면박을 주었습니다. 키가 큰 삼촌과 작은 코페르니는 나란히 바위에 걸터 앉았습니다.

정말 별이 더욱 많이 보였습니다. 바다가 난 쪽의 동녘하늘을 거의 가득 채우고 있었습니다. 게다가 밀려왔다 밀려가며 철썩거리는 파도 소리도 더할 나위 없이 코페르니를 들뜨게 만들었습니다. 한참이나 멍하니 눈으로는 별을, 귀로는 파도 소리를 듣던 코페르니에게 삼촌이 말을 걸어왔습니다.

"저기 저쪽 보이지, 북두칠성말이야."

"그럼요, 저도 지금 보고 있는걸요."

"그럼, 그 왼쪽 편으로 계속 눈을 돌려 봐. 밝고 환한 별이 하나 보이니?"

"글쎄, 어디에 있어요?"

삼촌은 손가락으로 다시 가리키며 말을 이었습니다.

"북두칠성의 꼬리에서 네번째 별 있지. 그 별과 그 별 옆에 있는 별을 일직선으로 계속 연결해 봐라. 그러면 밝은 일등성 별이 하나 보일게다."

"예, 보여요. 그런데요?"

"응, 그 별이 바로 백조자리의 꼬리에 해당하는 별이란다. 데네브 일등성이라고 하지. 주위를 잘 살펴보면 그보다는 밝지 않지만 그래도 다른 은하수보다 훨씬 밝은 별이 마름모 꼴을 이루고 있지? 그게 바로 백조자리의 두 날개와 목 부분에 해당하는 별들이란다. 은하수 한가운데를 흐르듯 날아가는 우아한 백조를 상상해 봐. 아름답지?"

"그러고 보니까, 정말 아름다운데요."

"원래 그리스의 주신인 제우스가 아내 몰래 아름다운 애인을 만나러 가기 위해 백조로 변장해서 가는 모습을 나타내고 있단다. 그 밖에도 많은 별들이 각기 자기나름의 이야기를 가진 채 밤하늘을 수 놓고 있지. 너도 배웠겠지만, 지구도 저 많은 별들 중의 하나란다. 어쩌면 다른 별에서 살고 있는 우주인들이 또 우리들처럼 지구를 가리키며 이야기를 나누고 있을지도 몰라. 또 지금 우리 눈앞에 보이는 별들은 기껏해야 태양계에 널려 있는 별들의 10만 분의 1도 안된단다."

"그래요? 그렇게 별이 많아요?"

"그럼, 또 그것뿐인 줄 아니? 실제 태양계보다 훨신 큰 천체에는 얼마나 많은 별이 있는지 알 수가 없단다."

코페르니는 감히 상상도 할 수가 없었습니다. 눈앞에 보이는 이 수많은 별들이 제각기 지구와 같은 커다란 세계를 이루고 있다니, 또 그 별들이 모여 있는 태양계보다 몇십 배나 큰 천체가 따로 있다니, 참으로 놀라운 사실이었습니다.

"한번 생각해 보렴. 우주는 천체라고 하는 커다란 덩어리란다. 물론 아직도 그것이 얼마나 크고 넓은지는 밝혀져 있지 않아. 그 천체 속에 수많은 태양계가 있고, 그 태양계의 많은 행성 중에 하나가 바로 지구란다. 또 지구에는 얼마나 많은 나라들이 있니? 그 많은 나라들 중 우리는 한반도에 살고 있는거지. 그나마 남북으로 갈라져 있고. 지금 우리는 갈라진 한반도 남쪽의 작은 바닷가 마을에 이렇게 앉아 별을 보고 있는거란다."

코페르니는 묘한 기분이 들었습니다. 한눈으로 모두 담아낼 수조차 없는 거대한 태양계와 그러한 태양계들이 수없이 많이 모여 이루어져 있다는 천체, 태양계 속에서도 줄지어 제자리를 지키고 있는 별, 별들, 그 많은 별들 중의 지구, 지구에서도 한반도, 그 중에서도 휴전선으로 나뉜 한국, 동해안의 작은 바닷가, 작은 바닷가에 오두마니 앉아 있는 자신.

여기까지 생각이 미치자 코페르니의 가슴에서 파도가 일기 시작했습니다. 아니, 코페르니 자신이 무엇인가에 의해 흔들리는 기분이었습니다. 코페르니 앞에 끝없이 펼쳐져 있는 여름날의 밤바다에는 바닷물이 충만해 있었고, 코페르니는 그 어느 틈엔가 그 속의 작은 물방울이 되어 있었던 것입니다.

코페르니는 그 동안 자신의 존재가 무척 크다는 생각을 줄곧 해왔습니다. 자신은 어머니와 단 둘이 사는 집안에선 물론이고, 학교에서도 남에게 뒤지지 않을 만큼 똑똑하다고 생각했습니다.

그러나 자신 역시 작은 물방울에 불과하며, 이 바다를 이루는 모든 물방울처럼 제각기 모든 인간들이 스스로를 소중하게 여기고 있는 것입니다. 차이라고는 단지 도토리 키재기 마냥 그저 그런 차이

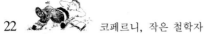

일 뿐, 이 넓은 바닷속에 떨어진 다음에는 아무런 의미가 없는 것이었습니다. 그리고 물방울 하나가 바다를 이루어 낼 수 없듯이, 코페르니 홀로 있는 세계란 결코 존재할 수 없는 것이었습니다. 이런 생각들을 이어가며 멍청하게 눈동자를 고정시킨 채 코페르니는 꽤 오랫동안 말없이 앉아 있었습니다.

"밤바람이 차다, 그만 들어가자."

삼촌은 심각한 조카의 모습을 보고 갸우뚱거리며 말을 걸었습니다. 코페르니는 꿈에서 깨어난 사람처럼 멍한 얼굴로 삼촌을 바라보고는 쑥스럽다는 듯이 씽긋 웃었습니다. 둘은 누가 먼저랄 것도 없이 나란히 일어섰습니다. 이미 밤이 깊었는지 백사장에는 사람들의 그림자라곤 찾아볼 수가 없었습니다. 코페르니가 걸을 때마다 서걱이는 모래알들이 발 밑에서 붐비고 있었고, 밤별들이 마중이라도 하는 듯 먼 하늘에서 반짝이고 있었습니다. 삼촌은 코페르니의 어깨를 감싸 안으며 물었습니다.

"아까는 뭘 생각했니?"

"아까라니요?"

"바위 위에 앉아서말이야, 뭔가 골똘히 생각하는 것 같던데……."

"……."

코페르니는 뭐라고 대답해야 좋을지 몰랐습니다. 그래서 가만히 있었습니다. 삼촌도 그 이상 묻지를 않았습니다. 흐릿한 달빛 아래 코페르니와 삼촌의 긴 그림자가 흔들리며 앞서 걷고 있었습니다. 한참 만에 코페르니가 입을 열었습니다.

"삼촌, 난 자꾸만 이상한 생각이 들어요."

"무슨?"

"아까 삼촌이 북두칠성이니, 백조니 하며 별자리 얘기를 하지 않았어요? 그리고 태양계니 천체니 하고요."

"응, 그런데?"

삼촌은 어떤 말이 나올지 모르겠다는 듯이 멀뚱한 표정을 지었습니다. 그랬더니 코페르니는 갑자기 심각한 목소리로 거의 소리를 지르듯이 말을 했습니다.

"인간이란, 삼촌. 정말 모래알처럼 작은 존재야! 나, 오늘 정말로 그런 생각이 들었어요. 그리고 나 역시 작은 모래알의 하나에 불과해. 작은 모래알 하나하나가 서로 이마를 맞대고 함께 있으면서 이 넓은 백사장을 만들고 있는거예요. 나도 사람들과 함께 살면서 이 넓은 세상을 만들고 있단 말이에요."

삼촌은 희미한 달빛 아래서 몹시 놀라하며 눈을 크게 떴습니다. 코페르니의 얼굴은 그 어느 때보다도 긴장되어 있는 것처럼 보였습니다.

"그래……"하고 삼촌은 말하고 나서 한참 생각에 잠겼다가 차분한 목소리로 말을 이었습니다.

"그 생각을 잘 간직해 두렴. 매우 중요한 생각이야."

삼촌은 코페르니의 손을 꽉 움켜 쥐었습니다. 코페르니 역시 자세한 영문은 알 수 없었지만, 가슴의 두근거림과 함께 삼촌의 손을 맞잡았습니다.

그날 밤의 일이었습니다. 삼촌은 밤이 깊어질 때까지 엎드려 무언가를 쓰고 있었습니다. 가끔 가다가 손을 놓고 담배를 피우면서 한참 생각하고는 또 다시 쓰곤 했습니다. 그러다가 옆에서 콜콜 잠을 자고 있는 동우를 물끄러미 보기도 했습니다. 마침내 삼촌은 펜을 놓고 수첩을 덮었습니다. 그것은 연한 다갈색 표지의 커다란 수첩이었습니다. 삼촌은 머리맡에 놓아뒀던 밥그릇에 담긴 커피를 들어 쭉 들이켜 마시고는 하품을 하며 머리를 긁적거렸습니다. 그리고 나서 수첩을 들어 여행가방 맨 아래쪽에 소중히 넣고는 전등불을 끄고 잠자리에 들었습니다.

　그런데 이 수첩은 잠깐 들여다 볼 필요가 있습니다. 왜냐하면 동우가 어째서 코페르니라고 불리게 되었는지 그 이유가 이 수첩 안에 들어 있기 때문입니다.

삼촌의 수첩
## 인간이란 작은 모래알 같은 존재,
## 더불어 함께 살아가야 할 세상 속에 ……

　동우야! 오늘 네가 바위 위에 앉아, "인간이란 정말 모래알 같은 존재야. 그리고 이 작은 모래알이 모여 큰 세상을 이루고 있어" 라고 했을 때 너 자신은 못 느꼈겠지만, 매우 진지해 보이더구나. 네 얼굴이 나에게는 참으로 아름답게 보였단다.

　그러나 내가 감동한 것은 단지 그것 때문만은 아니었어. 네가 진심으로 그와 같은 일들에 대해 관심을 갖게 됐다는 사실이 내 마음을 흔들어 놓았던거야.

　정말로 네가 느꼈던 것처럼 한 사람 한 사람의 인간은 모두 넓은 이 세상 가운데 속해 있는 하나의 작은 모래알이란다. 모두가 모여서 이 세상을 만들고, 모두가 이 세상의 물결에 밀려 움직이면서 살고 있는 것이지.

그런데 네가 오늘 넓은 세상을 이루는 작은 모래알이라고 스스로를 생각했다는 것은 결코 작은 발견이 아니란다. 너는 코페르니쿠스의 지동설(地動設)을 알고 있겠지. 코페르니쿠스가 그것을 주장할 때까지 옛날 사람들은 모두가 태양이나 별들이 지구의 주위를 돌고 있다고 눈에 보이는 그대로 믿고 있었어. 물론 그렇게 믿게 된 원인은, 당시 막강한 권력을 갖고 있던 교회에서 지구가 우주의 중심이라고 가르쳤기 때문이기도 해.

  그러나 좀더 근본적인 이유를 생각해 보면, 인간이라는 존재의 독특한 성질 때문이라는 것을 알 수 있어. 언제나 자기를 중심으로 사물을 보고 생각하는 성질말이야.

  그런데 코페르니쿠스는 천동설(天動說)을 가지고는 도저히 설명되지 않는 천문학의 현상과 부닥치게 되었단다. 이 문제를 해결하고자 여러 모로 고민한 끝에 대담하게도 코페르니쿠스는 지구가 태양의 둘레를 돌고 있다고 생각해 본거야. 그러자 그때까지 풀리지 않던 여러 문제들이 또박또박 설명되었지. 그리고 갈릴레이나 케플러 등 그의 뒤를 이은 학자들의 연구로 다시 한번 지동설이 옳다는 사실이 증명되었단다. 오늘날에는 너무나 당연한 것으로, 모든 사람이 믿는 진리가 되었지. 너도 국민학교 때 이미 지동설에 대해서 들었을거야.

  하지만 코페르니쿠스에 의해 지동설이 처음 주장될 당시에는 굉장한 소란이 벌어졌단다. 기독교가 막강한 권력을 갖고 있던 시대였기 때문에, 교회에서 가르치고 있는 교리에 정면으로 위배되는 이 학설이 하느님의 뜻에 어긋나는 사상이라고 비난을 퍼부었던게지. 코페르니쿠스의 주장에 찬성하는 학자들은 감옥에 갇히기도 하고, 그의 책은 불태워지기도 하는 등 온갖 박해를 받아야 했어.

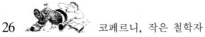

당시의 사람들도 그따위 주장을 괜히 믿었다가 경치는 것은 바보같은 짓이라고 생각하였지. 그뿐만 아니라 자신들이 편안하게 살고 있는 지구가 태양의 주위를 돌면서 넓은 우주를 둥둥 떠다니고 있다는 주장은 좀처럼 믿어지지가 않았던거야.

오늘날에는 국민학생들도 알고 있는 그 사실이 당연하게 받아들여지기까지는 실제로 몇백 년이란 세월이 흘러야 했어. 자기를 중심으로 사물을 보려는 인간의 본성은 참으로 뿌리가 깊은 것이고, 쉽게 바뀔 수 없는 것이지.

코페르니쿠스처럼 자기가 살고 있는 지구가 넓은 우주의 일부분이며 그 안을 운동하고 있다고 생각하는 것과, 반대로 자기들이 살고 있는 지구가 우주의 중심에 놓여 있고 천체가 그 주위를 돌고 있다고 생각하는 것, 이 두 가지 사고방식의 차이는 단지 천문학상의 문제만은 아니야. 인생의 문제를 포함해서 세상 모든 일을 생각할 때 항상 따라다니는 중요한 문제란다.

어린 아이일 때는 많은 사람들이, 아니 거의 대부분의 사람들이 지동설보다는 천동설과 같은 생각을 하게 되지. 어린 아이들이 말하는 것을 자세히 들어 봐. 그러면 모든 것을 자기를 중심으로 해서 생각한다는 것을 알 수 있을거야.

'길은 우리집 대문에서 왼쪽으로 나 있고, 우체국은 바른쪽에 있는데, 채소 가게는 그 모서리를 돌아간 곳에 있어요. 철호네 집은 우리 앞집이고, 유진이네 집은 우리 옆집이예요.'

이런 식으로 자기집을 중심으로 여러 사물들이 존재하는 것 같이 생각한단다. 사람을 알게 되는 것도 마찬가지지. 저 사람은 우리 아빠와 같은 은행에 다니는 아저씨이고, 이 아줌마는 엄마의 고등학교 동창이라는 식으로 자기 중심으로 생각하게 돼.

그것이 어른이 되면서 차츰 지동설과 같은 사고방식으로 바뀌게 되는거야. 넓은 세상이란 존재를 먼저 생각하고 그 바탕 위에서 여러 물건이나 사람들을 이해하는거지.

장소만 해도 무슨 도(道) 무슨 시(市) 라고 하면 자기집으로부터 따지지 않더라도 알 수 있게 되고, 사람에 관해서도 무슨무슨 은행의 차장이라든가 어느 중학교의 선생님이라고 하면 그것으로 서로를 알 수 있게 되는거지.

그렇지만 어른들이라고 해서 언제나 이런 식으로 생각한다는 것은 아니야. 실제로는 몇몇 사소한 일상적인 일이 아니면, 자기를 중심으로 사물을 생각하고 판단하는 것은 어른들에게도 여전히 뿌리 깊게 남아 있단다.

네가 어른이 되면 알게 될 일이지만, 이런 식의 자기중심의 사고방식을 초월한 사람은 이 넓은 세상에서도 참 드물어. 더구나 이익이나 손해에 관계되는 일에서 자기를 객관적인 위치에 놓고, 올바로 판단하는 일은 매우 어려운 일이지. 아마도 이런 일들에 대해서까지 코페르니쿠스처럼 사고를 할 수 있는 사람이 있다면, 그 사람은 정말로 훌륭한 사람이라고 할 수 있을거야. 대부분의 사람들은 자기중심의 생각에 빠져 사물의 진실한 모습을 볼 수 없게 되고 또 자기에게 유리한 쪽만 보려고 한단다.

그런데 자기들의 지구가 우주의 중심이라는 생각에만 골몰해 있는 동안에는 우주의 진짜 모습을 볼 수 없었던 것과 마찬가지로, 자기만을 중심으로 사물을 판단한다면 이 세상의 참모습은 결코 볼 수 없게 될거야. 더구나 소중한 진리는 그런 사람의 눈에는 절대로 보이지 않는 법이지.

물론 우리는 매일 태양이 뜨고 진다고 말하고 있고, 일상생활을 하는 데는 그렇게 말해도 별 지장이 없어. 그러나 우주의 큰 진리를 알기 위해서는 그런 사고방식을 버려야 한단다. 마찬가지로 세상을 올바르게 살아가기 위해서도 코페르니쿠스처럼 사고를 하는 것은 중요한 것이야. 그리고 그런 뜻에서 오늘 네가 자신을 넓은 세상에 비하면 작은 하나의 모래알에 지나지 않는다고 생각한 것은 결코 사소한 발견이 아니란다.

나는 네 마음 속에 오늘 경험한 생각이 오래도록 남아 있기를 진정으로 바란다. 오늘 네가 느꼈던 것, 오늘 네가 생각했던 사고방식은 아주 깊은 의미를 갖는거야. 그것은 천동설에서 지동설로 바뀐 것과 같은 코페르니쿠스의 대전환에 비길 수 있는 것이지.

삼촌의 수첩에는 이외에도 어려운 말들이 많이 쓰여져 있었습니다. 그렇지만, 여기까지만 읽어도 왜 동우를 코페르니라고 부르게 되었는지 알았으리라 생각됩니다. 삼촌은 그날의 경험을 잊지 않도록 하기 위해서 동우를 코페르니쿠스라고 부르기도 했는데, 그것이 어느 틈엔가 줄어서 코페르니로 된 것입니다. 코페르니쿠스라고 부르기보다는 코페르니라고 부르는 것이 편했고, 또 듣기에도 좋았기 때문이지요.

코페르니가 친구들로부터 별명의 유래를 질문받고 왠지 즐거운 표정을 지었던 것도 알고 보면 이런 이유가 있었기 때문입니다. 여러분도 코페르니쿠스와 같은 훌륭한 사람의 이름을 별명으로 얻는다면 동우처럼 기분이 좋지 않겠어요?

# 코페르니와 작은 악동들

넓은 세상에서 살고 있다고는 하지만, 코페르니는 아직 나이 어린 중학생입니다. 그래서 코페르니와 생활 속에서 관계를 맺는 사람이라야 고작 학교 친구들이 대부분입니다. 그러나 이 친구들과의 관계도 비록 작지만 하나의 세계인 것만은 틀림이 없습니다.

그런데 코페르니의 세계에는 유달리 친하게 지내는 두 사람이 있습니다. 한 사람은 조 민수인데, 민수와는 국민학교 때부터 서로의 집을 오갈 정도로 친한 친구였으며, 중학교에 올라와 한 반이 되어서는 더욱 친해졌습니다. 또 한 사람은 옹고집이라 불리는 이 진호였습니다. 진호와 코페르니는 앞서 말했던 것처럼 키가 비슷해서 옆에 앉거나 서는 기회가 많았고 그래서 서로 자주 대화를 나눴지만, 코페르니로서는 처음엔 왠지 진호가 좋아지질 않았습니다.

민수의 경우는 키도 훤칠하니 컸으며, 몸가짐이나 행동이 언제나 깨끗하고 조용해서 누구에게나 호감을 주는 형이지만, 진호는 아주 정반대였습니다. 키는 코페르니처럼 작았고 몸매는 불독같이 다부지고 강인하게 보여 쉽게 접근할 수 없다는 느낌을 주었습니다. 또한 성격도 아주 적극적이어서 어떤 경우이건 사양할 줄을 몰랐습니다. 그리고 자기가 생각하는 것은 무엇이든 쉴 새 없이 말해 버릴 뿐만 아니라 한번 말을 했던 사실에 대해서는 좀처럼 물러서는 법이 없었습니다.

"누가 뭐라고 해도 난 싫어"라고 진호가 말하면 그 누구도 그것을 바꿀 수가 없었습니다. 그리고 '누가 뭐라고 해도……'라는 말을 너무 자주 하다 보니 이제는 진호의 말버릇처럼 되었을 정도입니다. 진호의 이 유별난 성격은 국민학교에서부터 중학교에 다니는 지금까지, 새 학년이 시작되어 몇 개월도 안돼 비슷한 뜻을 담고 있는 별명을 갖게 했는데, 코페르니의 급우들로부터는 '옹고

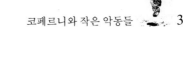

집'이라고 불리고 있었습니다. 코페르니는 진호의 너무도 완고한
성격 때문에 처음엔 아무래도 친해질 수가 없었던 것입니다.

　그러나 이렇게 완고해도 옹고집은 매우 쾌활한 소년이었습니다.
어느날 학교에서 돌아오는 길에 코페르니랑 다른 친구들이 옹고집
과 토론을 벌인 일이 있었습니다.

　과학 수업시간에 한창 배우는 '전류란 무엇인가?' 라는 주제였
습니다. 진호는 전선과 같은 금속 고체의 가운데를 어떤 물질이 흐
르고 있다는 것을 도저히 믿을 수 없었기 때문에, 아마도 빛이나
소리 모양으로 어떤 종류의 진동이 전해지는 것이라고 주장했습니
다.

　그러나 코페르니는 원자보다도 더 작은 전자가 전선 안을 흐르는
현상이 전류라는 것을 알고 있었습니다. 그래서 진호의 생각은 잘
못된 것이라고 말했지만 진호는 좀체로 믿으려 하지 않았습니다.

　"그건 네가 잘못 알고 있는게 아닐까? 이상하잖아, 우선 동선
안에는 무슨 물건이 통과할 만한 틈이 없단 말이야. 누가 뭐라 해
도 그런 말은 믿을 수가 없어!"

　그래서 코페르니는 과학잡지나 백과사전이며, 그리고 삼촌이 사
준『과학의 집』시리즈를 읽어서 얻은 지식을 토대로 진호에게 물
질의 구조를 설명하지 않으면 안되었습니다. 모든 물질이 현미경
으로도 볼 수 없을 정도의 작은 원자로 이루어져 있다는 것, 또 그
원자는 보다 작은 소립자의 집단이라는 것, 이렇게 작은 알갱이로
이루어져 있기 때문에 보통 우리가 틈이라곤 없다고 생각하는 물질
이 실은 많은 틈을 갖고 있다는 것, 그래서 X선처럼 작은 파동이
보통 광선으로서는 통과하지 못하는 물질을 꿰뚫을 수 있다는 사실
등을 열심히 설명했습니다.

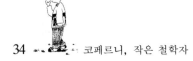

"그럴까?"

옹고집은 그래도 이상하게 생각되는 모양이었습니다. 그래서 코페르니는 마침 가방 속에 참고자료로 갖고 있던 『전기이야기』란 책을 꺼내서 전류에 관한 해설을 진호에게 보여 주었습니다.

"이건 물리학 박사가 쓴거야."

"물리학 박사라고?"

진호는 이렇게 말하며 코페르니가 가리키는 부분을 읽었습니다. 다른 친구들도 모두 발을 멈추고 이번엔 옹고집도 두 손을 들 것이라고 생각하면서 진호의 반응을 기다리고 있었습니다. 그랬더니 한참만에 진호가 얼굴을 들면서,

"응, 그러면 그렇지! 누가 뭐라고 해도……"라며 말을 하기 시작했습니다. '또 시작했구나……' 하며 모두들 어이없다는 듯이 진호의 얼굴을 바라보고 있으니까 진호는 천연덕스런 얼굴로 말을 이었습니다.

"내가 전적으로 잘못 생각했어."

모두가 웃음을 터뜨리지 않을 수 없었습니다. 코페르니도 순간적으로 옹고집이 좋아졌습니다.

그러나 둘이 진짜로 사이좋게 된 것은 그로부터 얼마가 지난 후의 일이었습니다. 코페르니로선 한동안 잊을 수 없는 사건인 '김치 사건'이 그 실마리가 되었습니다.

어느 날 교실로 들어가려는데, 신영이라는 친구가 코페르니의 몸에 바싹 붙어 서서 조그마한 목소리로 말을 했습니다.

"저기 용식이 말이야, 요즘 별명이 '김치'래."

"김치? 왜?"

코페르니는 처음 듣는 이야기라 왜냐고 물었더니, 남의 말 잘하

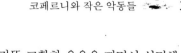

기로 유명한 신영이는 얼굴에다 잔뜩 교활한 웃음을 띠면서 설명했습니다.

"용식이 말이야, 도시락 반찬이 매일 김치로 정해져 있대."

"그래？"

"글쎄, 이번 학기에 들어 김치를 안 가져왔던 날은 단 나흘뿐이래. 그러니까 용식이 옆에만 가면 김치 냄새가 나. 그리고 또 며칠 전엔 김칫국물이 새어 나와 가방이랑 책을 다 버렸지 뭐냐. 용식이 책을 잘 봐. 책 귀퉁이마다 빠알간 김칫국물이 배여 있어."

코페르니는 무언가 유쾌하지 못한 이야기라고 생각하고 다시 물어보았습니다.

"그런데 그걸 어떻게 알았지？"

"그게 말이야" 라고 말한 신영이는 잠깐 주위를 두리번거리고 나서 목소리를 좀더 낮추어 이야기했습니다.

"비밀인데 말야. 용식이 옆에 앉은 태호 있지？ 그 애가 매일 눈여겨 보았다가 나에게 이야기 한거야. 그런데 너, 이건 비밀이니까 나에게 들었다고 하면 안돼. 용식이는 아직 모르고 있어."

코페르니는 이 말을 듣고 기분이 상했습니다. 남의 도시락을 매일 몰래 훔쳐 보는 태호도 태호려니와 그 이야기를 재미있다고 금방 소문을 퍼뜨리는 놈도 문제라고 생각했습니다.

코페르니는 그다지 김치를 싫어하지 않습니다. 그러나 매일 그것만으로 점심 도시락을 먹어야 한다는 것은 생각만 해도 끔찍한 일이었습니다. 갑자기 코페르니의 입안에는 신 김치 생각으로 침이 가득 고였습니다. 결코 기분좋은 느낌은 아니었습니다.

그런데 용식이는 김치만으로 매일 점심을 먹는다고 하니 솔직히 말해서 코페르니에게도 호기심이 들었습니다. 그렇지만 이 경우는 놀림의 대상이 되고 있으면서도 자신은 아무것도 모르고 있을 용식이가 측은해서 신영이를 따라 같이 낄낄대고 웃을 기분이 나질 않았습니다. 그렇지 않아도 용식이는 여러 친구들로부터 연신 놀림감 취급을 받고 있었고, 같은 반 아이들은 대부분 억지로라도 꼬투리를 잡아서 용식이를 놀리곤 했습니다.

하지만 용식이의 모습을 보면 왜 용식이가 여러 친구들로부터 놀림 받는가 하는 이유를 조금은 알게 됩니다. 눈은 정말로 얼굴에다 단추구멍을 뚫어 놓은 것처럼 조그마하고, 허리가 너무 길어 걷는 것이 불안하게 보일 정도였으며, 옷마저 늘 헐렁헐렁한 상태여서 더욱 더 어리숙해 보였습니다. 더구나 운동신경도 아주 둔한 편이어서 공을 던지는 것도 받는 것도, 달리는 것도 하여튼 운동하고는 거리가 멀었으며, 운동을 하는 동작도 만화나 코메디 프로에 나오는 바보의 동작을 연상시켰습니다.

그런데 용식이가 공부를 어느 정도 한다면, 그렇게 바보 취급을 받지는 않을텐데 딱하게도 용식이는 성적도 좋지 못했습니다. 게다가 어떻게 된 셈인지 교실에서 앉은 채로 조는 데는 단연 으뜸이었습니다. 단 한 가지 급우들보다 뛰어난 것은 한문 과목이었는데, 이상하게도 한문만은 특출나서 어려운 한자숙어도 능숙하게 읽을 수 있을 뿐 아니라 뜻도 곧잘 풀이하곤 하였습니다.

그런데 어렵고 지겨운 한문을 잘할 수 있다는 사실은, 같은 반 친구들이 볼 때는 오히려 우습게 여겨졌습니다. 영어나 수학은 잘할 줄 모르면서, 한문을 잘하는 것은 용식이가 한문 공부를 좋아해서라기보다는 오히려 미련한 성격 때문이라고 생각되었던 것입니다. 같은 반 친구들 거의 모두가 용식이를 놀림의 대상으로 생각하고 있었습니다. 나쁜 장난을 좋아하는 급우들은 싫증도 내지 않고 용식이에게 장난을 걸어서 난처해 하는 얼굴을 보고 즐거워했습니다.

"용식아, 네 가슴에 뭐니?"라고 말해서 용식이가 자기 가슴을 보기 위해 고개를 숙이면 틈이 벌어진 목덜미에다 모래를 부어 넣는 식이었습니다.

한번은 미술시간에 서예를 하게 되었습니다. 용식이가 옆 자리에 앉은 아이와 말하느라 옆을 향했다가 바로 앉아 보니 책상 위에 놓여 있던 붓이 보이지 않았습니다. 그런데 고지식하게도 용식이는 밑을 두리번거리면서 찾고 있었습니다.

"김용식! 뭘하고 있는거야?"하고 미술선생님이 주의를 주셨습니다. 용식이는 당황한 나머지, 얼른 대답을 못했습니다.

"붓이……."

"붓이 어떻게 됐단 말이냐?"

"붓이 보이질 않아요."

"아니 지금까지 쓰고 있었을 것 아니냐? 잘 찾아 봐!"

그래서 용식이가 없는 걸 뻔히 알면서도 책상 밑을 다시 한번 찾아 보는 사이에, 뒷좌석으로부터 손이 쑥 뻗어 나와 숨겨 놓았던 붓을 슬쩍 제자리에 가져다 놓았습니다.

용식이가 머리를 들었을 때 그 붓을 발견하고, '아, 누가 감췄었구나' 하고 깨달았지만 주위 친구들은 모두 모른 척하며 열심히 글씨를 쓰고 있었습니다. 용식이로서는 누가 그랬는지 짐작도 가질 않았습니다.

"어떻게 됐어, 붓이 있니?"하고 선생님으로부터 말을 듣고 난 용식이가 우물쭈물하면서 기어들어가는 목소리로 대답했습니다.

"제 책상 위에 있었습니다."

"아니, 그렇게 덜렁거려서 어떻게 하니?"

결국 선생님의 꾸중은 용식이가 들었습니다. 매사가 이런 식이 었습니다. 그런데 여러 친구들이 용식이를 끊임없이 놀려대는 데 는 용식이가 우습게 생겼다든지, 운동을 못한다든지, 혹은 공부를 못한다든지 하는 것 이외에 또 한 가지의 이유가 있습니다. 그것은 용식이네 집이 가난하기 때문에 입는 옷이나 소지품은 물론이고, 말하는 내용 심지어 웃는 모습까지도 촌스럽고 경박스럽다는 선입 견을 급우들이 갖고 있었던 것입니다.

용식이네 집은 자그마한 가내공장을 하며 어렵게 생계를 꾸려가 는 반면, 동급생들은 대부분 이른바 집안이 좋은, 부잣집 아이들이 었습니다.

용식이는 그 속에 섞여서 경쟁은커녕 급우들과 어울릴 수조차 없 었습니다. 프로야구가 벌어지는 잠실야구장 이야기가 나와도 한 번도 가본 적이 없는 용식이로서는 텔레비전으로 본 것에 대해 물 어볼 뿐 부러운 눈으로 그저 친구들의 이야기를 들어야만 했습니 다. 어쩌다 동네의 극장에서 본 영화에 대해서 이야기하려면, 친구 들은 이미 시내 개봉관에서 그 영화를 본 한참 뒤였기 때문에 웃음 거리만 될 뿐이었습니다. 더구나 요즘 한창 인기 있는 컴퓨터 게임 이나 방학 동안 다녀왔다는 여행에 관한 이야기가 나오면 아예 한 마디도 말을 할 수가 없었습니다. 그래서 용식이는 늘 외토리로 지 내는 경우가 많았습니다.

그러나 용식이도 어린 학생인 이상 여러 사람들로부터 따돌림을 당한다든가, 놀림을 당하면 서글픔이나 분한 마음을 갖게 마련입 니다. 하지만 서글퍼지거나 분해서 화를 내면 낼수록 나쁜 친구들 의 장난이 심해진다는 걸 알고 난 후로는, 될 수 있는 대로 그들의

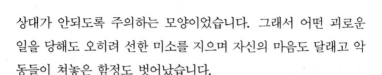

상대가 안되도록 주의하는 모양이었습니다. 그래서 어떤 괴로운
일을 당해도 오히려 선한 미소를 지으며 자신의 마음도 달래고 악
동들이 쳐놓은 함정도 벗어났습니다.

　모든 급우들이 용식이는 어떤 장난을 해도 화를 내지 않는다고
생각하게 되자 일시적으로 장난이 더 심해졌습니다. 그래도 용식
이의 태도는 변함이 없었습니다. 그렇다고는 하지만 너무나 심한
장난을 당했을 때는 용식이라도 웃는 것만은 아니었습니다. 금방
눈물이 쏟아져 나올 듯한 눈으로 상대방을 노려 보고는 체념한 듯
자리를 옮기는 것이었습니다. 그러나 그런 경우조차도 용식이의
눈은 슬픔에 차있을망정 조금도 상대방을 미워하는 마음을 나타내
지는 않았습니다.

　'나는 너희들에게 조금도 나쁜 마음을 갖고 있지 않아. 너희들을
방해할 생각도 없어. 그런데 어째서 너희들은 그렇게도 나를 못살
게 구니? 제발 날 좀 내버려 둘 수 없니?'

　상대방을 노려볼 때의 용식이의 눈은 이렇게 말하는 것 같았습니
다. 비록 용식의 눈이 증오심에 불타고 있지는 않다 해도 성질이
좀 온순한 친구들은 그런 눈초리를 받고 나면 기분이 좋지 못했습
니다. 자기가 한 장난에 대해서 자기도 모르게 후회의 감정이 들기
때문입니다. 그래서 급우들 중 선량한 친구들은 모두가 한두 번 용
식이에게 장난을 치다가는 곧 그만두게 되었습니다.

　다만 태호와 그 패거리들은 심할 정도로 용식이에게 달라붙어서
악의에 찬 장난을 계속했습니다. 그러던 중 하나의 사건이 터졌습
니다.

11월 학예회가 열리기로 되어 준비위원들이 대략적인 프로그램을 짰습니다. 개회사로 시작해서 연설, 시낭송, 연극, 합창의 순으로 진행한 다음 오락회 및 다과회로 마친다는 내용이었습니다.

사회 과목을 담당하며 코페르니 반의 담임이신 김 태윤 선생님은 사회 수업시간을 반 정도로 마치고, 출연자 투표를 하게 하셨습니다. 투표용지 배포가 끝나자 선생님은 반장인 창수에게 투표한 것을 모아 놓으라고 이르시고는 잠깐 볼 일이 있으시다면서 교실을 나가셨습니다. 나가면서 선생님은 아이들에게 아직 수업시간 중이니 다른 반에 방해되지 않도록 조용히 하고 있으라고 주의를 주셨습니다.

모두들 투표용지를 앞에 두고 '누구를 시킬까?' 하는 생각에 골몰하고 있었습니다. 코페르니도 연필을 쥔 채 한참 동안 생각하고 있었습니다.

그런데 그때 옆자리에서 쪽지가 전달되어 왔습니다. 쪽지란 수업 중에 교실에서 몰래 행하는 통신으로 조그마한 종이쪽지에 무엇인가 써서 책상 밑에서 책상 밑으로 전달하는 것을 말합니다. 이때는 선생님이 안 계셨기 때문에 공공연하게 전달되어 왔습니다. 쪽지에는,

'김치에게 연설을 시키자'

라고 쓰여 있었습니다.

누구로부터 시작됐는지는 몰라도 태호나 그 친구들 중 한 사람임이 분명했습니다. 용식이를 연단에 세워 놓고, 용식이가 당황해 할 때 웃거나 야유를 해서 놀려 주자는 의도인 것 같았습니다. 코페르니는 잠깐 보고 나서 다음으로 전달했습니다.

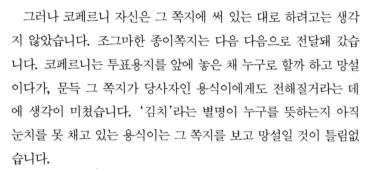

그러나 코페르니 자신은 그 쪽지에 써 있는 대로 하려고는 생각하지 않았습니다. 조그마한 종이쪽지는 다음 다음으로 전달돼 갔습니다. 코페르니는 투표용지를 앞에 놓은 채 누구로 할까 하고 망설이다가, 문득 그 쪽지가 당사자인 용식이에게도 전해질거라는 데에 생각이 미쳤습니다. '김치'라는 별명이 누구를 뜻하는지 아직 눈치를 못 채고 있는 용식이는 그 쪽지를 보고 망설일 것이 틀림없습니다.

'그렇구나, 그 망설이는 모습을 보자는 것도 태호 패거리들의 계획에 들어 있는거구나!'하고 코페르니는 생각했습니다.

그런데 코페르니가 보고 있는 사이, 쪽지가 용식이에게 전달되었습니다. 코페르니의 자리는 교실 뒷쪽에 있었기 때문에 용식이가 어떤 얼굴을 하고 있는지는 볼 수 없었지만, 무슨 뜻인지 알 수가 없어 고개를 갸우뚱거리는 모습은 볼 수 있었습니다.

그때 용식이의 옆자리에 앉아 있던 태호가 뒤를 돌아다보며 자기 패거리를 향해 혀를 내밀고 눈을 깜박여 보였습니다. 용식이는 아무 것도 모르는 채 쪽지를 뒤로 돌렸습니다. 태호는 다시 한번 혓바닥을 내밀었습니다.

쪽지는 돌고 돌아서 태호에게로 되돌아왔습니다. 태호는 자기가 쪽지를 돌렸다는 것을 감추며, 무슨 뜻인지 모르기라도 하는 듯이 모두가 들리도록 큰 소리로 쪽지를 읽었습니다.

"김치에게 연설을 시키자? 김치가 누구지?"

여기저기서 낄낄대며 웃는 소리가 들렸습니다. 태호는 점점 의기양양해졌습니다.

"누구를 말하는거지?"하고는 용식을 향해서, "용식아, 넌 알고 있니?"하고 물었습니다.

용식이는 갑작스런 질문에 당황해 하였습니다. 그리고는 잘 모르겠다는 표정으로 태호를 향해 머리를 좌우로 흔들어 보이며 말했습니다.

"난 몰라."

태호의 친구들은 와 하고 웃었습니다. 다른 친구들도 따라서 웃었습니다. 웃음소리를 듣는 순간 용식이는 모든 것을 알아차린 듯 얼굴색이 확 변했습니다.

'내 도시락 반찬! 김칫국물에 절은 내 책들! 그렇구나, 김치란 나를 뜻한 것이었구나.'

용식이는 점점 얼굴이 빨개졌습니다. 귀 밑까지 빨개진 것이 코페르니가 앉은 자리에서도 보였습니다.

그때였습니다. "쾅!"하고 책상을 치며 옹고집이 자리에서 벌떡 일어났습니다.

"태호! 그만두지 못해!"

진호는 몹시 화난 목소리로 외쳤습니다.

"그런 못된 짓거리는 집어 치워!"

태호는 진호 쪽을 보고 아랫입술을 내밀며, "흥, 예수님이 여기도 있네"하고 코웃음을 쳤습니다.

진호는 더 참을 수 없다는 듯 자기 자리에서 나와 뚜벅뚜벅 태호 쪽으로 갔습니다.

"김치인지 뭔지 하는 말, 네가 시작한 말 아니야. 난 다 알고 있어."

"무슨 소리야. 난 몰라."

"그럼 아까 왜 혀를 삐죽 내밀었어?"

"쓸데없는 일에 참견하지 마!"

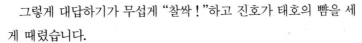

　그렇게 대답하기가 무섭게 "찰싹!"하고 진호가 태호의 뺨을 세게 때렸습니다.

　태호는 얼굴이 새파래졌습니다. 몹시 놀라기도 하고 또 화도 난 태호는 입술을 앙다물고 진호를 노려보다가, 갑자기 "퉤!"하고 침을 뱉았습니다.

　침은 진호 얼굴에 명중했습니다. 이번엔 진호 얼굴이 일그러졌습니다. 그리고는 "그으래!"하는 소리가 들리는가 싶더니 진호가 태호를 향해 맹렬히 달려 들었습니다.

　의자 넘어지는 소리가 나면서 둘은 맞붙은 채 책상 사이에 넘어졌습니다. 그리고는 몇 번인가 엎치락뒤치락 하다가 결국 태호가 진호에게 깔리게 되었습니다. 태호는 진호보다 키가 훨씬 컸지만 힘으로는 도저히 진호를 당해 낼 수가 없었습니다. 몇 번이고 되엎어 보려고 허우적거렸지만 일어날 수 없었고 그러는 사이에 진호의 주먹이 머리며 가슴 위로 날아 갔습니다. 진호는 또 멱살을 움켜쥔 채 태호를 아래로, 위로 마구 흔들었습니다. 그럴 때마다 태호의 머리가 소리를 내며 마루에 부딪쳤습니다.

　거기까지는 코페르니도 볼 수가 있었습니다. 그러나 그 다음 순간에는 모두가 일어나 둘이서 싸우는 곳으로 모여들었기 때문에 잘 볼 수가 없었습니다.

　코페르니가 늦게나마 달려가 보았을 땐 이미 급우들로 둘러싸여 있어서 그 안쪽 사정은 알 수가 없었습니다. 그래서 코페르니는 급우들의 틈을 헤집고 두 사람이 있는 데로 접근했는데 거기서 정말 뜻밖의 광경과 마주쳤습니다.

책상 사이에서 태호는 처음과 마찬가지로 누워 깔린 채 증오의 눈으로 진호를 노려보고 있었습니다. 진호가 위에서 짓누르고 있는 것도 앞서 본 그대로였습니다. 그런데 진호의 등을 용식이가 껴안고 있는 것입니다.

"진호야 됐어, 그렇게까지 안해도 돼."

용식이는 그렇게 말하면서 또 때리려는 진호를 열심히 말리고 있었습니다. 용식이의 목소리는 정말 간절한 것이었습니다.

"제발 이제 용서해 줘."

반장인 창수도 열심히 진호를 말렸습니다. 진호는 말없이 헐떡이면서 태호를 노려보고 있었습니다.

그런데 그때 갑자기 선생님의 화난 목소리가 들렸습니다.

"뭣들 하고 있는거야?"

모두들 조용해지며 서로 얼굴을 마주보았습니다.

"모두 제자리로 돌아가!"

구경하던 아이들이 후다닥 제자리로 돌아간 후에야 비로소 진호도 태호를 풀어 놓고 일어났습니다. 진호의 손에서는 피가 흐르고 있었습니다. 태호가 깔려 있으면서 진호의 손을 손톱으로 할퀴었던 것입니다. 진호가 자리로 돌아오고 나서 태호도 씩씩거리며 자기 자리로 돌아갔습니다.

모두 제자리로 돌아가자 잔뜩 얼굴을 찡그리고 계시던 선생님이 입을 여셨습니다.

"도대체 어떻게 된 일이냐? 그렇게 일러 두었는데. 내가 없어지자마자 이런 소란이니……. 이래도 너희들이 스스로 생각하고 행동할 수 있는 중학생이냐? 다른 반에서 수업을 하고 있다는 걸 생각하면 어떤 일이 있어도 이런 소란을 피울 수는 없었을거다. 나는 정말 실망했다."

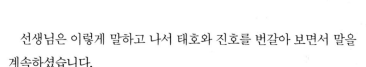

선생님은 이렇게 말하고 나서 태호와 진호를 번갈아 보면서 말을
계속하셨습니다.

"사람이 완력으로 자기의 뜻을 나타내야 하는 일이란 그리 흔하
지 않은 법이다. 도대체 너희들은 무엇 때문에 다툰거냐?"

그러나 둘 다 아무 말이 없었습니다.

"좋아, 그건 나중에 듣기로 하지. 그러면 둘 중 누가 먼저 손을
댔지?"

"접니다" 하고 진호가 분명한 목소리로 대답했습니다.

"네가 먼저 때렸단 말이지. 그래, 말로 해선 안될 일이었나?"

"그렇게 생각됐습니다."

"도대체 네가 그렇게 꼭 주먹을 사용할 일이란 게 무엇이었지?"

"……."

"말해 봐! 왜 그런 난폭한 행동을 했는지."

"……."

진호는 역시 아무 말이 없었습니다.

"솔직하게 말해 봐. 네가 먼저 손을 대서 이런 소란을 일으켰으
니 네 잘못이 큰거야. 그렇지만 너는 아직 나이도 어리고 배우는
학생이니까, 화가 난 것을 참지 못했더라도 나는 무리하게 너를 꾸
중하지는 않을거다. 어쩔 수 없었다고 생각될 만한 이유가 있으면
그저 이후로는 조심하라고 타이를 뿐이야. 그러니 바른 대로 이야
기해."

그렇게 말씀하셨는데도 진호는 머리를 수그린 채 아무 대답이 없
었습니다. 코페르니는 왜 진호가 가만히 있는지 알 수가 없었습니
다. 그대로 이야기하면 태호 패거리들의 비열한 행동이 알려지게
되고 진호는 그렇게 꾸지람을 듣지 않아도 될텐데 하고 생각했습니
다.

"말할 수 없단 말이지. 그렇다면 반장 너한테 물어보자. 본 그대로 설명해 봐!"

선생님이 이렇게 말했을 때, 마침 수업시간이 끝나는 종이 울렸습니다. 마침 다음 시간이 음악시간이라 선생님은 진호와 태호, 그리고 반장 세 사람만 남게 하고 다른 아이들을 모두 음악실로 먼저 가라고 하셨습니다.

교실 밖으로 나왔지만 코페르니는 선생님의 판결이 어떻게 될지 궁금해 견딜 수가 없었습니다. 그래서 쉬는 시간 동안 교실 입구에 가까운 느티나무 그늘에서 민수와 이야기를 나누며, 세 사람이 나오기를 기다리고 있었습니다. 다른 아이들도 궁금하기는 마찬가지였기 때문에 되도록이면 교실 근처에 모여서 이야기를 나누고 있었습니다.

세 사람은 다음 시간이 시작되기 조금 전에 나왔습니다. 제일 먼저 반장이 나왔는데, 매우 밝은 표정을 하고 있었습니다. 모두들 반장 주위에 모여 선생님의 판결이 어떠했는지를 열심히 물었습니다. 그 다음에 태호가 나왔습니다. 태호 친구들 너댓 명이 제각기 달려 가서 태호와 귓속말을 주고 받더니, 아직 부어 있는 얼굴을 한 태호를 가운데 둘러싼 채 음악실 쪽으로 가 버렸습니다.

마지막에 나온 것은 물론 진호였습니다. 진호가 밝은 얼굴로 휘파람을 불며 나오는 것을 보고 코페르니는 안심했습니다. 별로 꾸지람을 듣지 않은 것이 틀림없었습니다. 용식이는 누구보다도 먼저 진호에게로 달려 갔습니다. 그리고는 근심스럽게 무엇인가를 물었는데, 아마도 진호로부터 걱정 안해도 된다는 말을 들었는지 밝은 표정을 지으며 여러 친구들 쪽을 돌아보았습니다. 용식이가 그렇게 밝은 얼굴을 한 것을 코페르니는 지금까지 본 일이 없었습니다.

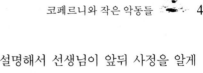

반장의 말로는 자기가 잘 설명해서 선생님이 앞뒤 사정을 알게
되었고, 태호는 심한 꾸지람을 들었다고 합니다. 진호 역시 꾸지람
은 들었지만 그다지 심한 것은 아니었나 봅니다.

이 일이 있던 날, 하교 길에 코페르니는 진호와 같이 걸어가게
되었습니다. 그래서 왜 선생님이 물었을 때 이유를 말하지 않았느
냐고 물어 보았습니다. 그랬더니 진호는,

"그러면 고자질 하는 것이 되잖아. 그런 것은 싫어!"하며 반창
고를 붙인 손으로 얼굴을 쓰다듬었습니다.

버스정류장까지 와서 헤어질 때 코페르니는 진호에게 갑자기 떠
오른 생각을 말했습니다.

"이번 일요일날 우리 집에 안 올래? 민수도 오기로 했어."

삼촌의 수첩
자기 자신에 대한 솔직함!
영혼에 귀 기울여 깨달음을 얻어야…….

코페르니야,

어제 네가 흥분해서 말해 준 '김치사건'은 나에게도 퍽 감동적
이었다. 네가 진호의 편을 들고, 용식이를 동정하는 입장에서 하는
이야기를 듣고 당연한 일인데도 얼마나 기뻤는지 모른다. 만약 네
가 태호 편이어서 꾸지람을 듣고 나온 태호와 함께 쑤근대며 달아
나듯이 음악실로 갔다고 생각해 보자. 어머니나 나는 말할 수 없이
실망했을거다.

어머니나 나는 네가 훌륭한 사람이 되기를 마음 속으로 빌고 있
단다. 돌아가신 아버지의 마지막 희망도 우리와 마찬가지였단다.
다행히 너는 옳지 못한 일이나 약한 사람을 괴롭히는 등의 비열한
일을 증오하고, 바르고 올바른 정신에서 우러나온 행동을 존경하
고 있더구나. 그래서 나는 뭐라고 할까 '후유, 정말 다행이구나!'
하고 안도의 숨을 내쉬었단다.

너에겐 아직 말을 하진 않았지만 아버지는 돌아가시기 며칠 전에
나를 불러서 너에 관한 일을 부탁한다고 하셨단다. 그리고 너에 대
한 바램이 무엇인지를 말씀해 주시더구나.

"나는 우리 동우가 훌륭한 사람이 되었으면 하네. 인간으로서 훌
륭한 사람말이야."

이 말을 내가 여기에 또박또박 적어 놓도록 하겠다. 너는 이 말
을 마음 속에 잘 간직해서 결코 잊어버리는 일이 없도록 해야 한
다. 나도 이 말만은 절대로 잊지 않으려고 한다. 그리고 언젠가 너
에게 보여 줄 생각으로 이렇게 이 수첩에 여러 가지 이야기를 적게
된 것도 실은 아버지의 말씀 때문이란다.

그런데 진정 아버지가 원한 훌륭한 사람이란 어떤 사람을 말하는
걸까? 아버지와 어머니, 그리고 내가 생각하는 훌륭한 사람이란
단순히 성적이 좋고, 예절 바르고, 선생님이 보나 친구들이 봐서
나쁜 점을 찾을 수 없는 학생이 되어 달라는 의미는 아니란다. 또
네가 앞으로 어른이 되었을 때 세상 사람들로부터 나쁘다는 말을
듣지 않는 사람이 되라거나, 세상 사람들이 볼 때 빈틈이 없는 사
람이 되어 달라는 의미도 아니야. 물론 학교 성적이 좋은 편이 그
렇지 못한 것보다는 낫고, 예절 바른 것이 다른 사람들에게 아무래
도 피해를 덜 줄테니 당연히 더 좋을게고, 사람들에게 손가락질 받

지 않는 생활을 해주었으면 하지만 그것만이 중요한 것은 아니란
다. 그보다 앞서 더욱 더 중요한 일이 있어.

너도 국민학교 때부터 도덕시간에 이것저것 배웠기 때문에 인간
이 지켜야 할 여러 일들에 대해 많은 지식을 갖고 있을거야. 그 중
어느 하나 소홀히 여겨도 되는 것이란 없지. 그러니까 도덕시간에
배운 대로 부지런하고 정직하며, 또 참을성이 많고 해야 할 의무에
는 충실하며, 공중도덕을 잘 지키고, 남에게는 친절하며, 물건은
아껴 쓰고 등등. 이런 것들을 모두 지키며 사는 사람이 있으면 그
사람은 나무랄 데 없는 사람이겠지. 그리고 그런 사람이라면 남들
로부터 존경을 받을 것이고 또 존경받을 만한 가치가 있는 사람임
에 틀림없어. 그러나 그런 것에 앞서 네가 생각해야 할 문제가 있
단다.

만약에 네가 학교에서 배운 것이 세상 사람들로부터 훌륭한 것으
로 인정된다고 해서 배운 대로만 행동하고 배운 대로만 살아간다
면, 단순히 그런 방식으로 살아간다면, 결코 훌륭한 사람이 될 수
는 없을거다.

코페르니야, 왜 그럴까?

물론 어렸을 때는 그래도 돼. 그러나 네 나이 정도가 되면 그것
만으로는 안된단다. 가장 중요한 것은 세상 사람들의 눈보다도 우
선 너 자신이 스스로 인간의 훌륭함이 무엇인지 절실하게 깨달아야
하는거야. 마음 속으로부터 훌륭한 사람이 되고 싶다는 생각이 일
어나야 하는거지. 그리고 그것을 통해서 좋은 일은 좋다 하고, 나
쁜 일은 나쁘다고 할 수 있고, 또 하나하나 판단을 할 때도, 판단
한 일을 실천할 때도 언제나 네 영혼 속으로부터 생생하게 울려 나
오는 소리에 의거해야 한단다. 진호의 말버릇처럼 '누가 뭐라 해
도……' 하는 정도의 당당함이 있어야 하는거지.

그렇지 않으면 어머니나 내가, 네가 훌륭한 사람이 되었으면 하고 바라고, 너도 그렇게 되고 싶다고 생각하면서도 그저 훌륭한 것처럼 보이는 사람이 될 수 있을 뿐, 진짜로 훌륭한 사람은 되지 못하고 말거야. 세상에는 남의 눈에 훌륭하게 보이려고 행동하는 사람이 생각보다 많이 있어. 그런 사람은 자신이 다른 사람들 눈에 어떻게 비치는지를 우선 생각하게 되고 참다운 자신, 있는 그대로의 자신이 어떤 모습인지는 까맣게 잊고 있단다. 나는 네가 그런 사람이 되지 않았으면 해.

그렇다면 어떻게 해야 할까? 그저 훌륭한 듯이 보이는 사람이 아니라 진정으로 훌륭한 사람이 되려면 어떻게 해야 할까? 삼촌은 그렇게 되기 위해서는 무엇보다도 올바른 삶이 무엇인지를 알아야 된다고 생각하고 있단다.

나는 너와 이야기를 나누면서 비록 아직 어리고 미숙하긴 하지만 너 역시 사람이 어떻게 살아야 하는지에 대해 관심을 기울이고 있음을 알 수 있었어. 태호와 진호, 그리고 용식이를 바라보는 날카로운 판단이 그 관심의 표현인거지.

그래서 나도 이제 이런 일을 가볍게 얘기할 것이 아니라 진지하게 말해주어야 한다고 느꼈단다. 그런데 막상 삼촌도 이렇게 말은 하고 있지만, 세상은 이렇고, 또 사람이 그 속에서 산다는 것은 이런 뜻을 갖는다고 설명할 능력이 없단다. 아니 나뿐 아니라 어느 누구도 삶의 의미는 바로 이것이라고 잘라 이야기할 수는 없을거다. 그리고 만약 그것을 설명할 수 있는 사람이 나타난다 할지라도 그 설명을 듣고 '아, 그렇구나!' 하고 쉽게 이해할 수 있는 문제도 아니란다.

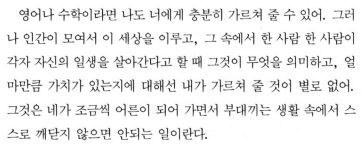

영어나 수학이라면 나도 너에게 충분히 가르쳐 줄 수 있어. 그러나 인간이 모여서 이 세상을 이루고, 그 속에서 한 사람 한 사람이 각자 자신의 일생을 살아간다고 할 때 그것이 무엇을 의미하고, 얼마만큼 가치가 있는지에 대해선 내가 가르쳐 줄 것이 별로 없어. 그것은 네가 조금씩 어른이 되어 가면서 부대끼는 생활 속에서 스스로 깨닫지 않으면 안되는 일이란다.

너는 물이 수소와 산소로 이루어져 있다는 것을 배웠을거다. 그리고 그것이 2 : 1 의 비율로 되어 있다는 것도 물론 알고 있을거야. 이런 것들은 말로써 충분히 설명할 수도 있고, 교실에서 실험을 해 보면 '아아, 정말 그렇구나!' 하고 이해할 수가 있어. 그런데 물의 맛이 어떤지는 네가 직접 그 물을 마셔 보기 전에는 도무지 이해할 수가 없는 것이란다. 누가 아무리 물맛이 어떻다고 설명해 보았자 소용없는 일이야. 그 참다운 맛은 입을 대 보고, 목으로 넘겨 본 사람이 아니고서는 알 수가 없단다.

마찬가지로 태어나면서부터 볼 수 없었던 사람에게 '빨간색이란 이런 것이다' 라고 설명할 수는 없는거야. 그것은 그 사람이 눈을 뜨게 되어 실제로 빨간색을 보았을 때 비로소 알게 되는거지. 이것뿐만이 아니란다. 인생에는 이런 일들이 더욱 많이 있는걸.

예를 들면 그림이나 조각, 음악과 같은 예술품은 그것을 직접 경험하면서 즐거움을 느껴야 비로소 그 가치를 알게 되지. 훌륭한 예술을 통해 감동을 받아 보지 못한 사람에게 아무리 그 가치를 설명해 보았자 이해시킬 수 없는거란다. 게다가 이런 느낌은 그저 눈과 귀가 있다는 것만으로는 부족하고 즐거움을 느낄 수 있는 마음의 눈, 마음의 귀가 열려 있어야 돼. 이런 마음의 눈과 마음의 귀가 열리기 위해서라도 직접 훌륭한 작품들을 접해 보는 것이 필요하단다.

예술을 감상하는 것도 이런데, 사람이 이 세상에서 사는 것이 어떤 의미를 갖는지를 알기 위해선 어떻게 해야 할까? 반드시 스스로가 인간답게 살아가면서 마음 속 깊이 느껴야 한다는 것은 너무 당연한 사실이 아니겠니? 이 문제는 아무리 훌륭한 사람에게 배워도 알 수 없는 것이란다.

물론 옛날부터 훌륭한 성인이나 철학자들은 이러한 일들에 관해 깊은 지혜가 담긴 말을 하기도 했고, 지금도 뛰어난 작가나 현인들은 모두 이러한 문제에 대해 나름대로의 해답을 얻기 위해 고통스러울 정도의 사색에 몰두하고 있지. 그리고 그러한 사색의 결과가 작품이나 글의 내용을 이루고 있어.

우리는 그 분들의 훌륭한 생각을 직접 듣지 않고서도 책을 통해 경험할 수가 있단다. 그리고 그런 책들을 읽어서 훌륭한 사람들의 지혜를 배우는게 세상을 살아가는 데 정말로 필요하지. 올바로 살기 위해서는 반드시 그렇게 해야 한단다.

그러나 아무리 그렇다고 해도 최후의 열쇠는, 코페르니야, 바로 너 자신이 갖고 있는거란다. 너 자신이 직접 살아 보고 그것으로부터 느낀 여러 가지 생각을 밑거름으로 삼을 때 비로소 그 훌륭한 사람들의 말도 진정으로 이해할 수 있게 되지. 인생이란 수학이나 과학을 공부할 때처럼 그저 책을 읽고 이해하는 그런 것이 결코 아니란다.

그러면 지금 우리는 어떻게 해야 되겠니? 나는 무엇보다 자신이 직접 겪은 일이나 마음 속으로부터 감동을 받은 일을 곰곰히 되새겨 보아야 한다고 생각해. 살아가면서 겪는 일에 대해 어떤 느낌을

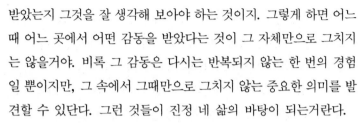

받았는지 그것을 잘 생각해 보아야 하는 것이지. 그렇게 하면 어느 때 어느 곳에서 어떤 감동을 받았다는 것이 그 자체만으로 그치지는 않을거야. 비록 그 감동은 다시는 반복되지 않는 한 번의 경험일 뿐이지만, 그 속에서 그때만으로 그치지 않는 중요한 의미를 발견할 수 있단다. 그런 것들이 진정 네 삶의 바탕이 되는거란다.

달리 이야기하면 늘 네 자신의 경험으로부터 출발해서 스스로의 생각을 정직하게 펼치라는 말이지. 이 말은, 코페르니야, 참으로 중요한 것이고, 또 잘 새겨 듣지 않으면 안된다. 만약 여기에서 자신을 속이는 일이 있다면 아무리 훌륭한 생각을 하고 또 아무리 그럴싸한 이야기를 한다 해도 모두가 거짓이 되어 버리고 만단다. 정직하지 못한 생각은 대부분 행동으로 옮겨질 수가 없기 때문이지.

코페르니야, 거듭거듭 말하지만 너 자신이 마음 속으로 느낀 것이나 감동을 받은 경험을 늘 소중히 여겨야 한다. 그것을 잊지 않도록 하고 그 뜻을 잘 생각해 보렴. 그것이 훌륭한 사람이 되기 위한 출발점이고, 그것이 삶의 의미를 깨닫기 위한 열쇠란다.

오늘 쓴 것이 너에게 조금 어려웠으리라 생각한다. 그러나 간단히 이야기하면 여러 가지 경험을 쌓아 가면서 언제나 자기의 마음 속에서 울려 나오는 소리를 들을 수 있도록 노력하라는 뜻이야.

자, 이제 다시 어제 있었던 '김치사건'을 생각해 보자. 무엇이 그토록 너를 감동시켰는지 잊어 버리지 않기 위해서 말이야.

왜? 무엇 때문에 진호의 항의가 너를 그렇게 감동시켰을까?

태호를 때려 주고 있는 진호를 용식이가 열심히 말리는 것을 보고 어째서 너는 그렇게 감동을 받았을까?

잘 생각해 보렴.

　그리고 끝으로 용식이에 대해 너는 자존심이 너무나 없다는 의견
이었지. 사실 나도 그렇게 생각해. 용식이가 좀더 당당했더라면 그
렇게까지 놀림의 대상이 되지 않아도 될텐데 말이야.

　그러나 코페르니야, 용식이의 처지를 이해할 수는 없겠니? 사
실 용식이의 입장에서 조금도 기개를 굽히지 않고 태호와 그 패거
리들을 누를 수 있다면 그 사람은 영웅이라고 불러도 괜찮을거야.
하지만 용식이가 그런 영웅이 아니라고 해서 비난하는 것은 섣부른
평가가 아닐까? 우리는 용식이와 같은 사람을 너그러운 눈으로 따
스하게 보아야 하지 않을까? 더욱이 용식이 자신은 자기를 못 견
디게 괴롭힌 태호를 용서해 달라고 부탁할 만큼 너그럽고 온순한
마음을 지니고 있지 않니?

뉴톤의 사과

　약속한 일요일은 더없이 맑은 가을날이었습니다. 민수와 진호가 점심을 일찍 먹고 1시까지 집에 오기로 되어 있었습니다.

　코페르니는 어쩐지 아침부터 마음이 풍선처럼 부풀어 올랐습니다. 낮이 되어 어머니와 점심을 먹고 있는 동안에도 이제나 저제나 초인종 소리가 안나나 하고 안절부절이었습니다. 밥을 입에 넣으면서, 반찬을 집어 들면서, 그것을 입안에 넣고 오물오물거리면서, 벽시계를 몇 번이나 보았는지 모릅니다. 어머니가 보시다 못해 꾸중을 하셨습니다.

　"동우야, 밥 좀 편안하게 먹을 수 없니? 벌써 시계를 몇 번째 보는거냐? 아마 스무 번은 될거다."

　"어휴, 어머니도. 아무리 스무 번이나 봤을라고요. 기껏해야 열 번 정도밖에 안 봤어요."

　"열 번 보면 많이 본거지. 저것 봐, 또 보면서……."

　"아니예요. 지금 제가 본 건 달력이란 말이에요. 참, 어머니도 끈질기시긴……."

　"끈질기다니, 이 애가 엄마한테 못하는 소리가 없네."

　말씀과 동시에 어머니의 꿀밤이 코페르니를 향해 날아 왔습니다. 코페르니는 어머니의 손을 두 손으로 감싸 쥐면서 너스레를 떨었습니다.

　"어마마마, 고정하시와요. 소자가 잘못했사옵니다."

　"아무튼 좋으니까, 밥이나 마저 먹어라. 그렇게 기다리지 않아도 올거다." 못 이기는 척 웃으시며 어머니는 꿀밤을 거두셨습니다.

　밥을 다 먹으니 1시 20분 전이었습니다. 코페르니는 자기 방으로 와 딩굴면서, 신문에 난 스포츠 기사를 읽었습니다―1시 14분 전.

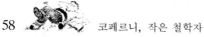

신문에 실린 만화와 텔리비전 프로를 빠짐 없이 읽었습니다―1시 10분 전. 문화면에 실린 동물원 탐방기를 읽었습니다―1시 5분 전.

"아, 아아!" 코페르니는 드디어 신문을 던져 버리고, 기다리기가 지루하다는 듯 기지개를 늘어지게 하며 괴상한 소리를 질렀습니다.

"아니 이 애가……. 정말로 열심히도 기다리는구나. 도대체, 어떤 손님이 오는데 그러니? 엄마는 먹을 것도 제대로 준비하지 않았는데……." 부엌에서 어머니가 웃음 섞인 목소리로 말씀하셨습니다.

그러는 동안 시계의 분침이 점점 숫자 12에 가까이 가고 있었습니다. 분침이 정확히 12의 한가운데 오자 코페르니는, "한 시다!" 하고 외치며 마중을 나가려는 듯 서둘러 옷을 챙겨 입었습니다. 그때 벨소리가 들려왔습니다.

코페르니가 부리나케 문으로 달려가 보니 진호가 서 있었습니다. 정각 1시에 코페르니의 집에 도착한 것이 자랑스러운지 빙긋이 웃으며 서 있었습니다. 15분 가량 늦게 민수도 도착했습니다.

그때부터 세 사람은 코페르니의 방에서 시간 가는 줄도 모르고 놀았습니다. 트럼프, 오목, 장기, 탐정퀴즈……. 얼마나 유쾌했는지 모릅니다. 전에 민수와 둘만 있을 때는 즐거우면서도 조용했는데, 오늘은 진호가 더 있어서인지 꽤나 떠들썩했습니다. 세 친구는 몇 번이나 배가 아프도록 웃었습니다.

한바탕 노는 것을 마치고 나서 코페르니가 불쑥 말을 꺼냈습니다.

"이제 연·고전(延高戰)을 들려 줄까?"

"연·고전? 녹음해 둔거라도 있니?"

"아니, 생중계야. 내가 방송하는거야."

"그거 재미있겠는데?"

코페르니는 라디오를 내려다 상 위에 놓고 그 뒤에서 보자기를 뒤집어 쓰고 앉았습니다. 그러자 곧 방송이 시작되었습니다.

"음, 음, 맑고 푸르게 개인 하늘입니다. 바람도 한점 없는 야구를 하기에는 더 없이 좋은 날씨입니다. 맑은 공기 탓인지 내외야의 잔디가 더욱 푸르게 보이고 있습니다. 오늘, 이곳 잠실야구장에서는 사학의 명문 연세대와 고려대, 고려대와 연세대의 경기가 펼쳐지겠습니다."

"잘 하는데!" 진호가 탄성을 질렀습니다.

"신촌의 독수리 연세대! 안암골의 호랑이 고려대!"

코페르니는 아나운서를 흉내낸 목소리로 강약과 고저를 바꾸어 가며 중계를 계속했습니다. 과연 스스로 하겠다고 나설 정도로 훌륭한 중계였습니다.

"이 열전을 앞두고 잠실구장은 그야말로 흥분과 기대로 소용돌이치고 있습니다. 이미 아침 일찍부터 스탠드는 수만의 야구팬으로 메워졌는데, 지금은 입추의 여지도 없습니다. 양교의 응원단도 내외야 할 것 없이 정해진 좌석에 넘칠 만큼 엄청나게 많이 모여 있습니다. 3루측에는 고려대 응원단이, 1루측에는 연세대 응원단이 있습니다. 각자 모교의 승리를 위해 시합 시작 전부터 맹렬하게 기세를 올리고 있습니다."

"선수 소개는 아직 멀었니?" 민수가 방송 중에 끼어들었습니다.

"응, 지금 할거야" 라디오가 대답했습니다.

"아, 말씀 드리는 순간 고려대 선수들이 입장하고 있습니다. 고려대 선수들의 입장입니다. 들어 보십시오. 장내에 가득찬 저 박수 소리를……. 모교의 명예를 위해 한판 승부를 치를 용사들에게 보내는 저 뜨거운 함성 소리……."

그러자 진호가 고려대 야구팀의 팬이었던지 "고려대, 고려대, 화이팅!"하고 큰 소리로 외쳤습니다.

"이어서 연세대 선수가 입장하고 있습니다. 명장 김 사인 감독의 인솔을 받으며 입장하고 있는 연세대 선수들. 연세대 응원단의 함성, 잠실구장을 진동하고 있습니다. 청취자 여러분 들리십니까? 굉장한 함성소리입니다."

이번엔 민수가 연세대 응원구호를 외쳤습니다.

"연세, 연세, 빅토리!"

두 야구팬의 성원에 힘을 얻은 듯, 중계는 더욱 신나게 이어져 갔습니다.

"양교의 연습이 시작되었습니다. 고려대 선수들이 운동장으로 흩어져 들어가서 배팅연습을 하고 있습니다. 여기서 양교의 전적을 살펴보면……."

"그런 건 안해도 돼!" 진호가 못 기다리겠다는 듯이 다시 끼어들었습니다.

"그런데 이걸 얘기 안하면 연·고전 같지가 않아." 라디오가 불만 섞인 목소리로 말했습니다.

"그래도 괜찮아. 빨리 시합을 하는 것이 낫지."

"그럴까? 좋아. 그럼 그렇게 하지 뭐."

라디오는 자신의 능력을 마음껏 발휘하지 못해 섭섭했지만 진호의 요구를 받아들이기로 했습니다.

"이미 양팀의 연습이 끝났습니다. 지금은 막 시합을 시작하려는 순간입니다. 먼저 공격할 팀은 고려대. 연세대는 수비를 맡았습니다. 연세대의 투수 기 교파군 마운드에 올라서서 동료선수들과 함께 화이팅을 외치고 있습니다. 고려대의 1번 타자 최 안타군, 타석에 들어서고 있습니다. 플레이 볼!" 이어서 코페르니가 이상한 소리를 냈습니다.

"애— 애— 앵—." 시합 시작을 알리는 사이렌 소리였습니다.

이렇게 해서 시합은 시작되었습니다. 시합은 진행되어 갈수록 대혼전이었습니다. 처음에는 양편의 득점 없는 회(回)들이 거듭 되었지만, 4회에 고려대가 한 점 올리고 난 후로는 매번 양팀에서 안타가 나왔고, 매회 득점이 있었습니다.

어쩌다 연세대가 1점이나 2점을 따기만 하면, 진호가 "치, 그런 게 어디 있어!" 하고 투덜대는 것이었습니다.

코페르니가 연세대의 실책을 이용해서 고려대가 한두 점 앞서 가게 하면 이번엔 민수가, "연세대는 절대로 그런 실수 안해!" 하며 항의했습니다.

두 사람에게 모두 알맞게 방송을 진행하려니까 여간 힘든 것이 아니었습니다. 그래서 시합은 자연히 아슬아슬하게 진행될 수밖에 없었습니다. 앞서거니 뒤서거니 접전 끝에 드디어 9회말이 되었습니다. 고려대의 수비, 연세대의 마지막 공격, 고려대가 1점 앞서고 있었습니다.

"주자 1, 3루! 연세대의 타석에는 3번 타자 이 타점 선수가 나와 있습니다. 명수비수이고 강타자이며 현재 연세대의 주장을 맡고 있는 이 타점 선수! 오늘 경쾌한 몸놀림과 정확한 송구로 수비에서 크게 수훈을 세운 선수입니다. 공격에서도 4타수 2안타 1타점의

호조를 보이고 있습니다. 비록 투 아웃 상태이지만 주자 1, 3루의 좋은 기회 ! 안타 하나면 당장 동점을 만들 수 있는 아슬아슬한 순간입니다……. 볼카운트는 원쓰리. 고려대의 에이스 강 속구군 자칫 잘못하면 만루의 찬스를 줄 위기에 처해 있습니다."

"안돼 ! 삼진으로 해야 돼 !" 진호가 노골적으로 라디오에 압력을 가했습니다.

"강 속구군 마운드에 섰습니다. 제5구 ! 던졌습니다. 쳤습니다. 공은 쭉쭉 뻗어 나갑니다. 좌익수 쪽으로 날아가고 있습니다. 좌익수 달려갑니다. 잡느냐 ? 잡느냐 ? 아, 그러나 놓쳤습니다. 공은 좌익수의 머리를 지나서 외야 울타리 근처까지 굴러가고 있습니다. 3루 주자 홈인 ! 1루 주자도 맹렬히 홈으로 달려오고 있습니다. 3루를 지났습니다. 아, 홈을 밟았습니다. 홈인 ! 연세대의 승리 ! 연세대의 대역전승 ! 이 타점 선수 당당 역전 2루타를 쳐냄으로써 모교 연세대에 승리의 영광을 안겨 주었습니다. 애 — 애 — 앵 —."

그런데 싸이렌은 끝까지 울리질 못했습니다. 진호가 일어서서 라디오에게 덤벼들었기 때문입니다.

"이놈의 고물라디오, 그것도 중계라고 하고 있어."

진호는 그렇게 말하고는 보자기를 뒤집어 쓰고 있는 코페르니의 머리를 짓눌렀습니다.

"아, 큰일났습니다. 큰일났습니다."

코페르니가 보자기 속에서 소리를 질렀습니다.

"지금 막 괴한이 나타났습니다."

"이놈이, 가만히 안 있어 !"

"괴, 괴, 괴한은 고려대의 열렬한 팬입니다."

"이놈이 !"

진호는 힘을 써 빨개진 얼굴로 코페르니를 "끙, 끙!" 하고 위에
서 내리눌렀습니다. 그러나 코페르니는 밑에 깔려 있으면서도 계
속해서 방송을 하였습니다.

"괴한은 방송을 방해하고 있습니다. 아나운서 위태롭습니다. 그
러나 열심히 방송을……."

그때 누르고 있던 진호가 갑자기 웃음보를 터뜨렸습니다. 그와
동시에 코페르니가 일어서려고 했기 때문에 둘은 부둥켜 안은 채
책상 옆으로 넘어지고 말았습니다. 둘은 방바닥 위에 누워 오래도
록 웃고 있었습니다. 코페르니는 진호를 베고 있었기 때문에 진호
가 웃을 때마다 그 진동이 머리로 전달되어 왔습니다.

"아, 피곤하다."

코페르니는 녹초가 된 듯한 모습을 해 보였습니다. 진호도 팔을
벌리고 한숨을 크게 내쉬었습니다. 민수도 그 옆에 딩굴었습니다.
그로부터 세 친구는 한참 동안 말없이 누워 있었습니다. 서로 말
할 필요도 없었습니다. 누워 있는 것만으로도 그저 즐거웠습니다.

밖은 여전히 맑은 가을날이었습니다. 열어젖힌 창문 너머로는
담장과 정원수에 둘러싸인 옆집 지붕이 조금 보일 뿐, 그 나머지
공간은 몽땅 가을하늘이 파랗게 차지하고 있었습니다. 그 사이로
군데군데 고운 솜뭉치를 손으로 잡아당겨 만든 것처럼 보이는 옅은
흰구름이 모습을 바꾸어 가면서 천천히 흘러가고 있었습니다. 코
페르니는 멀리서 들려오는 아이들의 노는 소리, 자동차 소리를 말
할 수 없이 넉넉한 기분으로 듣고 있었습니다.

진호와 민수가 돌아간 것은 저녁이 지나서였습니다. 라디오
연·고전이 끝난 뒤, 세 친구는 집앞 공터에 나가 저녁 때까지 야
구를 하면서 놀았습니다. 돌아와서 다 같이 떠들며 저녁을 먹는 사
이에 시간이 많이 흘러 어느새 밖은 어두워졌습니다.

그런데 그때 마침 삼촌이 왔습니다. 그래서 잠시 동안 대화가 활기를 띠었지만, 민수도, 진호도 중학교 2학년밖에 안된 소년들이었기 때문에 너무 늦게 집에 갈 수가 없었습니다.

7시가 되자 두 친구는 코페르니네 집을 나섰습니다. 삼촌과 코페르니도 둘을 배웅하기 위해 밖으로 나왔습니다.

달빛이 유난히 밝게 느껴지는 밤이었습니다. 달은 굵은 느티나무 가지 사이로 얼굴을 내밀고 있었습니다. 열 사흘쯤 된 달이었지만 보름달만큼이나 밝은 빛을 내비추고 있었습니다. 늘어선 느티나무 사이로 비춰 들어오는 달빛에 변두리 주택가의 좁은 골목길을 걷고 있는 네 사람의 얼굴이 나타났다간 사라지고 사라졌다간 다시 나타나곤 하였습니다.

밤 공기는 벌써 겨울옷이 생각날 정도로 차가왔습니다. 어쩌다 위를 쳐다보면 잎이 모두 진 느티나무의 가지들 사이로 달과 함께 하늘이 그대로 보였습니다. 느티나무 위에 펼쳐진 밤하늘은 몸이 떨릴 정도로 검푸른 색이었고 하늘에는 바늘 끝으로 찍은 듯한 별들이 높게 그리고 귀엽게 반짝이고 있었습니다.

네 사람은 조용한 주택가를 지나 정류장 쪽으로 천천히 걸어 갔습니다. 정류장까지는 제법 오래 걸어야 했습니다. 진호가 코페르니에게 말을 걸었습니다.

"아까 그 이야기 기억하니? 뉴톤 이야기말이야."

코페르니는 고개를 끄덕였습니다.

"이상하지. 안 그래?"

진호는 그렇게 말하고는 달을 바라보았습니다. 달빛이 진호의 얼굴 가득히 비쳤습니다. 코페르니도 얼굴을 들어 달을 바라보았

습니다. 달은 마치 공중에 매달려서 고정되어 있는 것처럼 이상할 정도로 조용해 보였습니다. 문득 코페르니는 자기들이 있는 곳에서 달까지의 거리가 굉장히 멀다는 생각을 떠올렸습니다.

'그 먼 거리를 뛰어넘어 지구로부터 달까지 눈에 보이지 않는 힘이 작용하고 있다니……'

코페르니는 뭐라 말할 수 없이 아득하게 먼 거리를 생각했습니다. 그리고 삼촌에게,

"삼촌, 아까 그 뉴톤 이야기 마저 좀 해 주실래요"라고 말했습니다.

뉴톤 이야기란 저녁식사를 마치고 난 후 과일을 먹으면서 삼촌이 끄집어낸 이야기였습니다. 삼촌은 무슨 생각이 떠올랐는지 사과를 깎으면서 이렇게 말했습니다.

"뉴톤의 사과 이야기는 너희들도 알고 있겠지. 사과가 떨어지는 것을 보고 만유인력의 법칙을 생각하게 되었다는 이야기말이다. 그런데 사과가 떨어진 사실에서 어떻게 그런 생각을 하게 되었는지 알고 있니?"

세 친구는 모두 어리둥절한 채 서로를 마주볼 뿐이었습니다. 그랬더니 삼촌이 다시 물었습니다.

"어째서 그랬을까 하고 의심했던 일도 없었니?"

세 사람은 역시 말없이 고개를 저었습니다.

"그래?" 하고 삼촌은 고개를 갸우뚱했는데 그때 마침 사과 껍질이 다 깎여서 쟁반 위에 떨어졌습니다. 그러자 삼촌은 뉴톤 이야기에서 다른 사과이야기로 옮겨 갔습니다.

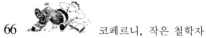
"뉴톤의 사과 말고도 유명한 사과가 있지. 뭘까?"

"윌리암 텔의 사과, 아니예요?"

민수가 이번에는 안다는 듯이 기다리지 않고 대답했습니다.

"그래, 맞았어. 윌리암 텔의 사과는 불의에 맞서 싸우는 용기를 뜻하지. 터무니없이 아들의 머리 위에 사과를 올려 놓고 멀리서 활을 쏘아 떨어뜨린다는 것이 될 법이나 한 일이겠니. 그런데도 윌리암 텔의 아들은, 또 윌리암 텔 자신은 자유와 정의가 반드시 승리한다는 굳은 신념으로, 자신들을 지켜보고 있는 수많은 힘 없는 사람들을 지키기 위해 해내고 말았지."

"윌리엄 텔이 활을 쏠 때 저도 얼마나 조마조마했는지 몰라요."

민수가 마치 지금 눈앞에 그 모습이 보이기라도 하는 듯 가슴을 쓰는 시늉을 하며 말했습니다.

"아니 그럼, 서양에도 사과가 있단 말이에요?"

진호가 다소 엉뚱하게 말머리를 돌렸습니다.

"물론이지. 아주 덥거나 추운 나라를 빼면 사과는 거의 어느 나라에나 있는 과일이지. 이 사과도 참 맛있겠지. 어디 사과일까?" 하면서 사과의 여러 종류와 그 각각의 장단점을 덧붙여 말해 주었습니다.

그것으로 사과 이야기는 끝나 버렸습니다. 그러다보니 민수도 코페르니도 정작 뉴톤의 사과를 삼촌에게 물어볼 기회가 없었습니다. 그런데 돌아가는 길에 진호가 그 일을 생각해 낸 것입니다.

코페르니로부터 말해 달라는 부탁을 받고 삼촌도 아까의 일이 생각났습니다. 삼촌은 가던 길을 멈추고 담배에 불을 붙이고는 다시 천천히 걸으며 이야기를 시작했습니다.

"내가 마악 국민학교에 들어갔을 무렵이었다. 어느 만화잡지의 신년부록으로 세 장이 한 짝으로 된 칼라화보가 나온 일이 있었단다. 고구려의 시조인 주몽이 말에 올라탄 채 사냥이라도 하는 듯 뭔가를 활로 겨누는 그림과, 맹자의 어머니가 짜던 베틀의 실오라기를 잘라 버리고 맹자에게 꾸중을 하는 그림, 그리고 뉴톤이 떨어진 사과를 서서 물끄러미 쳐다보는 그림이었어.

물론 나는 세 장의 그림 모두가 무엇을 그린 그림이었는지 분명히 알 수가 없었어. 난 너무 어렸거든. 그런데 누나, 그러니까 코페르니의 어머니가 그 화보에 대한 설명을 읽고 나에게 하나하나 설명해 주었어. 코페르니의 어머니는 그때 이미 중학교엘 다니고 있었거든. 지금의 너희들 나이보다 아마 한 살 정도 위였을게다. 어쨌든 어머니는 그 설명을 읽을 수 있었으니까, 그것을 읽고 나에게 설명해 주었단다. 그때 나로서는 누나가 얼마나 대단하게 보였는지 몰라.

그런데 잡지사에서 왜 그 세 그림을 함께 실었는지 그것은 지금도 잘 모르겠어. 그렇지만 그림 하나하나의 뜻은 누나의 설명을 들어서 알 수 있었지.

옛날 고구려의 시조였던 고 주몽은 활을 아주 잘 쏘아서 아무리 멀리서도 목표를 명중시킬 수 있었으며 주몽이라는 이름에도 활을 잘 쏘는 사람이란 뜻이 담겨 있다든가, 중국의 맹자라는 성현의 어머니는 자녀교육의 본보기를 보인 분으로 공부하던 것을 중도에 그만두고 돌아온 아들을 꾸짖어서 다시 공부하는 곳으로 돌려 보냈다든가, 또는 뉴톤이라는 유명한 과학자가 사과가 떨어지는 것을 보고 만유인력의 법칙을 발견했다는 등등. 뭐, 그런 이야기들이었지.

국민학교에 갓 입학한 나도 그다지 어렵지 않게 이해할 수 있는 내용이었어. 그 중에서도 고 주몽의 이야기가 제일 알아듣기 쉬웠지. 그리고 맹자의 어머님 얘기도 공부를 중간에서 집어치우는 것은 베틀에 걸려 있는 실오라기를 중간에 잘라 버리는 것과 같다는 의미로, 그런 대로 알아들을 수가 있었어.

그런데 뉴톤의 이야기만은 도대체 이해가 안되는거야. 설명의 내용을 조금 더 따지고 들어가서 '어떻게 그럴 수 있었을까?' 하고 생각해 보아도 마찬가지였어. 그래서 누나에게 다시 왜냐고 질문을 했지. 누나는 몹시 당황해 하는 것 같더구나. 한참을 우물쭈물하더니 누나는 국민학교 1학년밖에 안된 나를 붙들고 우선 지구와 달, 지구와 해 등 여러 유성들 사이의 관계부터 설명하려 드셨어. 지금도 기억하고 있지만 누나는 고무공과 탁구공을 갖다 놓고 '이것이 우리가 살고 있는 지구야. 이것은 달이고. 그런데 이 둘 사이에 이러이러한 힘이 작용하게 되는거야' 하면서 뭐라고 열심히 설명해 주셨어.

그러나 상대가 국민학교 1학년이다보니 모처럼 열심히 설명한 것도 보람이 없었지. 나는 뭐가 뭔지 어리둥절한 기분으로 듣고 있었을 뿐이었어. 결국 누나는 난처한 얼굴을 하면서 '이런 일은 너에겐 아직 어려워. 좀더 크면 알게 돼' 하고 포기를 하시고 말았지. 아까 사과를 먹고 있었을 때, 아니 사과껍질을 벗기고 있었을 때 나는 그 일을 생각해 낸거야."

"그런데 삼촌은 언제 그것을 제대로 알게 되었어요?"
하고 코페르니가 물어보았습니다. 도대체 삼촌은 얼만한 나이 때 그런 것을 알게 되었는지가 무척 궁금했던 것입니다.

"그러니까 아마 국민학교 4, 5학년이 되어서 나도 지구와 달의 관계라든가, 태양계에 관한 일, 옛날 너의 어머니가 나에게 이해시키려고 안절부절하며 열심히 설명해 주던 사실들을 대체적으로 이해했지. 그리고 중학교에 들어가서는 더 많은 것을 배워 나름대로 지식을 갖추게 되었어. 그렇지만 사과가 떨어졌다는 사실이 어째서 뉴톤의 머리 속에서 만유인력의 법칙으로 전개되었는지 그 점은 역시 알 수가 없었단다. 만유인력이란 무엇인가? 그런 것들은 어느 정도 알 수 있었지만, 지금 이야기한 의문은 여전히 그대로였어. 어떻게 사과가 떨어지는 걸 보고 만유인력을 발견할 수 있었을까 하는거였지."

"그래서 언제 알게 되었어요?"

코페르니는 정말 그것이 알고 싶었습니다.

"나는 사실 의문으로 생각했으면서도 어떻게 해서든지 알아내고야 말겠다는 열의는 없었어. 결국 대학생이 될 때까지 미루게 되었지."

"네? 대학생이요?" 하며 코페르니는 눈을 동그랗게 떴습니다.

"그래, 대학생이 될 때까지 모르는 채 지냈던거야. 막연히 이렇게 생각하면서 살아온거지. 아마 어떤 물리학적 문제에 깊이 골몰해 있을 때 갑자기 사과가 주위의 고요를 깨고 떨어졌다, 그리고 그것에 놀라는 순간 갑자기 법칙의 단서가 될 수 있는 것이 번개처럼 떠올랐을 것이다……."

"안 그런가요?" 이번엔 민수가 물었습니다.

"응, 실은 전문가의 말을 들어보아도 도대체 사과로부터 만유인력의 법칙을 생각했다는 이야기가 어디까지 진실인지 의심스럽다는 얘기였어. 그러니 과연 사실이 어떠했는지 정확히는 알 수가 없다는거야. 하지만 대학생이 되고 난 다음에 물리학을 공부하는 친구에게 물을 기회가 있었어. 그 친구 대답은 아마도 뉴톤의 머리 속에서는 이런 식의 생각이 전개되었을거라고 설명해 주었어. 그것을 듣고서야 나는 비로소 '아하!' 하고 생각했지."

"어떤 설명이었는데요?"

"우리도 들으면 이해할 수 있어요?"

코페르니와 민수가 잇따라 물었습니다.

"암, 알 수 있구말구. 물론 사과가 갑자기 떨어지면서 우선 어떤 생각이 번뜩였으리라는 것은 틀림없을거라는 이야기였어. 그러나 핵심은 그 다음부터야. 사과는 3～4미터 높이에서 떨어졌겠지만 뉴톤은 그것이 10미터였으면 어떻게 되었을까 하고 생각해 봤어. 물론 4미터가 10미터로 되었다고 변하는 것은 없어. 10미터에서도 사과는 떨어지게끔 되어 있는거야. 그럼 15미터라면? 역시 떨어지지. 20미터라면? 마찬가지야. 100미터, 200미터로 그 높이를 점점 더 늘려서 몇백 미터란 높이를 생각해 보아도 역시 사과는 중력의 법칙에 의해서 떨어지게 되어 있어. 그런데 그 높이를 더욱 더 증가시켜서 몇천 미터, 몇만 미터라는 높이를 넘어서 드디어 달의 높이만큼 갔다고 생각하면 그래도 사과는 떨어질 것인가? 중력이 작용하고 있는 한 물론 떨어져야 해. 그리고 사과뿐만 아니라 무엇이건 떨어져야만 하지. 그런데 달은 왜 안 떨어질까?"

　이번에는 코페르니도 민수도 진호도 한 마디의 말도 없이 삼촌의
다음 말을 기다렸습니다. 네 사람은 어느새 벌써 느티나무 가로수
를 지나서 빈터 곁을 걷고 있었습니다. 2층집 위에서 달이 변함 없
이 네 사람을 바라보고 있었습니다.

　"달은 떨어지지 않아. 이것은 지구가 달을 잡아당기는 인력과 달
이 빙빙돌면서 어디에론가 도망가려는 힘, 이 두 개의 힘이 알맞게
균형을 이루고 있기 때문이지. 그런데 이렇게 천체와 천체 사이에
인력이 작용하고 있다는 생각을 뉴톤이 처음한 것은 아니란다. 별
과 태양 사이에 인력이 있어서 그 때문에 별이 항상 일정궤도를 지
키면서 돌고 있다는 생각은 뉴톤보다도 훨씬 앞서서 케플러의 시대
에도 벌써 알고 있었던 사실이야. 또 지탱하는 것이 없으면 물건이
떨어진다는 사실 또한 갈릴레이의 낙하의 법칙에서 밝혀졌으니 뉴
톤 이전에 알려졌던 사실이지. 자, 그러면 뉴톤의 발견이란 무엇일
까? 그것은 지구상의 물체에 작용하는 중력과 천체 사이에 작용하
는 인력을 묶어서 그것이 같은 성질이라는 것을 밝혀낸거야. 그러
니까 이 두 개의 힘이 뉴톤의 머리 속에서 어떻게 해서 연결되었는
지 그것이 문제인 셈이지."

　삼촌은 소년들의 이해를 돕기 위해서 이렇게 보충설명을 하고 난
뒤 이야기를 계속했습니다.

　"그런데 지금 말했던 것처럼 뉴톤은 사과가 떨어지는 것을 보고
그 떨어지는 높이를 계속해서 연장해, 달이 있는 곳까지 생각이 미
쳤어. 원래 중력의 법칙이란 지구상의 물체에 대한 법칙이야. 그런
데 떨어지는 물체를 지면으로부터 점점 멀리 떨어뜨려서 달 가까이
까지 가져갔다고 가정하면 그 물체와 지구의 관계는 이미 지상에서
의 관계와는 다른 것이 되지.

뉴톤은 이 두 가지가 같은 것이 아닐까 하는 생각을 하게 됐어. 그리고는 그것을 증명할 수 있을거라는 생각에 이르렀고, 그것을 증명할 수 있을거라는 생각에서 연구에 몰두하기 시작했지. 그리하여 달과 지구의 거리를 계산해 보기도 하고 달에 작용하는 중력을 계산하기도 했어. 오랜 동안의 노력 끝에 뉴톤은 드디어 물체에 작용하는 중력과 천체 사이에 작용하는 인력이 같은 성질이라는 것을 증명해 내고 말았어. 그 결과 무한히 넓은 우주를 빙빙 돌고 있는 별들의 운동도, 풀잎에서 떨어지는 작은 이슬방울의 운동도, 똑같은 물리학의 법칙에 의해서 깨끗이 설명될 수 있게 되었지. 이 것은 물론 과학의 역사상 아주 위대한 발견 중의 하나가 되었단다.”

삼촌은 여기까지 말하고는 걸음을 멈췄습니다. 그리고는 세 친구의 얼굴을 하나하나 바라보았습니다.

“어때, 알겠니?”

코페르니는 대답 대신 묵묵히 고개를 끄덕거렸습니다. 진호도 민수도 역시 말이 없었습니다. 세 사람 모두 지금의 기분을 어떻게 설명할 수가 없었습니다. 그런데 삼촌은 다시 말을 이었습니다.

“뉴톤이 훌륭했던 것은 그저 중력과 인력이 같은 것이 아닐까 하고 생각한 것만이 아니란다. 그 착상으로부터 시작해서 엄청난 사색과 노력 끝에 실제로 그것을 확인하였다는 데 있는거지. 그것은 보통의 노력으로는 도저히 해낼 수 없는 정말로 힘든 일이었어. 그렇지만 최초의 착상이 없었으면 그런 연구는 시작조차 할 수 없었을테니, 그 착상도 대단히 중요한 것이지. 그런데 친구로부터 지금까지 말한 설명을 내가 들었을 때, 문득 그렇게 위대한 착상이 뜻밖에도 극히 간단한 데서 시작된다는 생각이 들었어. 뉴톤의 경우

3~4미터의 높이에서 떨어지는 사과를 머리 속에서 그 높이를 한없이 연장시켰다가 어떤 지점에 이르러 갑자기 중요한 법칙을 발견할 수 있는 착상을 얻었던거야.

그러니까 애들아, 무엇이든 당연하다는 사고방식이 문제란다. 이미 알고 있었던 사실이라도 왜, 무엇 때문에 그런지를 끝까지 추적해서 생각하노라면 이미 알고 있는 지식에 실은 많은 한계가 있음을 깨닫게 되지. 그리고 그 한계를 극복해 나가려는 노력 속에서 위대한 법칙도 발견할 수 있는거야. 이것은 물론 물리학에 국한된 이야기는 아니란다."

달은 꽤 높이 떠 있었습니다. 멀리 목욕탕 굴뚝과 비스듬히 자리를 잡고 여전히 말없이 네 사람을 내려다 보고 있었습니다. 머리 위에는 끝없이 밤하늘이 펼쳐져 있고 별들은 조용히 반짝이고 있었습니다. 이런 날 밤에 천체의 세계를 생각한다는 것은 왠지 모르게 자신이 공기 속으로 사라져 버릴 것 같은 기분을 들게 했습니다. 네 사람은 푸른 달빛을 받으면서 걸어 갔습니다. 네 사람이 걷고 있는 길에 깔려 있는 자갈이 달빛에 반사되어 아름답게 반짝이고 있었습니다.

잠시 후 삼촌과 코페르니 두 사람은 걸음을 재촉하며 돌아오고 있었습니다. 민수와 진호를 정류장에서 배웅하고 돌아오는 길이었습니다. 갈 때보다 훨씬 차가운 밤 공기가 스며들었습니다. 두 사람은 거의 말이 없었습니다. 하늘에는 달이 여전히 화내지도 웃지도 슬퍼하지도 않으면서 조용한 얼굴로 지붕 너머 전신주 너머 느티나무 가지 사이를 헤쳐가면서 두 사람과 같이 걷고 있었습니다. 코페르니의 집에까지 와서 두 사람은 발길을 멈추고 인사를 나누었습니다.

"삼촌, 그럼 안녕히 주무세요."
"그래, 너도 잘 자라."

이런 일이 있고 나서 닷새째 되던 날에, 보기드문 일이 일어났습니다. 삼촌에게 코페르니가 긴 편지를 보낸 것입니다. 그것은 다음과 같은 편지였습니다.

　삼촌에게
　다음 번에 삼촌을 만나면 이야기하려 했지만, 편지로 쓰는 게 더 나을 듯해 이렇게 씁니다. 저는 하나의 법칙을 발견했습니다. 그것은 확실히 삼촌에게서 들은 뉴톤 이야기 덕분입니다.
　그런데 제가 무슨 법칙을 발견했다고 하면 사람들이 놀릴 것은 너무나 뻔한 일입니다. 그래서 저는 이것을 우선 삼촌에게만 말하려고 합니다. 어머니께도 당분간은 얘기하지 말아 주세요. 저는 이 법칙에 대해서 임시로 '사람과 사람의 그물법칙' 이라고 이름 지었습니다. '화장지의 그물망' 이라는 이름도 생각해 보았지만 어딘가 소년잡지에 나오는 만화제목 같아서 쓰지 않기로 했습니다. 삼촌이 좀더 좋은 이름을 생각해 주시면 좋겠습니다.
　저는 이 법칙을 어떻게 설명해야 할지 아직 잘 모르겠습니다. 그러나 그것을 생각하게 된 순서를 이야기하면 삼촌이 그 내용을 짐작하실 수 있을거라고 생각합니다. 맨처음 머리에 떠오른 것은 화장지였습니다. 그래서 저는 이 말을 꺼내면 틀림없이 사람들이 놀려댈거라고 생각하고 있습니다. 좀더 훌륭한 것을 생각해 보고 싶었지만 저절로 화장지가 떠올랐으니까 어쩔 수 없는 일입니다.

월요일날 밤 저는 밤중에 눈을 떴습니다. 무언가 꿈을 꾸다가 눈을 떴는데 무슨 꿈이었는지 가물가물한 상태였습니다. 가만히 누워 꿈을 생각하고 있는데 느닷없이 화장실엘 가고 싶은게 아니겠어요. 집안은 고요했고, 그래서 조금은 무서웠지만 저도 많이 컸는지 대수롭지 않게 화장실에 갔습니다. 화장실에 앉아서 왜 이렇게 배가 꾸르륵거리는지 생각해 보았더니 아무래도 저녁에 먹은 오징어튀김이 좋지 않았나 봅니다. 일을 다 치르고 저는 휴지를 찾았습니다.

아뿔사, 그런데 휴지는 이미 다 써 버렸고 휴지걸이엔 두꺼운 마분지만 덜렁 걸려 있었습니다. 보통 때 같았으면 큰소리로 어머니를 불렀겠습니다만 그때는 너무 고요하고 깊은 밤이었습니다. 저는 어쩔 줄 모르고 한참이나 그저 변기에 앉아 있기만 했습니다. 결국 저는 휴지로 닦는 대신 물로 깨끗이 씻을 도리밖에 없었습니다. 자꾸 이야기가 지저분해지고 있습니다만 사실 중요한 것은 그 다음부터입니다.

제 방으로 다시 돌아온 저는 누워서 곰곰히 생각해 보았습니다. 늘 함부로 쓰곤 했지만 휴지는 정말 소중한 것이었습니다. 그래서 저는 이 휴지를 만든 사람들에게 고마움을 느껴야 한다는 생각이 들었습니다. 그런데 얼마 전 사회시간에 배운, 우리나라에서는 휴지의 원료인 나무가 많지 않아 대부분 말레이지아나 인도네시아 등지의 원시림에서 나무를 수입해 와서 화장지로 만든다는 사실이 떠올랐습니다. 물론 저는 인도네시아나 말레이지아를 가본 적이 없습니다. 다만 우리나라 축구선수들이 간혹 벌이는 경기에서 상대편이 되곤 한다는 사실을 알 따름입니다. 하지만 저는 무더운 정글의 빽빽한 원시림을 생각해 보았습니다. 아름드리 큰 나무와 나무를 항구로 옮기는 큰 트럭, 항구에서 나무를 바다에 띄워 놓는 모습들이 꼬리를 물고 머리 속에 떠올랐습니다.

그때 문득 뉴톤의 이야기가 생각났습니다. 3미터 내지 4미터의 높이에서 떨어진 사과를 더욱 더 높은 곳에 있다고 생각해 보고 또 그 생각을 더욱 깊이 밀고 나간 끝에 뉴톤이 훌륭한 법칙을 발견할 수 있었다고 삼촌이 말씀하셨지요. 그래서 저도 화장지에 관계되는 일들을 어디까지고 좋아서 생각해 보면 어떨까 하고 마음을 다져 먹었습니다.

저는 이불 속에서 말레이지아의 원시림에서부터 화장지가 되어 내 손에 들어올 때까지 거쳐온 사람들의 손을 순서대로 생각해 보았습니다. 그랬더니 끝이 없어서 마침내 질리고 말았습니다. 아주 많은 사람들이 등장했습니다. 생각나는 대로 한번 적어 보겠습니다.

1) 나무가 우리나라로 오기까지

나무, 나무를 켜는 사람, 그것을 차에 싣는 사람, 차를 운전하는 사람, 나무를 다시 내리는 사람, 바다에 띄우는 사람, 배에 싣는 사람, 배를 움직이게 하는 여러 선원들, 배에서 나무를 내리는 사람.

2) 나무가 우리나라에 온 다음부터

나무를 말리는 사람, 공장으로 운반하는 사람, 공장에서 나무를 자르는 사람, 자른 나무를 가루로 만드는 사람, 나무의 자잘한 가루를 화장지로 만드는 사람, 화장지를 포장하는 사람, 그것을 창고로 옮기는 사람, 창고를 지키는 사람, 판매상인, 광고인, 대리점, 도매상, 소매가게, 가게까지 이것들을 옮기는 사람, 가게 주인, 화장지를 사 오는 어머니, 화장지를 사용하는 나.

　저는 화장지가 말레이지아의 숲으로부터 매일매일 사용할 수 있기까지 얼마나 많은 사람들의 손을 거쳐 왔는가를 알게 되었습니다. 공장이나, 자동차, 배 등을 만든 사람까지 포함시키면 몇천 명, 아니 몇만 명인지 알 수도 없는 많은 사람들이 저에게 연결되어 있다는 생각이 들었습니다. 그것도 제가 아는 사람이라고는 어머니와 동네 가게의 주인 아저씨뿐이고 나머지는 모두 제가 모르는 사람들입니다. 그 사람들도 저에 관해선 알 리도 없습니다.

　저는 정말 이상하다고 생각했습니다. 그리고 저는 이불 속에서 꺼져 있는 전등, 시계, 책상, 거울 기타 방에 있는 물건들을 연이어서 생각해 보았습니다. 그랬더니 그 어느 것이나 화장지의 경우와 다를 바가 없었습니다. 도저히 헤아릴 수 없는 많은 사람들이 뒤로 줄줄이 이어져 있었습니다. 그것도 모두가 보지도 알지도 못하는 사람들뿐이고 어떤 얼굴을 하고 있는지조차 짐작할 수 없었습니다.

　그날 밤 그 외에도 무언가 여러 가지 생각을 했지만 그러던 중 잠이 와서 다시 자 버렸기 때문에 잊어 버리고 말았습니다. 그러나 여기 쓰고 있는 이야기들은 지금까지도 생생히 기억하고 있습니다. 이것은 하나의 법칙이라고 생각합니다. 지금까지는 조금도 생각하지 못했는데, 정말 그렇다고 생각해 보니 어느 것이건 모두가 그렇다는 걸 알게 되었습니다.

　저는 학교 가는 도중에도 학교에 가서도 무엇이든 눈에 띄는 것은 닥치는 대로 생각해 보았지만 그 어느 것이나 모두 마찬가지였습니다. 그리고 헤아릴 수 없이 많은 사람들이 서로 관계를 맺고 있는 것이 유독 저의 주변에 있는 것들만이 아니라는 사실을 알았습니다.

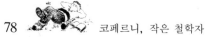

저는 교실에서 선생님의 양복이나 구두에 관한 일들을 차분히, 그리고 세밀하게 생각해 보았지만 역시 마찬가지라는 사실을 발견했습니다. 선생님의 양복은 오스트레일리아나 영국의 양으로부터 시작되었습니다. 그러니까 제 생각으로는 이 세상의 한 사람 한 사람은 모두 본 적도, 만난 적도 없는 많은 사람들과 모르는 사이에 그물처럼 서로 연결되어 있는 것입니다. 그래서 저는 이것을 '사람과 사람의 그물법칙' 이라고 이름 붙이기로 한 것입니다.

저는 지금 이 법칙이 확실한지 이렇게 저렇게 알아 보고 있는 중입니다. 오늘은 아스팔트 도로가 역시 그렇다는 사실을 알게 되었습니다. 또 수학시간에는 선생님의 머리나 수염이 이발소와 연결되어 있다고 생각하다가 오랜 만에 선생님으로부터 주의를 받았습니다.

그러나 위대한 발견을 위해서는 선생님의 꾸지람 정도는 참아야 한다고 생각합니다. 좀더 쓰고 싶지만 어머니께서 일찍 자라고 하십니다. 그래서 보고는 이것으로 마치겠습니다.

삼촌은 제가 발견한 법칙을 털어 놓는 첫번째 사람입니다. 영광이시죠?

삼촌의 수첩
전혀 본 적도 없는 사람들이지만,
우리 하나로 연결되어 …….

코페르니야! 너의 발견을 누구보다도 먼저 나에게 알려 준 사실

을 고맙게 생각한다. 정말 영광스러워 삼촌은 몸둘 바를 모르겠구나. 그 감격에 당장 답장을 쓰고 싶지만 어차피 내일도 집에 들릴 일이 있으니 그때 만나서 자세히 이야기하기로 하자.

그런데 그보다 앞서 네 편지를 읽고 생각난 몇 가지를 이 수첩에다 적어두기로 하겠다. 언젠가는 네가 이 수첩을 읽으면서 다시 한번 이번의 발견을 되새겨 볼 수 있도록.

나는 너의 그 편지를 읽고 그냥하는 칭찬이 아니라 참으로 감탄했다. 스스로 그만큼 생각할 수 있다는 것은 정말 놀랄 만한 일이야. 내가 너만할 땐 그런 생각일랑 꿈에도 하지 못했단다. 그저 만화책을 보느라 시시덕거리며 웃고 떠들기만 했지. 네가 발견한 것을 어렴풋이나마 생각하게 된 것은 고등학교에 들어가서였고, 그것도 책을 읽고 가르침을 받은 결과였지.

그렇지만 네 편지를 읽고 나서 네가 생각해 주었으면 하고 느낀 것이 한두 가지가 아니었단다. 그것들을 하나 둘 코페르니 박사님께 말할테니 들어 보지 않겠니?

먼저 '사람과 사람의 그물법칙' 이라는 이름보다 더 좋은 이름이 있으면 알려 달라고 편지에 썼지? 나는 좋은 이름 하나를 알고 있단다. 물론 그것은 이 삼촌이 생각해 낸 것이 아니고 지금도 여러 사람들이 널리 쓰고 있는 이름이야. 실은 코페르니야, 네가 비로소 깨닫게 되었다는 '사람과 사람의 그물법칙'은 학자들이 생산관계라고 부르고 있는 것이란다. 생산을 둘러싸고 사람과 사람이 맺고 있는 관계란 뜻이지.

인간은 살기 위해 수없이 많은 것들을 필요로 해. 그것을 구하기 위해서는 자연으로부터 여러 가지 원료를 얻어서, 노동을 가해 물건을 만들어내지 않으면 안된단다. 자연에 널려 있는 것들을 가져다가 그대로 입고 먹고 하던 원시 시대에서도 역시 사냥을 하거나,

낚시를 하거나, 나무에서 열매를 따야 하는 등 어떤 것이든지 일을
하지 않으면 안되었지. 그리고 극히 미개했던 시대부터 인간은 혼
자서 모든 일을 해치울 수가 없었단다. 서로 협동하며 일을 한다든
가, 나누어 분업으로 한다든가 해서 끊임없이 서로 힘을 모아 노동
을 계속해 왔어. 인간이 살기 위해서 이 노동만은 중단할 수가 없
는 것이지. 이처럼 노동을 중심으로 인간이 살아남기 위해 서로서
로 맺어 나가는 관계를 지금은 생산관계라고 부르고 있단다. 그 생
산관계가 어떻게 오랜 세월을 거치며 발전을 거듭해 왔는지 들어보
지 않겠니?

최초에 인간은 지구의 곳곳에서 극히 적은 수의 집단을 이루고
살아 왔어. 그 때문에 생산관계도 좁은 범위 안에서만 이루어졌지.
그 시대엔 자기들이 먹고 있는 물건들이 누구의 손으로 만들어졌는
지를 알 수가 있었어. 모두가 서로 얼굴을 아는 사이였을테고, 만
드는 물건이랬자 극히 간단한 것들뿐이었거든. 또 사냥이나 고기
잡이를 할 때도 같이 모여 사는 사람 모두가 힘을 합쳐야 했으므로
자기가 먹고 입는 것들이 어떤 사람 덕분에 얻어졌는지는 애써 생
각할 필요조차 없었지. 그러는 가운데 작은 집단과 집단 사이에 물
건의 교환이 이루어지기도 하고, 서로 관계를 맺기도 하는 등 점점
인간의 생활 범위가 넓어지게 되었어. 그래서 인간의 모임도 점점
커져 마침내 커다란 나라가 만들어지기에 이르렀지.

이때부터 벌써 생산을 둘러싼 관계는 아주 대규모로 바뀌었단
다. 그리고 그 관계도 복잡해져서 자기들이 먹고 입는 것들만 하더
라도 도대체 어떤 누가 그 물건을 만들었는지 일일이 알 수가 없었
어. 만드는 쪽에서도 물론 자기가 만든 것을 누가 먹고 입는지 짐
작할 수 없었지. 그저 열심히 일을 해서 여러 가지 물건을 만들어

내고, 그 대신 자기나 자기 가족이 필요로 하는 물건을 받아오든지 아니면, 그것을 살 수 있는 돈을 받든지 했어. 처음부터 교환을 목적으로 물건을 만들었기 때문에, 누가 입고 누가 먹는가 하는 문제는 더이상 관심거리가 될 수 없었어.

그로부터 더욱 시대가 발전해서 상업이 번창해지고, 나라와 나라 사이에도 거래가 이루어지면서 사람과 사람의 관계는 점점 더 복잡해지게 되었어. 예를 들면, 중국의 농민이 돈을 벌려고 누에를 쳐서 실을 만들어 팔면 그것이 돌고 돌아서 로마 귀족들의 옷감으로 쓰인다는 식이야. 이렇게 되면 물건을 만들기 위해서뿐만 아니라 그것을 운반하기 위해서도 많은 사람들이 일해야 되고, 그러자면 자연 여러 가지 분업이 이루어지기 마련이지. 그래서 세계 각지가 점점 복잡하게 얽히게 되고, 드디어 오늘날에 와서는 하나의 커다란 그물을 짜 놓은 것처럼 되었어.

너도 알겠지만 우리나라의 전자회사가 텔리비전을 만드는 것이나 자동차회사가 자동차를 만드는 것은 우리나라에서 그것들이 모자랄 것에 대비해서 생산하는 것이 아니란다. 또 나라 안의 필요를 충족시키고 남으면 외국에 팔려고 생각해서 만드는 것도 아니야. 애초부터 외국 시장에다 팔 것을 목적으로 해서 대규모로 생산하고 있는거지. 오히려 팔고 남는 것을 우리나라에서 소화해 내는거란다. 사람과 사람의 세계적인 연관성을 바탕으로 일을 하고 있는 셈이지.

이렇게 해서 네가 깨달은 것처럼, 보지도 못하고 알지도 못하는 가운데 다른 사람과 끊을래야 끊을 수 없는 관계가 이루어지게 된 거야. 누구 하나 이런 관계에서 빠져나갈 수 있는 사람은 없어.

어쩌면 너는 대뜸 로빈슨 크루소가 있지 않느냐고 물을지 모르겠다. 그 사람은 비록 소설 속에서이긴 하지만 혼자서 다른 사람의 도움을 받지 않고 무인도에서 삶을 개척해 갔지 않느냐고. 그러나 조금만 더 생각해 본다면 로빈슨 크루소 역시 생산관계로부터 결코 자유롭지 않았음을 알게 될게다. 예컨대 그는 나무를 자르기 위해 칼을 사용했고, 집을 짓기 위해 망치와 못을, 비록 녹이 슬었으나 맹수를 잡기 위해 총을 이용했었지. 그 칼과 망치, 못, 총을 로빈슨 크루소가 만든 것은 아니지 않니? 그로 하여금 무인도에서 오랜 세월을 버텨 나갈 수 있게 한 것은 무인도에 떨어지기 이전에 만들어진 수많은 사람들의 노동으로 이루어진 성과를 바탕으로 하는 것이란다. 그도 역시 생산관계 속에서 살아간 셈이지.

그런데 이 세상에는 자기 힘으로 아무 것도 만들어 내지 않고 사는 사람도 많이 있지. 하지만, 그런 사람들이라도 모두 이 그물망 속에 어김없이 들어 있어. 살아가려면 하루라도 입고 먹지 않으면 안되고 따라서 어떤 형태로든 이 그물망에 얽혀 살아가게 되는거야. 사실 일하지 않고도 먹을 수 있는 사람들도 그 나름대로 이 그물과 특별한 관계를 맺고 있단다. 물론 이들의 특별한 관계가 인간과 인간의 그물 속에서 어떤 공헌을 하기 때문에 얻어지는 것은 결코 아니지. 지극히 잘못되어 있는 불평등한 관계인거야. 이것뿐 아니라 인간의 관계를 열심히 뒤쫓다 보면 평등하지 못한 관계가 많이 있다는 것을 알게 될거야. 한 사람 한 사람의 관계에서도 그렇고, 집단과 집단의 관계에서도, 나라와 나라의 관계에서도 그러한 차별은 존재한단다.

어쨌든 지금까지 말했던 이런저런 관계가 사람 사이에 존재하게 되고 그것을 사람들은 생산관계라고 부르고 있어. 다시 말해서 너는 화장지를 통해 이 관계를 깨닫게 되는거야. 이렇게 말하니까 네가

몹시 실망할는지도 모르겠다. 모처럼의 발견이 이미 사람들이 알고 있는 일이 되어서야 아무 소용이 없지 않느냐고 말이다. 그렇지만 코페르니야, 결코 실망할 필요는 없어. 누가 가르쳐 주지도 않았는데, 네 스스로 그만한 일을 발견해 냈다는 것은 정말 훌륭한거야.

하지만 내가 너에게 해주고 싶은 말은 네가 발견한 법칙이 옛날의 단순한 것에서 지금과 마찬가지의 복잡한 것으로 발전하게 된 근본적인 까닭이 어디에 있는가 하는 점이다. 삼촌은 그 대답을 진보에서 찾고 있다. 인류의 진보말이다. 물론 그 진보의 내용은 더 많은 사람들에게 참된 인간다운 삶을 보장하는 방향으로의 진보를 의미하지. 하지만 얼핏 보면 생산관계의 발전이 오히려 사람을 더욱 비인간적으로 만드는 듯이 보일지도 모르겠다.

예컨대 옛날의 쇠를 달구어 물건을 만드는 대장장이는 낫을 하나 만들어도 그것을 사용할 사람에게 편리하도록 만들곤 했었지. 이를테면 옆집 김 서방은 왼손잡이니까 반대쪽 날을 벼리고, 뒷집 박 서방은 겁이 많아 낫을 멀리 잡으니까 낫 끄트머리를 날카롭게 벼려주곤 했단다. 그런데 요즈음은 어디 그러니? 그저 똑같은 곳에 날이 선 똑같은 모양의 낫만 수천 수만 자루를 만들고 있지 않니. 기계를 이용해서 말이다.

이것만 보면 생산관계가 단순했던 옛날이 오히려 더욱 인간적이었던 것처럼 보일게다. 하지만 그렇지는 않단다. 옛날 원시 시대에는 거의 모든 사람들이 굶주림과 추위, 더욱 힘센 동물들에 대한 두려움 때문에 어느 누구도 사람답게 살지 못했다는 걸 한번 생각해 보렴. 그리고 노예를 부리던 시대에는 한 줌도 안되는 귀족들을 제외한 모든 사람들은 짐승처럼 강제노동에 시달리며 죽어갔고,

가까운 조선시대만 해도 기껏 양반들만 인류가 그동안 쌓아올린 문명의 혜택을 누리며 살았을 뿐이란다. 하지만 지금은 어떠니? 옛날에 비한다면 훨씬 많은 사람들이 인간다운 삶을 누리고 있다고 말할 수 있지 않겠니? 또 설혹 그렇지 못하다고 할지라도 인간다운 삶을 누릴 수 있는 물질적 조건을 거듭 발전시켜 왔던 것이지. 생산관계가 더 한층 복잡해질수록 인류는 그만큼 더 발전한 것이고, 보다 많은 사람들이 사람답게 살 수 있게 되는 것이란다.

물론 이렇게까지 진보를 거듭하게 되기까지는 오직 사람들만이 지닌 언어의 힘이 컸던 것이 사실이야. 언어를 통해 사람들은 자신의 경험을 다른 사람에게 전할 수가 있었고, 남의 경험을 들어서 알 수도 있었지. 게다가 문자를 발명한 다음부터는 책을 통해서 서로의 경험을 나누어 가질 수도 있었단다. 참으로 책은 온 인류의 지혜를 고스란히 담아 내고 있는 것이고, 인류가 지금까지 경험한 것을 하나로 모아둔 것이라 해도 거짓말이 아니란다.

이렇게 경험을 전시대로부터 이어받고, 거기에다 새로운 경험을 쌓아 나가면서 인류는 야수와 다름없는 상태로부터 오늘날에 이르기까지 진보를 거듭할 수가 있었다. 만약 하나하나의 인간이 모두 똑같이 원숭이와 다름없는 상태에서 태어나는 순간부터 다시 시작해야 한다면 인류는 언제까지나 원숭이 수준에 머물러 있을테고, 오늘날과 같은 문명에는 도달하지 못했을거야. 그래서 우리들은 될 수 있는 대로 여러 분야의 책을 읽어 지금까지 쌓아 온 인류의 경험을 배워야만 해. 그러한 배움을 출발점으로 하지 않으면 모처럼의 힘겹게 얻은 지식이 도무지 쓸모가 없게 되지. 기왕에 노력하는 이상 인류가 오늘날까지 진보해 오면서 아직 풀지 못하고 있는 문제를 해결하기 위해서 노력해야 한단다.

그리고 코페르니야, 삼촌이 한 가지 더 말하고 싶은 게 있단다. 너는 주변의 여러 가지 물건에 대해 깊이 생각하면서 그 물건에는 한결같이 수없이 많은 사람의 노동이 담겨 있다는 사실을 알 수 있었어. 그렇지만 그 사람들은 너의 입장에서 보면 전혀 보지도 알지도 못하는 사람들뿐이야. 이 사실을 너는 이상하다고 생각했지. 사실, 누구든 이 넓은 세상의 모든 사람을 다 알 수 있다는 것은 불가능해. 그러나 네가 먹는 것, 입는 것, 사는 집 등 살아가기 위해 반드시 필요한 모든 것을 만들기 위해 실제로 수고를 아끼지 않은 여러 사람과, 그 덕분에 살고 있는 네가 정말로 완전한 남남이라는 사실은 확실히 이상한 일이 아닐 수 없단다.

그런데 오늘날은 유감스럽게도 그것이 사실이야. 인간은 서로가 지구를 덮어씌울 정도로 큰 그물을 이루고 있지만, 서로의 연결은 아직도 인간다운 관계라고는 말할 수 없어. 그러니까 지금까지 인류가 진보해 오면서도 인간 서로 간의 싸움은 그치지 않고 있는거란다. 재판소에서는 돈 때문에 벌이는 소송이 끊이지 않고, 나라와 나라 사이에도 이해의 충돌로 인한 전쟁이 끊이지 않고 있어. 네가 발견한 인간과 인간의 관계란, 불행하게도 아직은 물질의 분자와 분자 사이의 관계와 비슷해서 진정으로 인간다운 관계는 형성하지 못하고 있어.

그런데 코페르니야, 인간은 정말로 인간답지 않으면 안되는거란다. 인간들이 인간답지 않은 관계 속에 있다는 사실은 정말 슬픈 일이지. 만약에 완전한 타인관계—너의 법칙에서도 나타났지만 사실 이런 관계는 없단다—라고 하더라도 인간다운 관계로 맺어지는 것이 참된 것이 아니겠니. 그래서 지금 우리가 서 있는 자리에서 가능한 한 진정한 인간관계를 맺어 나가기 위해 끊임없이 노력해야 돼.

가깝게는 집에서부터, 학교의 친구들, 이웃 사람들, 오가며 스치
는 많은 사람들 모두에게 깊은 사랑과 감사의 손을 먼저 내밀어야
할게다. 그리고 어른이 되어서도 이러한 사실에 대해 성실하게 관
심을 가져 주었으면 한다. 많은 어려움이 있으리라고 생각된다만,
우리는 반드시 해낼 수 있을거다. 비록 이 문제가 인류가 지금까지
진보해 왔으면서도 아직 해결하지 못한 문제 중의 하나이며, 또 가
장 절실한 것이기도 하지만 인간은 늘 해결할 수 있는 문제들만을
제기하는 법이지.

그러면 코페르니야, 참으로 인간다운 관계란 어떤 관계를 말하
는 것일까? 이 문제에 대해서도 나는 너에게 해답을 줄 수가 없
어. 다만 다음과 같은 것이 아닐까 하는 생각을 들려줄 수 있을 뿐
이야. 너의 어머니는 너를 위해 무엇을 하더라도 그 대가를 바라지
않아. 너를 위해 봉사하고 있다는 사실이 그대로 어머니의 즐거움
이야. 너만 하더라도 친한 친구에게 뭔가 해 주면 그저 기쁘지 않
던? 인간이 서로 따뜻한 마음을 베풀고 그것을 즐거움으로 삼는
것처럼 아름다운 것은 또 없어. 그리고 이것이야말로 참으로 인간
다운 관계가 아닐까? 코페르니야, 넌 그렇게 생각하지 않니?

앞치마의 골목

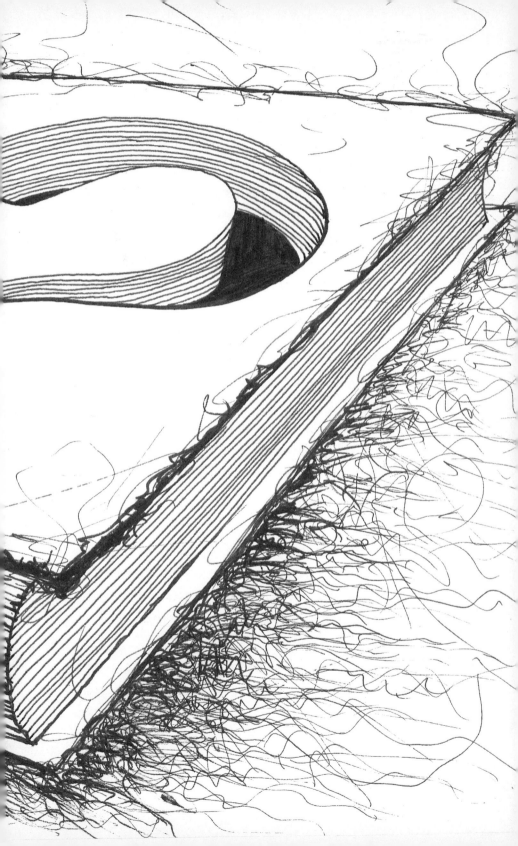

12월입니다. 부쩍 학교 건물의 양지 쪽에 모여 짧은 쉬는 시간을 보내는 학생들이 늘어났습니다. 바람이 불지 않는 날이 4~5일 간 계속되어 그나마 따뜻함을 누리는가 했더니, 갑자기 추운 날씨가 찾아왔습니다. 솜같은 구름이 하늘에 높이 걸려 있는 날이 계속되고, 구름이 높을수록 바람도 심해져 추위가 뼛속까지 스며들어 왔습니다. 비록 날씨는 이렇게 춥고 또 학기말 시험이 다가와 학생들을 괴롭혔지만, 기대 또한 큰 때였습니다. 시험만 끝나면 기다리고 기다리던 겨울방학이 시작되는데다가 눈이 내릴 날도 얼마 남지 않았기 때문입니다.

추운 날씨가 계속되면서 교실에 난로가 등장하였습니다. 장갑을 낀 채로 귀를 가리며 운동장에서 교실로 들어서면 난로의 따뜻한 기운이 얼굴에 부딪쳐 옵니다. 그 훈훈함에 마음은 넉넉해집니다만 오래지 않아 몸은 나른해지고 찾아오는 것이 졸음입니다. 아무리 무서운 선생님도 막지 못하는 졸음! 이럴 땐 용식이가 아니더라도 꾸벅꾸벅 졸기 마련입니다.

물론 용식이는 사람들의 눈에 띌 정도로 잘 졸곤 했습니다. 용식이가 꾸벅꾸벅 졸다가는 제풀에 놀라 갑자기 머리를 드는 것이 코페르니의 자리에서도 가끔 보였습니다. 그런데 용식이가 어쩐 일인지 3일째 계속 결석이었습니다. 언제나 용식이의 구부러진 뒷등이 보였던 곳이 휑하니 비어 있었습니다. 코페르니는 웬일인지 그것이 마음에 걸렸습니다. 심지어는 선생님의 수업조차 제대로 귀에 들어오지 않을 지경이었습니다.

4일. 5일. 학기말 시험이 다가오고 있건만 용식이의 모습은 여전히 보이지 않았습니다. '심한 감기에 걸렸는지도 모르지?' 하고 코페르니는 생각했습니다. 같은 반 학생 중 누군가가 이틀만 결석

하면 대개 친구들이 문병을 가게 되므로 소식을 알 수 있기 마련인데, 용식이에게는 누구도 문병을 갈 친구가 없었습니다. 그래서 코페르니는 자기라도 빨리 용식이를 찾아가야겠다고 생각했습니다.

코페르니가 이렇게 용식이의 일로 안절부절하는 것은 결코 값싼 동정심 때문이 아니었습니다. '김치사건' 이후로 드러내 놓고 표현하진 않았지만, 코페르니는 용식이를 예전과 달리 생각하게 되었고, 그럴수록 용식이의 선한 마음을 자주 발견할 수 있었습니다. 청소를 할 때도 용식이는 궂은 일을 도맡아 했으며, 아무도 눈여겨보지 않는 꽃병의 물도 틈이 나는 대로 갈아주곤 하였습니다. 그리고 더욱 소중한 것은 자신이 한 일을 남들이 알아 주지 않아도 전혀 개의치 않는다는 것이었습니다.

용식이가 결석한 지 닷새째 되는 금요일, 코페르니는 마침내 용식이네 집엘 찾아 가기로 작정하였습니다. 어머니께는 아침에 미리 늦을거라고 말씀을 드렸습니다.

하늘은 맑게 개어 햇볕은 있었지만 바람이 쌩쌩 불어 매우 춥게 느껴지는 오후였습니다. 코페르니는 버스를 타고 집과는 반대 방향으로 달렸습니다. 두세 정류장을 지나자 차창 밖으로는 전혀 딴판인 세계가 펼쳐져 있었습니다.

단정한 이층, 삼층의 양옥과 보기에도 시원하게 늘어선 아파트 대신, 높고 커다란 굴뚝과 마치 창고와 같은 단층 건물들이 줄지어 늘어서 있었습니다. 오후의 덜 바쁜 시간이라서인지 길을 오가는 사람도 거의 없었으며, 굴뚝이 내뿜는 연기만 아니라면 그저 모형으로 지어 놓은 건물처럼 여겨졌습니다. 공장지대가 끝나고 막 고개를 하나 넘으니 내려야 할 곳에 이르렀습니다. 코페르니는 학교

에서 출발하기 전에 용식이의 집을 아는 반 친구로부터 위치를 알
아 두었던 것입니다.

코페르니가 내린 곳은 허름한 집들이 다닥다닥 붙어 있는 나지막
한 산어귀였습니다. 정류장 오른편으로 산 위로 오르는 언덕길이
있었고, 그 길을 이백 미터쯤 오르니 자동차 한 대가 지나갈 만한
좁은 골목이 나왔습니다. 이 골목이 끝나는 지점에 용식이네 집이
있다고 했습니다. 코페르니에게는 처음 와 보는 낯설은 곳이었습
니다.

골목에 들어서니까 생선가게, 채소가게, 과일가게, 쌀가게, 과
자집 등 좁은 길 양쪽으로 조그마한 가게가 어깨를 맞대고 즐비하
게 늘어서 있었습니다. 그 어느 것이나 어른이 손만 뻗으면 지붕
끝에 닿을 만한 나지막한 가게들이었고, 게다가 가게와 살림집을
같이 사용하도록 했는지 2층으로 되어 있어서 통로는 더욱 더 그늘
지고 음침하게 느껴졌습니다. 통로를 따라 걷는 코페르니는 마치
터널 속에라도 들어온 기분이었습니다.

그런데 그 좁은 통로에 사람들의 통행은 왜 그리도 많은지……
앞치마를 두른 채로 나온 아저씨, 어린 아이를 업은 아줌마들이 줄
지어 걸어가고 있었으며, 그 틈바구니 사이사이를 고무장화를 신
은 아저씨들이 자전거를 타고 요리조리 비켜가고 있었습니다. 거
기에다 남루한 옷차림을 한 국민학생 또래의 애들이 무슨 놀이를
하는지 사람들 사이를 뛰어다녀 이상한 냄새와 함께 더욱 어수선한
느낌을 주었습니다.

코페르니는 좌판에 펼쳐져 있는 물건들을 하나 하나 유심히 살펴보면서 걸었습니다. 정육점 앞에서는 뚱뚱한 남자가 더럽혀진 앞치마를 걸치고 무언가를 연신 씻어대고 있었습니다. 그 옆의 만두집 창가에는 '만두 2개 백원' 이라고 붓으로 쓴 종이가 붙어 있었습니다. 또 그 옆에 있는 닭집에서는 애기를 업은 아주머니가 반죽이 잔뜩 입혀진 닭조각을 기름에 튀겨 내고 있었습니다.

계속 늘어서 있던 가게들이 어느 새 뜸해지자 이번에는 작은 광주리나 좌판을 벌여 놓고, 채소며 생선을 파는 할머니들이 줄지어 나타났습니다. 모두들 저마다 앞치마를 두른 채 말입니다. 정말 이 골목엔 '앞치마'가 많았습니다. 그래서 코페르니는 이 골목을 '앞치마의 골목' 이라고 이름 붙이면 좋겠다고 생각했습니다.

마침내 골목이 끝날 즈음에 파란색 페인트로 칠이 된 문이 나타났습니다. 얼핏 화장실이 아닌가 생각될 정도로 작은 문이었습니다. 이곳이 바로 용식이네 집인 것입니다.

코페르니는 잠시 망설였습니다만 용기를 내서 문을 두드렸습니다. 그러나 안에선 드르륵거리는 기계소리만 계속 들려 왔고, 누구 하나 나와 보질 않았습니다. 이번에는 더욱 크게 문을 두드렸습니다만 역시 마찬가지였습니다. 어쩔 수 없이 코페르니는 문을 가만히 잡아 당겼습니다. 문은 쉽게 열렸습니다. 그러나 눈앞에 펼쳐진 광경은 여느 집과는 전혀 다른 모습이었습니다. 아니 어쩌면 이 근처의 집이 모두 이런 식으로 되어 있는지도 모를 일이었습니다.

바깥문을 열자 부엌인 듯한 사람이 돌려 앉기에도 비좁은 공간에 아궁이와 찬장이 있었고 곧장 방으로 통하는 미닫이 문이 있었습니다. 안에 사람이 있는지 몇 켤레의 신발이 어지럽게 바닥에 널려 있었습니다. 그 중에는 물론 낯익은 용식이의 낡은 테니스화도 놓여 있었습니다. 코페르니는 용식이의 신발을 보자 무척 편안해지는 느낌이었습니다. 행여 잘못 찾아왔으면 어떡하나 하는 걱정이 슬며시 들었기 때문입니다. 비록 낯설지만 이곳이 용식이네 집인 것만은 분명한 것입니다.

그 신발 덕분인지 코페르니는 다시 한번 크게 소리쳤습니다.

"계세요? 안에 아무도 안 계세요?"

그제서야 방문이 열렸습니다. 문을 열어 준 사람은 40대 남짓의 몸집이 큰 아주머니였습니다. 아주머니 역시 앞치마를 두르고 있었습니다. 아주머니의 앞치마에는 실밥이 잔뜩 묻어 있었고, 머리에도 군데군데 하얀 실밥이 붙어 있었습니다. '아, 바느질을 하시는구나' 하고 생각하며 코페르니는 안을 들여다 보려고 고개를 빼고 갸우뚱거렸습니다. 그러나 몸집이 큰 아주머니가 가로막고 서 있어서 안은 보이지 않았습니다. 더욱이 안은 그다지 밝지도 않았습니다.

"누구니? 웬일로 왔지?"

아주머니는 코페르니의 얼굴을 유심히 바라보며 물었습니다. 바로 코앞에 코페르니를 두고 있는데도 아주머니의 목소리는 왕왕거리며 거침이 없었습니다. 묻는 아주머니의 큰 목소리에 놀란 코페르니는 우물쭈물 망설였습니다.

"저, 저, 용식이 집에 있습니까? 친구데요."

아주머니는, '아, 그래' 하는 표정으로 신기한 듯이 코페르니를 내려다 보았습니다.

"우리 아이 친구라구? 난 또 어디서 심부름 온 앤 줄 알았네. 우리 용식이야 집에 있구말구."

그렇게 말하면서 안쪽을 향해 또 다시 크게 소리를 쳤습니다.

"용식아, 친구 왔다!"

아주머니가 소리를 지르자 방 안에서 누군가가 등을 이쪽으로 향한 채 일을 하다가, 깜짝 놀라면서 고개를 돌렸습니다. 바로 용식이였습니다.

"아, 동우구나!"

용식이는 그렇게 말하면서 자리에서 일어나 문 쪽으로 나왔는데 그 모습을 보는 순간 코페르니는 어이가 없었습니다. 아무리 앞치마가 흔한 골목이라고는 하지만, 어찌된 일인지 용식이마저 앞치마와 손토시를 두르고 있는 것이었습니다. 앞치마 밑으로는 낯익은 바지가 보이고 손에는 작은 가위가 들려 있었습니다. 작고 날카로운 가위였습니다. 그리고 코페르니는 아주머니와 마찬가지로 머리와 옷 여기저기에 잔뜩 실밥을 달고 있는 용식이를 보면서 신기한 듯 눈을 크게 뜨고 말했습니다.

"너, 아프지 않았구나?"

용식이는 반갑기도 하고 겸연쩍기도 한지 얼굴을 묘하게 일그러뜨리고 아무 대답도 하지 못한 채 망설이기만 했습니다. 그러자 옆에서 보고 있던 아주머니가 대신 대답했습니다.

"응, 우리 아이가 아픈 건 아닌데, 일하는 종업원이 감기에 걸려서 누워 있단다. 게다가 아버지는 집을 비웠고, 일손이 어찌나 부족한지, 학교를 나갈 수가 있어야지. 그래서 학교를 며칠 빠졌지. 워낙 바쁘다 보니 아무 연락도 못하고……. 아무튼 잘 왔다. 거기서 있지만 말고 좀 들어오너라."

코페르니와 용식이는 안으로 들어가서 이제 막 용식이가 앉았던 곳에 나란히 앉았습니다. 작업대에는 재봉틀이 나란히 세 대 놓여 있었고, 여기저기 하얀 헝겊조각이 널부러져 있었습니다. 그리고 구석에는 라면상자가 채곡채곡 쌓여져 있었습니다.

"재미있게 놀다가 가렴."

아주머니는 방 한가운데 놓여 있던 석유난로를 번쩍 들어 코페르니 앞에 갖다 놓고 따뜻한 보리차를 내 주셨습니다. 그리고는 용식이를 보고 "이것 좀 갖다 주고 오마. 금방 올게" 하고 말씀하시면서 커다란 상자를 머리에 들쳐 이셨습니다. 용식이가 부리나케 일어나 도와 드리려고 했습니다만 어느 새 아주머니는 그 큰 상자를 아주 가볍다는 듯이 훌쩍 들어서 이고 나가셨습니다.

아주머니는 골목길을 나서시면서 "원, 별일도 다 있네. 용식이에게도 저렇게 참한 친구가 있다니" 하시며 혼잣말로 중얼거리셨습니다.

다시 방으로 돌아 온 코페르니는 용식이와 나란히 앉기는 했지만 무엇부터 얘기를 해야 할지 알 수가 없었습니다. 그래서 후후 잔을 불면서 보리차만 마시고 있었습니다. 용식이도 서먹서먹한지 너무 낡고 닳아 보풀이 하얗게 일어난 손토시를 만지작거리며 어쩔 줄 몰라했습니다.

그러다가 용식이는 "동우야, 조금만 기다려. 하던 일이 아직 안 끝났거던……" 하고 쭈뼛쭈뼛 책상 앞으로 당겨 앉았습니다.

"금방이야, 요것만 해치우면 되니까……. 이것도 오늘 저녁 안으로 다 해서 갖다 줘야 해."

그렇게 말하면서 용식이는 앞치마에서 아까 들고 있던 가위를 끄집어 냈습니다. 그리고는 작업대에 올려져 있던 하얀 천을 이미 그

어진 선을 따라 잘라 내기 시작하였습니다. 가위를 들이대는 순간 기다렸다는 듯이 넓은 천은 세로로 긴 사각형의 꼴이 되어 작업대 위에 올려졌습니다. 놀라울 정도로 빠른 솜씨였습니다.

그러나 더욱 코페르니를 놀라게 한 일은 그 다음에 벌어졌습니다. 용식이는 자르기를 끝내자 이번에는 재봉틀에 전기를 꽂았습니다.

"이건 와이셔츠 소매야. 우리 집에서는 이렇게 소매만 만들어 공장엘 갖다 줘. 다른 집에서도 깃을 만들거나 앞판, 뒷판을 짜 와. 공장에서는 이렇게 만들어진 조각조각을 함께 이어서, 그럴싸한 상표를 붙여 시장에 내다 파는거지. 신기하지?"

자세하게 자신의 일을 설명하면서 용식이는 조금씩 힘을 얻었는지 목소리가 한결 또렷해졌습니다. 코페르니는 참으로 신기하다는 듯이 고개를 주억거렸습니다.

그러나 용식이는 코페르니의 대답에는 아랑곳하지 않고 곧장 본격적으로 작업을 시작했습니다. 용식이는 먼저 알맞게 잘라진 옷감의 끝을 미리 한쪽 편에 만들어 놓았던 딱딱한 소매끝과 접어 나란히 맞대고 바늘 밑에 갖다 댔습니다. 그리고는 옷감이 삐져 나오지 않게 받침대를 내리고 전원을 넣었습니다. 순식간에 소매와 소매끝은 튼튼하게 연결되었습니다. 다음에는 이렇게 이어진 것을 반으로 접어 붙여 나갔습니다.

재봉틀 일이 끝나자 용식이는 만들어진 것을 뒤집어 한 번 가볍게 툭 털었습니다. 그러자 조각조각 나뉘어져 있었던 천조각이 소매처럼 동그랗게 이어졌고, 익히 봐 왔던 와이셔츠 소매가 나타났습니다. 하나가 다 되자 용식이는 이것을 앞에 둔 얼기설기 짜여진 큰 광주리에 담았습니다.

그 솜씨도 솜씨려니와 코페르니는 남자가 재봉틀 일을 한다는 사실이 제대로 받아 들여지질 않았습니다. 재봉틀 역시 바느질의 일 종이고, 바느질은 어디까지나 여자들의 일이었던 것입니다. 코페르니의 어머니는 심지어 코페르니가 부엌에조차 마음대로 드나들지 못하게 하셨습니다. 그러는 어머니께 재봉틀 일을 해보겠다고 하면 아마 기절하실지도 모를 일이었습니다. 그러나 용식이는 너무나 자연스럽고 당당하게 그 일들을 해치우고 있었습니다.

'야, 남자가 무슨 이런 일을 하니?'라는 말이 코페르니의 입안에서 뱅글거렸습니다. 그러나 태연히 자신의 일을 아무렇지도 않은 얼굴로 해치우고 있는 용식이를 보면서, 오히려 자신의 생각이 잘못된 것이 아닌가 하는 느낌이 들었습니다. 비록 재봉틀 일이라고 하나 용식이가 이마를 찡그리고 규칙적으로 콧구멍을 벌름거리면서, 조금도 눈을 떼지 않고 바쁘게 손을 움직이는 모습이 무척 듬직하게 보였던 것입니다.

용식이의 손은 시간이 흐를수록 점점 더 빠르고 정확해졌습니다. 드르륵거리는 기계소리에 맞춰 바늘이 수직으로 바쁘게 움직일 때면 금방이라도 손가락에 구멍이라도 날 판입니다만 용식의 손은 언제나 아슬아슬하게 그 옆을 스쳐 지나가곤 했습니다. 또 그저 아무렇지도 않게 척척 접는 것 같은데도 서로 맞댄 소매는 마치 자로 잰 듯이 정확하게 서로 이어져 있었습니다.

'햐!'하고 코페르니는 마음 속으로 탄성을 질렀습니다. 운동이라면 무엇을 시켜도 꼴찌밖에 할 줄 모르는 용식이가 날카롭게 바늘이 돋아 있는 재봉틀을 이렇게도 능숙하게 다루리라고는 꿈에도 생각지 못했던 일이었습니다. 코페르니는 자기 눈이 의심스러울 정도였습니다.

재봉틀 앞에 앉아서 이리저리 손을 움직이고 있는 용식이는 완전한 기술자였습니다. 용식이의 모습에서는 마치 마운드 위에서 위기를 하나하나 막아 가는 노련한 구원투수를 연상시킬 정도로 능숙함과 여유를 느낄 수 있었습니다.

"햐!" 마침내 코페르니는 감탄의 소리를 내고 말았습니다.

"너 아주 잘하는데."

용식이는 쑥스러운 듯 웃음을 지어 보였습니다.

"너 그거 얼마나 연습했니?"

"연습?"

"아니 정말 대단해서 묻는거야."

"연습따윈 안해. 그저 가끔씩 아버지, 어머니 일을 도와드렸을 뿐이야."

"야, 그럼 아버지도 재봉틀 일을 하시니?"

"얼마나 잘 하신다고, 나보다 몇 배나 더 빨리 하셔. 아버지는 일급 기술자야."

용식이는 미처 코페르니가 묻는 의도를 알아채지 못한 듯했습니다. 코페르니에게는 그것이 오히려 다행으로 여겨졌습니다. 자신의 질문이 터무니 없이 어리석다는 생각이 용식이의 대답을 들으며 밀려들었기 때문입니다.

"실수는 하지 않니?"

가까스로 코페르니는 새로운 화제를 찾아 냈습니다.

"처음 할 때는 노다지 실수였지, 뭐. 그런데 지금은 그렇게 많지 않아. 이게 그래도 한번 잘못해서 버리면 다 돈이야. 자연 열심히 할 수밖에 없어."

다 만들어진 소매를 광주리에서 다시 상자로 옮겨 채곡채곡 담은
뒤에 용식이는 방 여기저기에 널려진 헝겊조각을 모았습니다.

"이 작은 쪼가리들도 다 쓸모가 있어. 어떨 때는 인형 옷을 만들
어서 내다 팔기도 하고, 영 쓸모가 없으면 베개 속으로 쓰기도
해."

"그래? 야, 정말 알뜰하구나!"

이렇게 말하며 코페르니는 혀를 내둘렀습니다.

이때 용식이의 어머니가 돌아오셨습니다. 이번에는 상자 대신
보자기에 가득 옷감을 담아 오셨습니다. 용식이는 얼른 어머니의
짐을 받아들고는 곰살궂게 말을 건넸습니다.

"어머니, 다 됐어요."

"그래, 수고했다, 수고했어."

용식이 어머니는 용식이의 손을 잡고, 아주 잠깐 동안 눈을 들여
다 보며 씽긋 웃어 보이셨습니다. 용식이는 앞치마와 토시를 벗고
머리에 묻은 실밥을 털어냈습니다. 용식이 어머니도 곁으로 오셔
서 바지가랑이에 붙은 실밥을 떼 주셨습니다.

"그냥 두세요, 어머니. 또 금방 묻을텐데요, 뭐."

용식이는 어머니를 넌즈시 밀쳐 내면서 쑥스러운지 코페르니를
보고 씩 웃었습니다. 코페르니의 눈앞에는 이제야 학교에서 보아
오던 용식이가 나타났습니다.

"애야, 이젠 됐다. 궁금한 것도 많을텐데 네 방으로 같이 올라가
려므나."

아주머니가 용식이에게 말했습니다. 그리고 다시 코페르니에게
말했습니다.

"애야, 그렇게 해줄래. 얘가 학교 일 때문에 얼마나 걱정했는지 모른단다. 너무 지저분하고 누추한 곳이지만 이런 집도 있다는 걸 안다고 나쁠 건 없잖니? 용식아. 뭐 해! 어서 데리고 올라가지 않구?"

그래서 용식이는 코페르니와 함께 방 한쪽에 걸린 사다리를 삐그덕거리며 올라가, 용식이의 공부방인 다락으로 올라갔습니다. 용식이의 방은 북쪽을 향해 있는 허술한 단칸방이었습니다. 팔굽 높이에 자그마한 창문 하나가 있고 뿌연 유리가 끼어 있었는데, 제일 윗칸만은 맑은 유리여서 그것을 통해 겨울의 음산한 하늘이 보였습니다. 밖에서는 바람이 우는 소리가 들리고 유리창은 쉬지 않고 덜커덩대고 있었습니다. 창문 앞에 놓여 있는 조그마한 앉은뱅이 책상 위에 책, 공책, 그리고 낯익은 가방이 올려져 있었습니다. 둘은 두꺼운 겨울담요를 깔고 그 속에 발을 넣고 마주 앉았습니다. 담요 위에 겹쳐진 채로 놓여 있는 용식이의 손은 잔뜩 동상에 걸려, 둘째 손가락 첫째 마디에는 상처가 벌어진 채로 드러나 있었습니다.

"그래, 학기말 시험은 언제부터니?" 하고 용식이가 물었습니다.

"17일부터래."

"시험시간표는 발표됐니?"

"아직 아니야. 그래도 이번 월요일이면 알게 된다고들 하더라."

그 소리를 들은 용식이는 걱정스러워 못 견디겠다는 표정이었습니다.

"영어는 몇 과까지 나갔니?"

"16과 끝까지야."

"수학은?"

"오늘부터 비례식을 들어갔어."

국어는? 국사는? 도덕은? 과학은? 하고 용식은 과목 하나하나에 대해서 자기가 쉬는 동안에 진도가 얼마나 나갔는지 열심히 물어 보았습니다. 코페르니는 용식이의 교과서를 들춰가면서 일일이 여기까지 나갔다고 가르쳐 주었습니다. 용식이는 거기에다 표시를 해 가면서 몇 번이고 그 페이지 수를 헤아리고 있었습니다. 용식이가 너무나 걱정스러워하니까 코페르니도 마음이 좋지 못했습니다.

"야, 너무 걱정하지 마. 5일 간 쉬었댔자 금방 따라 잡을 수 있어."

"그럴까? 그래도 나는 낮에는 시간이 없고, 밤이 되면 졸려서⋯⋯."

"그래도 지금 배우고 있는 곳은 아주 쉬워, 조금만 보면 알 수 있을거야."

"그거야, 너처럼 머리만 좋다면야⋯⋯."

용식이는 그렇게 말하면서 쓸쓸히 웃었습니다. 용식이는 여느 날에도 아직 캄캄한 새벽에 일어나서 아버지 어머니가 간밤에 해 놓으신 물건들을 정리하고, 상자에 쌓아 두는 일을 해야만 했습니다. 공장에서 일을 시작하기 전에 차가 와서 만들어 둔 물건을 모두 거두어 가기 때문입니다. 그러니 자연 점심시간 무렵이면 졸음이 와서 졸기 마련이었던 것입니다.

게다가 이번에는 아버지가 집에 안 계시고 일하는 어린 소녀마저 심한 감기에 걸려 누워 있었습니다. 그래서 어머니와 용식이 단 둘이서 이 작은 공장을 꾸려가야 했습니다. 용식이는 보통 때의 세 배를 일하지 않으면 안되었습니다.

그러나 시험은 가까와 오지, 학업은 뒤떨어져 있지, 학교 일을 생각하면 용식이의 근심은 이만저만한 것이 아니었습니다.

"너, 언제부터 학교에 나올 수 있니?"

코페르니는 걱정스레 물었습니다.

"아버지만 돌아오셔도 곧 나갈 수 있는데……."

"아버지는 언제쯤 돌아오실 수 있는데?"

"알 수가 없어. 원래대로라면 엊그제쯤 이미 돌아오셨어야 해."

코페르니는 용식이의 아버지가 어디에 가셨는지, 무슨 일로 늦어지시는가를 물어보았습니다.

용식이는 잠시 망설이다 조금씩 그 사정을 설명했습니다. 용식이 말에 따르면 아버지는 고향인 강원도 정선에 가셨다고 합니다. 그곳은 용식이 어머니의 고향이기도 한데, 아버지의 형제들, 그러니까 용식이의 큰 아버지, 작은 아버지를 포함해서 친척들이 지금도 많이 모여 살고 계신다고 합니다.

아버지의 일이란 돈을 구해 오는 일이었습니다. 도대체 아버지가 필요로 하는 돈이 얼마인지는 용식이도 몰랐습니다. 왜 그 돈이 필요한지도 용식이는 알지 못했습니다. 그렇지만 아버지는 그 돈이 없으면 대단히 곤란하다는 것만은 확실했습니다. 그래서 이 겨울날 눈이 많이 쌓여 있을 정선까지 친척들에게 부탁하러 가신 것이었습니다. 돌아오실 날짜가 자꾸만 늦춰지는 것은 돈 마련이 잘 안되기 때문일 것입니다. 용식이가 알고 있는 것은 그것뿐이었는데, 그것밖에 모르기 때문에 더욱 더 불안했습니다.

이 이야기를 하고 있는 동안, 용식이는 어린 소년답지 않게 어른들이나 지을 어두운 표정으로 얼굴이 점점 변해갔습니다.

"그런데 너, 이런 소리 누구한테도 이야기하지 마. 어머니도 내가 알고 있다는 사실을 모르고 계셔. 아버지가 떠나시기 전날 밤 자다가 두런거리는 소리에 눈을 떴어. 그랬더니 아버지와 어머니가 그런 말씀을 나누시는거야."

코페르니는 무슨 말이라도 해서 용식이를 위로해 주고 싶었지
만, 할 말을 찾기 힘들었습니다. 그리고 여태껏 자신이 살아오면서
했던 근심과 걱정이 얼마나 사소한 것들이었나 하는 생각을 갖게
되었습니다. 정말 이렇게 가슴이 짓눌리는 느낌을 갖기는 처음이
었습니다. 용식이가 참 안됐다고 생각은 하면서도 코페르니로서는
아무 것도 할 수가 없는 것입니다. 또 용식이가 이렇게 심각하게
걱정하고 있는 걸 생각하면 어떻게 적당히 얼버무리는 말을 할 수
도 없는 처지였습니다. 창문은 덜컹덜컹 흔들리고, 여전히 울어대
는 바깥 바람이 멀리서 그러나 요란하게 코페르니의 귀에 들려왔습
니다.

"정말이야, 누구한테도 이야기하지 마!" 용식이가 한참만에 이
렇게 말했습니다.

"그럼, 물론 안하지."

코페르니는 구원이라도 받은 듯한 기분으로 그렇게 대답했습니
다. 그렇게 대답하는 것이 얼마간이나마 용식이에게 위로가 된다
면 코페르니도 도움을 받는 셈이라, 주고 받는 말은 자연스럽게 이
어져 갔습니다.

"암, 안하고말고. 절대로 말 안해. 내 이 손가락을 걸고 맹세해도
돼."

그렇게 말하면서 코페르니는 새끼손가락을 편 채로 손을 내밀었
습니다. 동상에 걸려 벌개진 용식이의 새끼손가락이 코페르니의
손가락과 얽혔습니다. 두 소년은 손가락을 힘주어 당겼습니다. 그
순간 코페르니와 용식이는 잠시 심각한 얼굴이 되었습니다—더욱
이 용식이는 동상 걸린 손가락의 아픔을 참느라 더욱 입을 꽉 다물
어야 했습니다. 손가락을 풀면서 둘은 얼굴을 맞대고 웃었습니다.

용식이의 얼굴에는 코페르니에 대한 신뢰가 넘쳐 있었습니다.

그때 저쪽 건너방으로부터 "콜록콜록" 하고 힘 없는 기침소리가 들려왔습니다.

"그래, 참 정순이에게 가 봐야지" 하고 용식이가 중얼거렸습니다.

"정순이는 우리집 일하는 앤데, 지금 감기로 누워 있어. 내 잠깐 갔다 올께."

그렇게 말하면서 용식이가 일어서려는데, 갑자기 미닫이 문이 열리면서 여섯 살 가량의 사내애가 나타났습니다. 그 애에 뒤이어 국민학교 5, 6학년 정도 된 여자애가 과자 그릇과 음료수를 담은 쟁반을 한 손에 들고, 한 손으로는 다락방의 사닥다리를 잡고 들어왔습니다. 용케도 힘들어하지 않고 올라왔습니다. 남자애는 털쉐타에 털실로 짠 바지를 입었고, 얼굴은 용식이를 빼닮아서 둥근 얼굴에 작은 눈을 하고 있었으며, 뺨이랑 손, 옷 모두가 아주 더러웠습니다. 여자애는 등에 어린애를 업고 있었는데, 이 애도 털실로 된 옷을 입고 있었습니다.

사내 아이는 거기에 선 채 코페르니를 말똥말똥 쳐다보았으며, 여자애는 공손하게 쟁반을 받쳐들고 조용히 다가왔습니다. 틀림없이 학교에서 배운 예절을 실제로 써 볼 좋은 기회라고 생각하는 것 같았습니다. 매우 새침한 얼굴로 한걸음 한걸음 발길을 옮겨 오는 폼이 마치 임명장을 받을 때의 반장처럼 보였습니다. 여자애는 코페르니 앞에까지 와서는 정중히 쟁반을 내려 놓고는 뒤로 조심조심 물러섰습니다. 쟁반 위 과자 접시에는 아직 김이 무럭무럭 나는 붕어빵이 놓여 있었습니다.

"네 동생이니?" 하고 코페르니가 작은 목소리로 물었습니다.

"응, 저쪽은 남동생이고."

용식이의 여동생은 뒷걸음질로 가다가 깜작 놀라하며 동생을 향해 소리를 쳤습니다.

"민식아! 너 뭐하고 있니! 어쩌면 좋아, 버릇 없이. 어서 이쪽으로 안 와!"

사내 아이는 어느 틈에 방 안쪽으로 들어와 선 채 붕어빵을 바라보고 서 있었습니다. 누나의 목소리가 전혀 귀에 들어오지 않는 모양이었습니다.

"이쪽으로 오라니까 그래, 왜 저리 못됐지!"

그렇게 말하면서 여자애는 동생의 손을 끌어당기다시피 했지만, 아이는 누나의 손을 뿌리치고 더욱 말똥말똥한 눈으로 붕어빵을 쳐다보고 있었습니다. 코페르니는 얼른 과자접시에 놓인 빵을 하나 집어 사내아이에게 주었습니다. 그 애는 코페르니의 얼굴을 한 번 힐끗 보고는 아무 소리없이 그것을 받아서 입으로 가져갔습니다. 용식이의 누이 동생은 정말 화가 나 있었습니다.

"정말 큰 일이다, 버릇 없어서. 너 엄마한테 이를 줄 알아!"

그렇게 말하면서 동생의 손을 잡아 방 밖으로 끌고 나갔습니다. 사내 애는 붕어빵을 호호 불면서 끌려 나갔습니다.

"내 동생은 반장이야. 공부도 나보다 훨씬 잘해"하고 용식이가 조금은 자랑스럽다는 듯이 말했습니다.

그리고 둘이는 붕어빵을 먹었습니다. 코페르니로선 처음으로 먹어 보는 붕어빵이었습니다. 코페르니의 어머니는 한 번도 싸구려 빵을 사줘 본 적이 없었습니다. 코페르니 자신도 그런 것을 먹으면 배가 아파진다고 듣고 있었기 때문에 먹고 싶다고 생각해 본 적도 없었습니다. 그렇지만 실제로 먹어 보니까 배가 고파서였는지 아주 맛있었습니다.

"콜록콜록." 다시 힘없는 기침소리가 들려왔습니다.

"아, 그랬지! 정순이한테 가본다고 하고서는……."

용식이는 반쯤 먹던 빵을 내려 놓고 코페르니에게 잠시 기다리라고 말하고는 방을 나갔습니다. 용식이가 나가고 나서 얼마되지 않아 다락방의 마룻장 밑에서 무언가 웅얼웅얼 얘기하는 소리가 들려왔습니다. 아마도 이 다락방 아래에 또 방이 붙어 있었던가 봅니다. 잔뜩 귀를 기울이고 들어보니,

"괜찮아, 글쎄 괜찮다니까"라는 용식이의 목소리였습니다.

무엇이 괜찮다는건지 상대방의 말은 들리지가 않았습니다.

"괜찮으니깐 누워 있어. 내가……."

용식이가 환자를 안심시키려고 하는 모양입니다. 그리고 잠시후 미닫이 문이 열리는 소리가 들리더니 부엌 쪽에서 무슨 소리가 들렸습니다. 코페르니는 일어서서 방문을 열고 소리나는 쪽을 바라보았습니다. 용식이의 어머니는 여전히 재봉틀 앞에 앉아서 바쁘게 움직이고 계셨고, 용식이는 부엌에서 허리를 잔뜩 구부린 채 세숫대야에 담긴 얼음덩이를 끌로 열심히 깨고 있었습니다. 용식이 발 밑에는 다 녹아 버린 얼음주머니가 축 늘어진 채 놓여 있었습니다. 용식이는 앓고 있는 정순이를 위해 얼음주머니를 만들고 있었습니다.

"나, 이제 가야겠다!"

코페르니가 자리에서 일어나며 이렇게 말한 것은 6시가 가까와서였습니다. 그 전에 코페르니는 용식이에게 앞서 한 약속 말고도 또 하나의 약속을 했습니다. 돌아오는 수요일에 다시 한 번 용식이의 집에 들러 영어나 수학 등 잘 모르는 것을 가르쳐 주고, 시험 전에 자기의 공책을 하나씩 빌려 주기로 한 것입니다. 이것은 코페르

니 스스로 용식이를 위해서 한 얘기였습니다. 용식이도 다음 번에 코페르니가 오면 자기네 가게에 있는 모터를 작동하는 것을 보여주고, 어머니의 허락만 있으면 직접 가동할 수 있도록 해준다는 약속을 했습니다.

작업을 하는 방에는 벽 한쪽 모퉁이에 타래실을 실패에 다시 감아내는 기계가 설치되어 있었습니다. 모터를 동력으로 해서 실패를 빠른 속도로 돌리는 장치인데, 용식이는 코페르니의 친절에 대한 답례로 그 기계를 코페르니가 직접 작동해 보도록 할 작정이었습니다. 코페르니에게는 무척 기대가 가는 일이었습니다. 코페르니는 기계 작동에 관심이 많았지만, 작동해 본 것이라고는 장난감에 붙어 있는 모터밖에는 없었고, 그것은 아무래도 진짜 같지가 않았던 것입니다.

"벌써 가려구?"

용식이의 어머니는 변함없이 재봉틀과 씨름하시다가 코페르니가 다락방에서 내려오는 것을 보고 그렇게 말씀하셨습니다.

"대접도 변변히 못했구나. 그렇지만 흉보지 말고 또 놀러 와라. 너와는 달라서 우리집 애는 원래부터 칠칠치 못해. 그래서 친구도 없이 지내는 것 같더니, 오늘은 아주 즐거운 날이었던 것 같구나. 안 그러니 용식아?"

용식이는 수줍은 표정으로 웃으면서 고개를 끄덕였습니다.

그러나 용식이에게는 더욱 더 즐거운 소식이 일 분도 못되어 날아들었습니다. 코페르니가 돌아가려고 문을 열고 나오고 뒤따라서 용식이가 배웅해 주려고 나오는 순간, 연한 갈색의 커다란 가방을 꽁지에 매단 붉은 자전거 한 대가 집 앞에 와 서면서 우체부 아저씨가 내려 섰습니다.

"전보요!"

말할 필요도 없이, 강원도에 가 계시는 아버지로부터 온 전보였습니다. 용식이도 그렇게 생각했는지, 부엌에서 선 채로 전보를 펼쳐서 읽고 있는 어머니의 얼굴을 뚫어지게 쳐다보고 있었습니다.

어머니의 얼굴 표정을 보면 이 전보가 좋은 소식인지 나쁜 소식인지를 알 수 있는 것입니다. 어머니가 어떤 얼굴을 할 것인가? 용식이와 함께 코페르니마저 어머니의 얼굴을 열심히 바라보고 있었습니다.

약간 치뜬 눈으로 전보를 읽고 있던 용식이 어머니는 다 읽고 나더니 웃음을 지어 보이셨습니다. 두 사람은 한숨을 내쉬었습니다. 용식이 어머니의 얼굴에는 분명히 안도의 빛이 배어 나왔습니다.

"애야, 아버지가 오늘 저녁 돌아오신단다. 이것 좀 봐라!"

어머니가 용식이에게 전보를 넘겨 주셨습니다. 전보에는 이제 막 찍혀 나온 듯한 상큼한 먹빛 잉크로 다음과 같이 쓰여 있었습니다.

'원만히 해결, 오늘밤 귀가.'

두 사람은 거리로 나왔습니다. 좁은 골목에서는 여전히 찬바람이 쌩쌩 지붕을 스치면서 불고 있었습니다. 코페르니와 용식이는 어깨를 나란히 하고 사람들 사이를 헤쳐가며 버스가 다니는 큰길 쪽으로 걸어가고 있었습니다. 용식이는 조금 전의 전보 때문에 마음이 들떠 오가는 사람들을 조금도 의식하지 못하는 듯 싶었습니다.

"야, '원만히 해결'이라는 말은 아마……."

용식이는 나지막한 목소리로 말했습니다.

"아마 그 일일거야. 큰아버지가 승락하셨다는 말일거야. 그렇지?"

"그럴거야!"

"그렇겠지?"

"그렇잖구, 뻔한 일이지 뭐!"

둘은 서로 이야기하면서 저절로 흥이 났습니다. 이렇게 되면 용식이의 걱정도 없어지고 학교에도 나올 수 있게 되는 것입니다. 용식이가 어느 정도로 좋아하고 있는지는 한걸음 한걸음 탄력이 붙은 걸음걸이만 보아도 알 수 있었습니다. 학교에 가면 그렇게도 웃음거리가 되고 바보 취급을 당하면서도 용식이는 학교에 갈 수 있다는 것이 그렇게 즐거운 모양입니다. 골목길을 지나 큰길로 나오는 모서리에서 둘은 헤어졌습니다.

"자, 그럼 또 만나!"

용식이는 섭섭해하며 다시 '앞치마의 골목'으로 되돌아 갔습니다.

코페르니는 세차게 바람이 몰아치는 큰길을 가끔 얼굴을 숙여 바람을 피하면서도 힘차게 걸었습니다. 왠지 힘차게 걷지 않고는 못 배길 기분이었습니다.

용식이는 다음 주부터 학교에 나왔지만 코페르니는 약속대로 용식이의 집을 다시 한 번 들렀습니다. 함께 하는 공부로 용식이는 뒤떨어졌던 단원을 보충하게 되어 일단 안심이 되었고, 코페르니는 코페르니대로 자기가 직접 스위치를 켰다, 껐다하며 모터를 작동시켜 보면서 더할 나위 없이 만족해 하였습니다. 코페르니는 붕하고 소리를 내면서 모터가 돌기 시작하자, 그에 맞추어 힘차게 감기는 벨트를 따라 이모저모 살펴보았습니다. 그런 모습을 용식이의 어머니가 양손을 허리에 댄 채 따뜻한 눈길로 바라보고 서 계셨습니다.

'용식이의 좋은 친구가 되어 주렴.'

용식이 어머니는 틀림없이 이렇게 생각했을 것입니다.

집으로 돌아와서 코페르니는 늦은 저녁을 먹었습니다. 이미 8시가 넘었지만 이웃에 있는 삼촌의 집으로 갔습니다. 삼촌은 아랫목에 엎드린 채 석간 신문을 읽고 있었습니다. 코페르니는 삼촌에게 인사하기가 무섭게,

"삼촌! 나 오늘 모터를 작동해 봤어요"하고 자랑을 했습니다.

"모터라니? 장난감 모터 말이냐?"

"천만에요. 진짜 모터요. 진짜 모터를 작동해 봤다니까요."

"그거 좋았겠구나. 도대체 어떤 모터인데?"

이렇게 질문을 받고 보니 사실은 실을 감는 모터라고 대답하기가 내키지 않아서 잠시 머뭇거리고 있으니까, 삼촌이 다시 물었습니다.

"어디 공장에라도 갔었니?"

"예."

"무슨 공장인데?"

"섬유공장." 코페르니는 거드름을 피우며 대답했습니다.

"섬유라면, 어떤 건데?"

"그것은, 응…… 저…… 그러니까, 우선 모터를 이용해 실을 감다가…….."

"그리고 나선?"

"그리고는 그것을 가지고…….."

"그것으로?"

"좌우지간 그것으로 옷을 만들어요."

"어떤 옷을?"

"와이셔츠 소매를 만들어요. 비록 소매만 만들긴 하지만 공장이
랑 똑같아요."

"그래! 어딜 갔다왔는지 시원하게 말해 보렴."

코페르니는 그제서야 빙긋이 웃으며 이야기 했습니다.

"사실은 용식이네 집엘 갔어요. 용식이네 집이 그걸 만들어요."

"그랬구나. 재미있었니?"

"아, 그럼요!"

코페르니는 두 번에 걸친 방문 사실을 삼촌에게 이야기 했습니
다. 무엇보다도 용식이네 집에서 보고 들은 모든 것이 코페르니에
게는 신기한 것들뿐이어서, 생생한 기억으로 말할 수 있었습니다.
코페르니는 그 일들을 삼촌에게 설명하는 것이 무척 즐거웠습니
다.

"용식이 어머니 얘길하면 삼촌은 놀랄거야. 마치 씨름선수 같애.
이렇게 몸집이 큰데 커다란 난로를 그냥 영차하면서 혼자 번쩍 들
었어요. 난 아무래도 용식이 어머니가 삼촌보다 힘이 셀 것 같은
생각이 들어."

코페르니는 이야기를 하며 용식이 어머니의 몸집을 팔을 한없이
벌려 표현했습니다.

"그거 큰일이구나. 어쩌다 용식이네 집에 잘못 들어갔다간 번쩍
들려서 내동댕이쳐질 것 아니냐?"

"아니, 나쁜 일만 안하면 아무 걱정도 없어요. 아주 친절하시구,
아주 좋으시던걸요."

코페르니는 삼촌이 묻는 대로 용식이네 집 모습이며 용식이에 관
한 이야기를 자세하게 했습니다. 그렇지만 용식이의 아버지가 강
원도까지 돈을 구하러 가셨다는 사실만은 말하지 않았습니다. 그

것은 코페르니가 용식이에게 절대로 말하지 않기로 한 것이기 때문
입니다. 코페르니의 말을 다 듣고 나서 삼촌은 이렇게 말했습니다.

"너희들, 그러니까 네 친구들과 용식이는 무엇이든 큰 차이가 있
구나. 아마도 그런 차이 때문에 용식이가 여러 친구와 같이 어울리
지 못하는가 보다. 그런데 코페르니야, 한번 생각해 봐라."

"뭘요?"

"도대체 너희들과 용식이가 어떤 점에서 차이가 난다고 생각하
니?"

"글쎄요……."

코페르니는 조금 당황한 얼굴을 했습니다. 그리고 한참을 망설
이다가 어렵게 말을 꺼냈습니다.

"저, 용식이네 집은 가난해요. 그런데 우리집이랑 다른 친구들
의 집은 안 그래요."

"그래 잘 이야기했다"하고 삼촌은 고개를 끄덕이면서 다시 물었
습니다.

"그런데 집과 집을 비교하는 것말고, 용식이라는 한 사람과 너희
들 한 사람 한 사람을 비교한다면 도대체 어떤 차이가 있을까?"

"글쎄요……."

코페르니는 삼촌이 무엇을 묻는지 제대로 알 수가 없어서 머뭇거
릴 뿐이었습니다. 그때 시계가 10시를 알리는 종소리를 냈습니다.
코페르니는 학교에 가야 하므로 너무 늦게 잠자리에 들 수가 없었
습니다. 그래서 삼촌과의 이야기를 도중에서 마치고 급히 집으로
돌아왔습니다.

그러나 삼촌이 한 마지막 질문은 아주 중요한 의미를 지니고 있
습니다. 그러니까 다시 삼촌의 수첩에 무엇이 쓰여 있는지를 보기

로 합시다. 삼촌은 코페르니가 돌아간 이날 밤에도 무언가 열심히
적고 있었던 것입니다.


삼촌의 수첩
세상 사람 모두가 인간답게 사는 그런 세상,
그것을 위하여……


코페르니야!

네가 용식이를 위해 여러 모로 친절을 베푼 일은 매우 좋은 일이
었다고 생각한다. 평소 학교에서 따돌림을 받고 있었던 용식이는
전혀 생각지도 않았던 너의 친절을 받게 되어 무척이나 기뻐했을
것이다. 너 역시 자신의 친절이 한 사람의 가난하고 외로운 친구를
그처럼 즐겁게 해줄 수 있다는 사실을 알고서 틀림없이 기분이 좋
았을테고. 게다가 용식이가 집안 일을 도와야 하기 때문에 학교공
부에 충실할 수가 없다든지, 감탄할 만큼 따뜻하고 온순한 마음씨
를 지니고 있다는 감추어진 사실도 알게 되었으니 너에게는 참으로
좋은 경험이었을게다.

나는 네 말을 듣고 있는 동안 네가 한 행동이나, 그 행동을 전하
는 말투에서 너 스스로를 용식이보다 나은 위치에 있는 것으로 착
각하고 우쭐해 하는 모습이 조금도 엿보이지 않아 대단히 기뻤단
다. 그것은 아마 너와 용식이 모두가 솔직하고 좋은 마음을 지니고
있기 때문일거다. 만일 용식이가 삐뚤어진 성격을 갖고 있는 소년

이었다면 너도 '뭐야, 공부도 못하는 주제에 ……' 하는 말을 뱉었을지도 몰라. 그뿐 아니라 때로는 말로는 안하더라도 '가난한 주제에 ……' 라고 마음 속으로 생각했을는지도 모르지.

그러나 만일 네가 학교에서 공부 잘한다는 걸 내세운다든지 또는 용식이네 집이 가난하다는 것을 불쌍히 여기는 마음을 갖고, 동정을 베푸는 태도였다면 문제는 달라졌을게다. 아무리 온순한 용식이일지라도 결코 그런 호의를 달갑게 받아 들이지는 않았을거야. 서로의 사이에 조금도 그러한 점이 없었다는 사실을 나는 진심으로 기쁘게 생각하고 있어. 특히 네가 용식이네 집이 가난하다는 사실에 대해서 손톱만큼도 얕보는 생각을 갖지 않았다는 것을 알고 나는 얼마나 기뻤는지 모른단다.

코페르니야, 너도 어른이 되어가면서 차츰 알게 되겠지만 가난하게 사는 사람이란 대개 가난하다는 사실에 대해서 열등감을 갖고 살아가고 있단다. 자기가 입고 있는 옷이 초라하다든가, 자기가 사는 집이 지저분하다든가, 매일 먹고 있는 음식이 형편없다든가 하는 것에 대해 부끄러움을 느끼기 마련이지.

물론 가난하면서도 자기 나름대로의 자랑거리를 갖고 살아가는 사람도 있어. 그렇지만 돈 많은 사람 앞에 가면 왠지 주눅이 들게 되고, 마치 자기 자신이 그 사람보다 한 단계 낮은 사람인 듯이 비굴한 모습을 보이는 사람도 결코 적지 않아. 만약에 이런 사람들이 경멸받아야 한다면 그것은 가난하다는 이유 때문이 아니라 스스로 자신을 낮춰서 보려는 태도 때문일거야.

왜냐하면 무엇보다 가난이라는 것이 가난한 이들 자신의 잘못이 아니기 때문이란다. 더러 어떤 사람들은 열심히 노력하지 않아서 가난한거라고 말하기도 하지. 하지만 곰곰이 생각해 봐. 오히려 가난한 사람일수록 더욱 부지런히 일하고 있지 않니? 용식이네를 봐도 그래. 용식이네는 아버지를 비롯해서 어머니, 용식이 모두가 누구보다도 일찍 일어나 이른 아침부터 열심히 일하고 가장 늦게서야 잠자리에 드는 사람들이지 않니. 그것만 보더라도 가난이 게으르기 때문이라는 것은 틀린 생각이야. 이들이 가난한 것은 오히려 열심히, 그리고 남을 속이지 않고 정직하게 살려고 했기 때문이란다. 물론 그렇다고 부자들이라고 해서 모두들 남을 속이고 정직하지 못하다는 것은 아니야. 결국 가난은 가난한 사람 한 사람 한 사람의 잘못이 아니라, 그 가난을 부추기고 잘 사는 것을 끊임없이 방해하는 사회의 잘못이 아닐까?.

코페르니야, 이런 점들도 한번 생각해 볼 필요가 있지 않겠니. 예를 들어 어느 정도 자존심을 갖고 사는 사람이라 할지라도 가난한 생활을 하다 보면 어쩔 수 없이 열등감을 느끼게 된다는 것을 오늘날과 같은 환경에선 피하기 어렵다는 것을 말이야. 그러니까 서로가 그런 사람들이 이유 없이 부끄럽다는 생각을 갖지 않도록 늘 주의해야 해. 자존심을 손상당하는 것처럼 참기 어려운 것은 없으니까.

이치대로 한다면 가난하다고 해서 그 어떤 열등감을 가져야 할 이유는 없겠지. 인간의 참다운 가치는 말할 필요도 없이 그 사람이 입고 있는 옷이나, 사는 집, 먹는 음식에 있는 것이 아니니까. 아무리 멋있는 옷을 입고 호화주택에 살고 있어도 본성이 형편없는 인간이라면 형편없는 인간일 뿐이야. 인간의 가치가 그것 때문에 올라가는 것은 절대로 아니란다. 반대로 고결한 마음을 갖고 있고 또 현명한 지혜를 가진 사람이라면 비록 가난할망정 존경해야 할 인간임에 틀림없어. 그러니까 자기가 인간으로서의 가치를 떨어뜨리지 않는 참다운 생활을 하고 있다는 자신감을 갖고 사는 사람이라면 환경이야 어떻든 흔들림 없이 꿋꿋하게 살아가야 하는거야.

만약 우리들이 진실한 인간이 되려고 한다면, 가난하다고 해서 자기를 하찮은 인간이라고 생각한다든지 또 그와 반대로 생활이 넉넉하다고 해서 자기를 남보다 잘난 사람이나 되는 것처럼 생각하는 일이 없도록 해야 한다. 또 그러기 위해서는 인간으로서의 가치는 어디에 있으며, 그것을 지키기 위해서는 어떻게 살아야 하는가를 늘 생각하는 것이 참으로 중요하단다. 가난하게 산다고 해서 열등감을 갖는다면 아직 그 사람은 인간으로서는 불합격인 셈이지.

그렇다고 해서 스스로에게 항상 그 정도의 마음가짐을 갖고 있어야만 한다고 다짐하고, 또 그럴 수 있다고 해서 가난한 사람들에게, 더구나 그것 때문에 더 상처입기 쉬운 그런 사람들에게 고통을 주는 행동을 아무렇지도 않게 해도 된다는 뜻은 아니야. 최소한 코페르니야, 네가 가난하게 사는 사람들과 같은 입장에 서서 가난의 쓴 맛, 아픈 맛을 맛 보고 그런 상황에서도 자신을 잃지 않고 당당히 이 세상을 헤쳐나갈 수 있는 그날까지는 너에게 결코 그럴 자격이 없어.

네가 자신의 생활이 그나마 넉넉하다는 것을 조금이라도 내세워 없는 사람들을 내려다 보려는 생각을 갖는다면, 그것으로 인해 너는 뜻 있는 사람들로부터 비웃음을 당하는 인간이 되고 말거야. 인간으로서 가장 중요한 것을 모르는 인간, 그런 의미에서 불쌍한 바보와 조금도 다를 바 없는 인간이 되는 것이지.

물론 너는 용식이네 집에 가서도 조금도 도도한 몸가짐을 가지지 않았어. 가난한 사람들을 깔보는 따위의 생각은 지금 너에겐 조금도 없다는 걸 나도 알고 있단다.

그러나 그런 마음가짐을 어른이 되어서도 그대로 지니는 것이 얼마나 중요한 일인지, 너는 아직 모르고 있어. 그래서 이 기회에 나는 그 중요함을 네가 잘 알도록 해주고 싶어. 그것은 네가 이 세상을 '바르게' 알면 알수록, 얼마나 중요한 일인가를 깨닫게 되는 일이기도 해. 그뿐만 아니라 세상을 바르게 살기 위해서라도 절대로 잊어서는 안될 중요한 것이지. 왜냐하면—자, 잘 알아 둬—이 세상에서 대다수를 차지하고 있는 사람들이란 대부분 가난한 사람들이기 때문이야. 대다수의 사람들이 인간다운 생활을 못하고 있다는 사실은 우리시대의 가장 심각한 문제란다.

코페르니야.

또 하나, 함께 생각해 볼 문제가 있단다. 너는 용식이네 집을 찾아가 보고 나서 용식이 집과 너희들 집의 차이를 알았지. 용식이 집이 너희들 집에 비해 가난하다는 사실을 안거지.

그러나 세상엔 용식이네 집만큼도 못 사는 사람이 놀랄 정도로 많이 있단다. 그 사람들 입장에서 보면 용식이의 집도 결코 가난하다고 할 수는 없어. 이렇게 말하면 못 믿겠다고 할지도 모르겠다.

그렇지만 지금 용식이네 집에서 일하고 있는 어린 정순이를 생각해 보렴. 그 아이는 몇 년 후에 용식이네 집만한 작은 가내공장이라도 가졌으면 하는 그런 희망을 갖고 있을는지도 모른단다. 용식이네 집은 가난하다고는 하지만 자식을 중학교에 보내고 있어. 그런데 어린 정순이는 국민학교만 나오고 학교를 그만두지 않으면 안되었을거야. 또 용식이네 집은 실을 정리하는 기계며 재봉틀을 설치하고 실을 사들이며 비록 어린 아이지만 일하는 사람을 고용해서 생계를 유지하고 있지만, 어린 정순이는 자신이 갖고 있는 몸 이외에는 생계를 유지할 수 있는 이렇다 할 밑천을 갖고 있지 않아. 하루종일 몸으로 일해서 생계를 유지하고 있는거지.

이런 사람들이 만일 불치의 병이라도 걸리거나, 다시 일할 수 없을 정도로 큰 부상이라도 당하면 도대체 어떻게 되겠니? 몸 하나를 의지하고 살아가는 사람들에게 일할 수 없게 된다는 것은 곧 굶어 죽으라는 것과 같은 뜻이 아니겠니?

그런데도 안타깝게도 이 세상은 몸을 망쳐서는 안될 사람들이 가장 몸이 다치기 쉬운 환경에서 살고, 일하고 있는 것이 사실이야. 영양가 없는 음식물, 비위생적인 주거환경, 거기에다 매일 하는 일마저도 그 다음 날을 위해 휴식을 취하며 적절히 조절해서 하기는커녕 매일매일 쫓기다시피 일하면서 살아가고 있어.

더욱이 우리나라는 일터에서 죽고 다치는 사람이 가장 많은 나라 중의 한 나라야. 하루에 380명이 다쳐 나가고, 거의 7명이 죽는 게 실상이란다.

너 지난 여름 어머니와 함께 인천에 갔을 때, 전철 위에서 내려다 본 구로와 부천 일대의 공장지대에서 크고 작은 각종 굴뚝이 수풀처럼 즐비하게 서서 연기를 내뿜고 있던 광경을 기억하고 있는지 모르겠다. 그날은 몹시 더운 날이었어. 가만히 있어도 현기증을 일으키게 하는 여름하늘 아래, 틈 하나 없이 꽉 들어찬 지붕들 사이로 펼쳐진 수많은 굴뚝의 행렬은 인천에 가는 동안 끊이지 않고 이어졌지. 뜨거운 바람이 그 위를 걷어내며 전철 안으로 불어오고 있었어. 너는 전철에 오르자마자 곧 시원한 아이스크림이 먹고 싶다고 했지.

그런데 서울의 더위가 견딜 수 없어서 우리들이 바다가 있는 인천으로 나들이를 떠났을 때 수없이 많은 그 굴뚝 하나하나 아래에서는 몇십 명씩 혹은 몇백 명씩의 노동자들이 땀을 흘리고 먼지에 범벅이 되어 일하고 있었던거야.

그리고 서울을 벗어나 점차 넓은 공간을 차지하며 우리들의 더위를 조금이나마 식혀주던 그 푸른 논밭도 생각해 보면 피서같은 것은 꿈도 못 꾸는 농민들이 땀흘려 만들어 놓은 것이지. 그날 너도 실제로 봤겠지만 창문을 통해 내다보이는 논밭 한가운데엔 드문드문 여자들도 낀 여러 사람의 농부들이 열심히 일하고 있지 않았니? 뜨거운 뙤약볕 아래서 말이야.

그런 사람들이 있는거야. 그런 사람들이 우리나라 어디엘 가거나—아니 이 세상 어디엘 가거나—인구의 대부분을 차지하고 있어. 그 사람들은 일상생활에서 온갖 어려움을 참아가며 살아가고 있어. 언제나 넉넉치 못한 생활 때문에 병치료조차 충분히 할 수 없는 것이 그들의 생활이란다. 더욱이 인류의 찬란한 업적을 연구하는 학문의 길, 좋은 그림이나 음악을 즐기는 일 따위는 그 사람들에게는 꿈에도 생각못할 일들이지.

코페르니야, 너는 『인간은 어떻게 거인이 되었는가?』라는 일리인의 책을 읽었으니까 인간이 짐승과 비슷한 생활을 하던 아주 옛날로부터 몇만 년이란 기나긴 세월 동안 어떤 노력을 해서 오늘의 찬란한 문명에 도달했는지, 그 힘겨운 역사를 잘 알거야. 그런데 그 힘겨운 노력의 산물이라는 것이 안타깝게도 오늘날 인류 누구에게나 공평하게 주어지고 있지는 않아.

'그러면 안되는데' 하고 너는 틀림없이 생각할거야.

그래 그건 분명 잘못된 일이야. 인간이기 위해서는 먼저 모든 인간이 인간답게 살아가지 않으면 안돼. 그런 세상이 아니면 그것은 분명 잘못된 세상이야.

그러나 불행하게도 지금까지의 세상은 올바른 사람이면 누구나 바라는 그런 세상, 세상 사람 모두가 인간답게 사는 그런 세상은 아니란다. 인류가 진보했다고는 하나 거기에까지는 이르지 못했고, 그 모든 것이 이제부터 해결해야 할 문제로서 남아 있는거야.

이 세상에 가난이라는 것이 존재함으로써 도대체 얼마나 많은 가슴아픈 일들이 생겨나고 있는지, 또 얼마나 많은 사람들이 불행에 빠져들고 있는지, 얼마나 뿌리깊은 원한이 사람과 사람 사이에 생겨나는지, 나는 지금 행복하게 잘 지내고 있는 너에게 그것을 일일이 들려 주려고는 생각지 않는다. 하지만, 내가 설명을 하지 않아도 머지 않아 어른이 되어가면서 너는 그것을 느끼게 될거야.

다만, '그렇다면 왜 이렇게 문명이 발달한 세상에 그런 바람직하지 못한 일들이 남아 있는걸까' 라는 질문을 너에게 던져 보고 싶다. 물론 이것 또한 어린 너로서는 잘 이해하기 힘든 어려운 문제임에 틀림없어. 아마 네가 좀더 자라야만 제대로 이해할 수 있을게다. 그래서 복잡한 세상에서 서로 맺고 있는 관계를 충분히 알고 거기에 대해 판단할 수 있는 능력이 깊어진 다음이지.

하지만 알 수 있는 부분까지 모두 '어른이 된 다음에' 라는 간단한 대답으로 넘어가서는 안된다. 너희는 단지 어른이 되기 위해 존재하는 것이 아니라, 지금 이 순간에도 너희는 세계와 관계를 맺고 있고, 그 속의 한 사람의 인간으로 살아가고 있기 때문이다.

삼촌은 이처럼 이치에 맞지 않는 일이 우리 곁에 지금도 일어나고 있는 이유를 그릇된 탐욕에 있다고 생각한다. 누군가가 오직 자신들의 이익을 위해 탐욕을 부리고 있음으로 인해 더 많은 사람들이 인간다운 삶을 박탈당하고 있는거지. 물론 시간이 지날수록 조금씩 나아지고 있는 것은 사실이야. 그러나 아직도 인류가 가야 할

길은 멀고, 너희 역시 마침내 도달해야 할 그 긴 여행의 한 가운데 있는거란다.

코페르니야, 너희가 가야 할 여행의 출발점에서 너와 같은 조건을 갖춘 사람도 많지 않다는 것을 알아두렴. 너처럼 아무런 지장없이 공부할 수 있고 자기의 재능을 마음껏 발휘할 수 있는 것이 얼마나 고마운 일인지 생각해야 할게다. 다같이 국민학교를 나왔다고 해서 누구나 너희들처럼 중학교에 진학한다는 법은 없어. 또 다같이 중학교에 다닌다고 해도 많은 학생들은 용식이처럼 집안 일 때문에 어떻게든 공부할 시간을 빼앗기기 마련이다. 하지만 너에게는 지금 아무것도 공부를 방해하는 것이 없어. 그럴수록 너에게는 더욱 분명한 목적이 있어야 할게다. 그저 나만 잘 먹고 잘 살기 위해서 하는 공부가 아니라 더불어 함께 잘 살기 위해 공부를 하는 것이지. 더욱 빨리 우리 여행의 목적지에 도달하기 위해 너는 네가 받고 있는 혜택을 최대한 활용해야 하는거야.

그렇다면, 아니 뭐, 그 이상 이야기하지 않아도 넌 잘 알거야. 너는 지금 무엇을 해야 하는지, 그리고 어떤 마음가짐으로 살아가는 것이 참다운 것인지를 말이야.


코페르니야!

마지막으로 한 가지 너에게 문제를 줄테니 잘 생각해 보렴.

너는 저 '그물의 법칙'을 통해 인간이 서로 어떻게 연결되어 인연을 맺고 있는지를 잘 알 수 있었지. 그러면 어려운 환경에서 살고 있는 사람들과 비교적 편안한 환경에 있는 우리들의 관계는 어떨까? 얼핏보면 일상생활에서는 그다지 관계없이 살아가는 듯이 보이겠지. 하지만 사실은 끊을래야 끊을 수 없는 그물망으로 연결되어 서로 살아가고 있단다. 그러니까 우리들이 그 사람들의 일에 전혀 마음을 쓰지 않고 오로지 자신의 행복만을 추구하면서 살아간 다면 그것은 잘못된 일이야.

그렇다고 해서—우리들이 그들에 관한 일을 생각해야 한다고 해서—그저 불행한 사람들, 불쌍한 사람들, 동정을 해야 할 사람 들이라는 식으로만 생각하는 것도 큰 잘못이란다. 적어도 누군가 를 동정한다는 것은 자기를 더욱 높은 곳에 두고 있다는 생각이 깔 려 있어. 하지만 정작 우리들이 생각해야 할 중요한 것은 그와는 다른 것이야.

정말로 어려운 환경에서 자라 국민학교만 나왔을 뿐 그 후로는 몸으로 일해서 살아가는 사람들을 한번 생각해 봐. 그 사람들은 어 른이 되어서도 너 정도의 지식을 갖지 못하고 있는 사람들이 많아. 영어나 수학, 물리 같이 중학교 이상이 아니면 배우지 않는 학문에 대해서는 극히 간단한 지식마저도 못 갖고 있는 것이 보통이지. 물 건을 고르는 취향도 값싼 것에 익숙해져 있다보니 아무래도 떨어지 는 경우가 많아. 이런 점만 보면 자신이 그 사람들 보다 한 차원 높 은 인간이라고 생각하는 것도 무리는 아니야.

그러나 눈길을 달리 하면, 그 사람들이야말로 이 세상 전체를 튼 튼하게 두 어깨에 짊어지고 있는 사람들이라는 사실을 알 수 있어. 너같은 사람들과는 비교도 안될 정도로 없어서는 안되는 사람들이 지.

생각해 보렴. 이 세상 살아가는 데 있어야 할 물건치고 그 어느 하나도 인간의 노동으로 만든 물건 아닌 것이 있니? 심지어 학문 이나 예술과 같이 고상한 일을 한다고 해도, 그것들을 이루기 위해 필요로 하는 것은 역시 그 사람들이 이마에 땀을 흘리며 만들어 낸 것들뿐이야. 그 사람들의 노동이 없다면 문명도, 이 세상의 진보도 존재할 수 없었을거야. 참으로 우리가 늘 생각해야 할 것은 이러한 너무도 당연한 사실이란다.

그런데 너는 어떠니? 이 세상에서 여러 가지를 제공받아 살아가면서 과연 너는 무엇을 되돌려 주고 있니? 새삼 생각해 볼 필요도 없이, 너는 일방적으로 사용하는 쪽이고 아직 아무 것도 만들고 있지 않아. 매일 먹는 세 끼의 식사, 과자, 공부할 때 쓰는 연필, 잉크, 펜, 종이 등등. 아직 중학생이긴 하지만 하루하루 아주 많은 물건들을 소비하며 살고 있는거야. 그밖에 한번 소비하고 버리는 것은 아니지만 옷이나 신발, 책상 등 여러 가지 도구나 살고 있는 집들도 머지않아 쓸 수 없게 되어 버리니 역시 조금씩 소비해 나가고 있는 셈이지. 그러고 보면 너의 생활이란 소비전문가의 생활이라고 해도 과언이 아니야.

물론 그 누구라도 먹거나 입지 않고 살아가는 사람은 없을테니, 생산만을 하는 사람은 없지. 또 본래 물건을 생산한다는 것도 결국은 그것을 유용하게 소비하기 위한 것이니까, 소비한다는 사실이 나쁜 것도 아니야.

그러나 자신이 소비하는 것보다 더 많은 물건을 생산해서 세상에 내놓는 사람과 그저 소비만 하는 사람이 있다면, 어느 쪽이 더욱 훌륭한 사람이며, 어느 쪽이 더욱 중요한 사람일까? 그런데 이런 질문은 조금만 더 곰곰이 생각해 보면 문제도 되지 않는다는 걸 알 수 있어. 즉, 생산하는 사람이 없으면 그것을 맛보고 즐기면서 소비하는 일은 존재할 수도 없는 것이 아니겠니?

생산을 위한 노동! 이것이야말로 인간을 인간답게 해 주는 중요한 전제인 셈이지. 그 점은 음식물이나 옷 같은 물건에 한정된 일

은 아니야. 학문의 세계에서도, 예술의 세계에서도 생산을 하는 사
람은 그것을 받는 사람들보다 훨씬 중요한 사람들이란다. 그러니
까 너는 생산하는 사람과 소비하는 사람이라는 이 한 가지 구분만
은 앞으로도 절대로 잊는 일이 없도록 하렴.

그리고 이것을 기준으로 관찰해 보면, 번듯한 얼굴을 하고 고급
자가용차 안에서 거드름을 피우면서 으리으리한 저택에 살고 있는
사람들 중에 의외로 값어치가 없는 인간들이 많다는 사실을 알게
될거야. 또 보통 세상 사람들로부터 무시당하는 사람들 중에도 머
리를 숙이지 않을 수 없을 정도로 훌륭한 사람이 많다는 사실도 알
게 될거야.

그리고 코페르니야, 이 점이야말로 너희와 용식이의 커다란 차
이점이야. 용식이는 물건을 만드는 쪽, 생산하는 쪽에 당당히 속해
있지 않니? 용식이의 옷에 기름냄새가 배어 있다는 사실은 자랑이
될망정 결코 부끄럽게 여겨야 할 일이 아니란다.

이렇게 말하니까, 네가 현재 소비만 하고 아무 것도 생산하지 않
고 있는 것에 대해 비난을 듣고 있는 기분이 들지 모르겠다. 그렇
지만 나는 결코 그런 뜻에서 한 이야기는 아니야. 오히려 넓은 의
미에서 보면, 더욱 소중하고 많은 것을 생산하기 위한 생산의 한
과정에 있기 때문에 지금은 그렇게 생각하지 않아도 좋아.

자, 이 정도의 사실을 네 마음 속에 간직한 상태에서, 한 가지 더
생각할 일이 있어. 이것은 너에게 하고 싶은 질문이기도 해.

일상생활에 필요한 물건이라는 점에서 생각을 하다보면 틀림없
이 너는 소비만 하고 아무 것도 생산하는 것이 없어. 하지만 다른
관점에서 보면 자신도 모르는 사이에 어떤 중요한 것을 매일 생산
하고 있는거야. 그것이 도대체 뭘까?

코페르니야!

나는 이 문제의 답을 일부러 말하지 않고 그대로 둘테니까 네 혼자 힘으로 그 답을 발견해 보렴. 서두를 필요는 없어. 이 질문을 잊지만 말고 있다가 언젠가 그 답을 발견하기만 하면 되는거야. 절대로 다른 사람에게 물어서는 안돼. 사실 다른 사람에게서 들어 보았자, 그것이 너로 하여금 '과연 그렇구나' 하고 생각하게 만들지는 알 수 없는 일이야. 자기 스스로가 발견한다는 것, 그것이 중요하단다. 너는 내일이라도 우연히 그 답을 발견할지도 모르지. 그러나 인간이기 위해서는 누구나 일생을 살아가는 동안 꼭 이 답을 발견하지 않으면 안된다고 나는 생각한단다.

아무튼 이 질문을 마음 속에 잘 새겨두었다가 때때로 생각날 때마다 답을 찾으려고 노력해 봐. 너는 반드시 '참 그렇게 하길 잘했어' 하고 무릎을 칠 날이 있을게다.

소녀와 나폴레옹

　한강이 내려다 보이는 낮은 언덕 위, 한겨울이지만 몇 그루 나무
가 푸른 빛을 띠고 있는 그곳에 민수네의 커다란 집이 있습니다.

　안을 들여다 볼 수 없을 정도로 높은 담이 둘러쳐져 있고, 높다
란 철제 대문 위로는 기와를 얹어 집의 분위기를 돋우고 있었습니
다. 건물은 양옥식으로 웅장하면서도 우아한 멋을 지니고 있었는
데, 많은 정원수에 둘러 싸여 언제나 고요하고 쓸쓸한 느낌을 주었
습니다.

　새해 1월 5일, 코페르니는 오랜만에 이 집을 찾게 되었습니다. 이
날은 진호와 용식이도 같이 오기로 되어 있었습니다. 2학기말 시험
을 그럭저럭 끝내고 얼마 되지 않아 겨울방학이 시작될 무렵, 코페
르니와 두 친구는 민수로부터 방학 때 집에 놀러 오라는 초대를 받
았던 것입니다. 날짜는 각자의 사정을 맞추어 1월 5일로 정하였습
니다.

　코페르니는 국민학교 다닐 때부터 벌써 몇 번인가 민수네 집을
가본 적이 있었지만 진호와 용식이는 이번이 처음이었습니다. 용
식이가 초대된 것은, 실은 코페르니로부터 말을 듣고 나서 민수가
갑자기 용식이를 따뜻한 눈길로 보기 시작했기 때문이었습니다.

　2학기말 시험 결과를 보면, 코페르니는 여전히 제일 좋았고, 걱
정되었던 용식이의 성적도 지난 학기보다 오히려 좋아졌습니다.
특히 영어 성적이 오른 데에는 용식이 자신도 놀랐습니다. 아마도
코페르니의 도움이 많이 작용했음이 틀림없습니다. 어쨌든 용식이
도 코페르니도 기분좋게 새해를 맞이한 것입니다. 그리고 1월 5일,
용식이를 포함한 좋아하는 친구 넷이 모인다는 사실이 코페르니에
게는 유난히 즐거운 일이었습니다.

　　민수네 높다란 철제대문 앞에 도착하자 코페르니는 괜히 마음이 졸아드는 기분이었습니다. 인터폰의 의례적인 문답이 끝나고, 자동개폐기가 따 주는 대문 안쪽으로 들어서니 넓은 마당이 한눈에 들어 왔습니다. 빛깔을 잃은 잔디 위로 을씨년스럽게 지난 가을의 낙엽들이 딩굴고 있었습니다.

　　코페르니는 자갈로 채워진 좁은 길을 따라 나뭇잎을 발로 툭툭 걷어차며 현관에 들어섰습니다. 보통 때 같으면 묵직한 문이 닫혀서 적막할 현관이 오늘은 활짝 열려 있어서 정면으로 신발장과 분재, 수석 등을 올려 놓은 장식장이 보였습니다. 그 위로는 따사로운 겨울 햇살이 한줄기 비추고 있었습니다.

　　'진호랑 용식이는 벌써 와 있나?'

　　그렇게 생각하면서 코페르니는 현관으로 들어섰습니다. 언젠가 본 적이 있는 일을 돌보아 주시는 아주머니가 코페르니를 맞이했습니다. 아주머니는 코페르니를 보자 곧 상냥한 목소리로 말했습니다.

　　"어서 오렴. 모두 먼저 와서 기다리고 있단다."

　　코페르니가 신을 벗으면서 옆을 보니 멋진 소나무 분재 밑에 낯익은 신발들이 놓여져 있었습니다. 진호의 파랑색 축구화와 용식이의 검게 때가 탄 테니스화였습니다. 코페르니는 신을 벗고 나서 아주머니가 이끄는 대로 길게 이어진 복도를 한참이나 따라갔습니다. 민수의 집에 올 때마다 느끼는 사실이지만 참으로 넓은 집입니다.

　　민수의 방은 이층 끝방입니다. 특별히 채광에 신경을 써 유리로 만든 방처럼 햇빛이 환하게 들어오도록 되어 있는 방입니다. 그리고 이 방에서는 눈 아래로 한강의 시원한 모습이 들어옵니다.

먼저 민수 방에 다다른 아주머니가 문을 "똑똑" 하고 두두리자 안에서 소녀의 쾌활한 목소리가 들려 왔습니다.

"누구세요?"

코페르니도 들어본 적이 있는 목소리였습니다. 아주머니가 돌아가고, 코페르니가 문을 여니 밝은 방 한가운데 노란 스웨터에 감색 바지를 입은 한 소녀가 고개를 돌린 채 코페르니를 바라보았습니다. 고등학교 2, 3학년 남짓 된 단발머리 소녀였는데, 바로 민수의 누나 민혜였습니다.

한편 민수, 진호, 용식이 들은 뭘 하는지 따뜻한 햇빛이 쏟아져 들어오는 창가 의자에 걸터앉아 있었습니다.

"야, 코페르니구나! 늦었네. 못 오나보다 하고 생각했었는데."

그렇게 말하며 민혜 누나는 코페르니를 반갑게 맞았습니다. 그리고 새해 인사도 잊지 않고 덧붙였습니다.

"참, 새해 복 많이 받아라."

"누나도 복 많이 받으세요."

민수의 누나는 왠지 누나라기보다 형같은 기분이 들었습니다. 늘 바지를 입고 다니는 것은 물론, 바둑이나 장기를 잘 두었습니다. 장기는 반에서 챔피언 소리를 듣는 코페르니와 겨뤄서 한번 지고 한번 이기는 막상막하의 실력이었습니다. 그래서 어느 날인가 민수네 집에 놀러왔을 때는 민수와 보낸 시간보다 이 형같은 누나와 장기를 두면서 보낸 시간이 더 많은 적도 있었습니다. 코페르니가 그런 생각을 하면서 보고 있다는 것을 아는지 모르는지 누나는 계속 말을 이었습니다.

"참 오랜만이구나. 그런데 코페르니, 너 언제 키 클래?"

"아니, 누나는 지금 보고 있으면서도 그런 소리를 해! 이래 뵈도 작년보다 5cm나 컸다구요."

코페르니는 좋아하는 누나에게 그런 소리를 들어 더욱 더 못마땅한 듯, 항의하는 투로 말했습니다.

"그리고 민혜 누나도 뭐 그리 크지 않잖아요?"

"무슨 소리야, 난 이래두 우리 반에서 아홉번째로 크다구. 누구처럼 꼴찌에서 두번째가 아니야."

"치, 아홉번째나 두번째나 그게 그거지요. 어디 두고 봐요. 내가 누나만한 나이가 되면 반에서 두 자리 숫자 번호를 받고 말테니까!"

민혜 누나는 그 소리를 듣고 까르르 웃었고, 코페르니는 더 이상 키 문제를 갖고 얘기하고 싶지 않아, 재빨리 친구들이 앉아 있는 창가 쪽으로 갔습니다.

아이들도 일어서서 "새해 복 많이 받아라!"하고 새해 인사를 주고 받았습니다. 코페르니는 셋이서 무엇을 하고 있었느냐고 물었습니다.

"네가 오기 전까지 민혜 누나의 이야기를 듣고 있었어."

하고 진호가 대답했습니다.

"재미있어. 너도 들어 봐."

코페르니는 옆에 있는 의자에 앉았습니다. 의자는 매우 푹신푹신했으며, 모양도 매우 산뜻해 보였습니다. 그리고 보니 이 방안에 있는 것은 책상이건 스탠드건 모두가 불필요한 장식을 피했고, 간단하고 아름다운 선으로 통일되어 있었습니다. 커다란 유리창문 저쪽으로는 눈과 얼음이 군데군데 떠 있는 한강이 반짝반짝 햇빛을 반사하고 있었습니다.

"아이구, 민혜 누나 이야기라면 들으나마나 고리타분한 옛날 이
야기겠지. 무슨 이야기였는데?"
하고 코페르니가 조금은 감정이 남아 있다는 투로 말했습니다.
"무슨 소리야. 난 지금 영웅정신에 대해서 이야기하고 있었어"
하고 민혜 누나가 직접 대답했습니다.
"영웅정신?"
"그래, 나는 남자건 여자건 영웅정신을 갖고 있지 않으면 안된다
고 생각해."
누나가 이렇게 말했을 때, 진호가 끼어들었습니다.
"누나 그 이야기는 나중에 하고 아까 하던 얘기나 계속해줘요."
그래서 민혜 누나는 의자에 앉은 네 사람의 소년 앞에 서서 이야
기를 시작했습니다.
"아까 말한 적이 있는 바그람 전투에서 재미나는 이야기가 있어.
1809년 7월, 한쪽은 나폴레옹이 지휘하는 프랑스군, 또 한쪽은 오스
트리아와 러시아의 연합군, 이들이 도나우 강변에서 맞부딪친거
야. 세 나라 모두 운명을 건 전투였지. 물론 대단한 격전이었어. 나
폴레옹이 아무리 강하다 한들 상대는 두 나라의 연합군이었거든.
그래서 그리 쉽사리 이길 수는 없었던거지.
더욱이 러시아 군대에는 그 유명한 코사크 기병대가 있었어. 이
날 전투에서도 이들의 위력은 대단했지. 글쎄, 몇 차례나 되풀이
해서 프랑스군 방어벽을 뚫고 본부 가까이까지 습격해 온거야. 몇
백 명의 기병이 무리를 이루어 마치 해일처럼 프랑스군의 전선을
뚫고 밀려왔어.

나폴레옹의 친위대, 그러니까 근위병들이 필사적으로 싸워서 겨
우겨우 격퇴를 시키기는 했지만, 격퇴했는가 하면 다시 새로운 코
사크병이 죽을 힘을 다해 자기편 시체를 넘어서 달려드는거야. 천
하무적이라는 나폴레옹의 친위대도 몇 번이나 위험한 지경에 이르
렀는지 몰라."

여기까지 말하곤 민혜 누나는 잠시 쉬었다가 말을 계속했습니
다.

"이때 나폴레옹도 높은 언덕에서 전투가 벌어지는 광경을 계속
내려다 보고 있었어. 코사크 병사들은 물론 이곳을 목표로 습격
해 왔지. 그러니 나폴레옹 옆에 있던 참모들은 정말 안절부절이었
지. '폐하, 잠시만이라도 제발 이곳을 피해 주십시오'라고 몇 차례
나 나폴레옹에게 간청했단다. 그러나 나폴레옹은 이 말에 전혀 아
랑곳 없이 그 위험한 언덕 위에서 조금도 물러서려고 하질 않았어.
아무리 간청을 해도 안전한 장소로 옮기질 않는거야. 그런데 너희
들 왜 나폴레옹이 그곳을 떠나지 않았는지 알겠니?"

이렇게 말하고는 누나는 양 손을 허리에 붙이고 서서, 네 소년이
어떻게 대답할지를 기다리고 있었습니다. 그러나 네 소년 모두 어
떻게 대답해야 좋을지 몰라 누나를 바라보고 있을 뿐이었습니다.
누나는 머리를 한 번 흔들고 나서 이마에 흘러내린 머리카락을 치
켜 올리더니, 계속 말을 이어 나갔습니다.

"전투를 지휘하는 것뿐이라면 좀더 안전한 장소로 옮길 수도 있
었지. 그러니까 단지 군대를 지휘하기 위해 그 언덕을 떠나지 않은
게 아니었어. 결코 그것 때문만은 아니었어. 그럼 왜 떠나지 않았
을까? 나폴레옹은 적군인 코사크의 용감한 모습에 감탄한 나머지
이들을 넋을 잃고 보고 있었던거야.

‘저렇게 용감할 수가 있나, 저렇게 용감할 수가 있어！’하면서
나폴레옹은 자기 부대의 본부, 그러니까 자기가 서 있는 곳 가까이
까지 거듭 공격해 오는, 그것도 자기 목숨을 노리며 공격해 오는
코사크를 감탄하면서 보고 있었어. 자기 몸에 닥쳐오는 위험 따위
는 아랑곳하지 않고 말이야. 너희들 나폴레옹이 너무너무 용감하
다고 생각되지 않니？”

　어느새 민혜 누나의 눈은 생생히 빛났고 뺨은 상기되어 발개졌습
니다.

　“정말 훌륭해……. 생각해 봐, 전쟁이 치열하게 벌어지고 있는
중이야. 지게 되면 생명이 위험한 상황이지. 상대를 넘어뜨리냐,
내가 넘어가느냐 하는 생사의 갈림길에 있으면서도 적의 싸우는 모
습을 칭찬할 수 있다니！”

　누나는 자신의 말에 스스로 도취되었는지 눈을 먼 곳에 고정시킨
채 무언가를 골똘히 생각하는 모습이었습니다. 코페르니는 그런
민혜 누나의 모습이 참 예쁘다고 생각했습니다.

　“그래서 어느 쪽이 이겼어？ 나폴레옹이지？”

　민수는 조바심이 난다는 듯이 물었습니다.

　“에이, 성급하긴. 말하는 사람의 기분도 생각해 줘야지！”

　누나는 용감한 나폴레옹의 모습을 상상해 보려고 애썼던 것이 갑
작스런 질문으로 흐트러져 버리기라도 했는지 조금 화난 표정을 지
어 보였습니다.

　“그야 물론 나폴레옹이 이겼지. 이틀 간에 걸친 대격전 끝에 나
폴레옹은 드디어 오스트리아와 러시아의 연합군을 격파해 버렸어.
그래도 승부는 문제가 아니야.”

　“그렇지만 져선 안되잖아？”

"참, 뭘 모르는군. 이겼건 졌건 영웅은 영웅이야. 아니, 지고도 위대한 것이 영웅이라는거야. 아직도 그걸 모르겠어!"

민혜 누나는 그렇게 말하면서 아주 심각한 것을 생각하는 표정을 짓고는 바지 주머니에 두 손을 찔러 넣은 채, 네 소년의 앞을 말 없이 왔다갔다 하고 있었습니다. 진호와 용식이는 민혜 누나의 모습에 압도되어 멍하니 바라볼 뿐이었습니다. 코페르니와 민수는 얼굴을 마주 보았습니다.

"누나는 말이야, 자기가 나폴레옹이라도 된 기분인가 봐?"

민수가 나지막하게 말했습니다. 코페르니도 그럴거라며 고개를 끄덕였습니다. 어찌 보면 조금은 우스운 모습이었지만, 민혜 누나의 표정이 너무 진지해서 웃을 수가 없었습니다.

"물론 전쟁인 이상 누군들 지려고 하는 사람은 없을거야."

민혜 누나는 걸으면서 이야기를 계속했습니다.

"게다가 인간이라면 누구나 자신의 생명에 애착을 갖게 되지. 그리고 누구든지 자신의 몸에 상처나는 것을 좋아할 사람은 없어. 전쟁이라는 걸 겪어 본 적은 없지만 실제로 겪게 되면 무서울거라는 생각이 들어. 누구든 처음에는 틀림없이 덜덜 떨릴거야.

그렇지만 일단 인간이 영웅정신을 갖게 되면 그 정도의 공포쯤은 곧 잊어 버리게 돼. 어떤 고난도 뛰어넘을 수 있는 용기가 끓어올라서, 무엇과도 바꾸지 않겠다던 생명까지도 버릴 수 있게 되는거야. 그래서 난 영웅정신이 가장 훌륭한 인간의 품성이라고 생각해. 그것이야말로 인간을 인간 이상의 존재로 만드는 숭고한 것이지."

"햐!"

진호가 감탄의 탄성을 질렀습니다. 그리고 그 소리는 민혜 누나가 말을 더욱 힘있게 이어 나갈 수 있도록 도와 주었습니다.

"물론, 단지 생명이 아깝지 않다는 그런 태도만을 말하는 것은 아니야. 그것뿐이라면야 우리 주변에서 흔히 볼 수 있는 폭력배들도 남의 생명은 물론, 자신의 생명까지도 의리라는 이름 아래 함부로 버리기까지 해. 또 미쳤다든가, 자포자기 상태에서도 자기 목숨을 버리는 사람이 없지는 않아. 그러나 이들에 대해 어느 누구도 훌륭하다고는 하지 않지. 그런 것은 글쎄, 들개와 똑같은 행동이기 때문이 아닐까?

그런데 완전히 자신을 포기한 것도 아니고 미치지도 않은 사람이 목숨도 아깝지 않다는 듯이 행동을 한다고 하면 그런 사람이야말로 정말 훌륭하다고 생각되지 않니?"

"네!"

하고 진호가 다시 한번 감탄조의 목소리로 얼른 대답했습니다. 옆에 앉은 용식이는 아직도 뭔가 짐작이 안가는 듯, 그래도 진지한 얼굴로 민혜 누나를 바라보고 있었습니다. 용식이로서는 이런 소녀와 만난 것이 처음이었습니다.

"인간이 때에 따라서 아무리 힘든 것이나, 또 아무리 두려운 것에도 굴복하지 않고 용감하게 맞서 이겨낼 수 있다고 생각하면 말할 수 없이 벅찬 느낌이 들어. 고통스럽고 힘든 일일수록 그것을 극복해 가는 즐거움 또한 클거야. 그리고 그때는 죽는 것도 무섭지 않게 되지. 나는 그것을 영웅정신이라고 생각해……

아, 나도 일생에 한번만이라도 좋으니까, 그런 영웅적인 일을 해봤으면! 나폴레옹은 정말 뛰어난 사람이야. 일생을 영웅정신으로 일관했거든. 그러니까 적이 용감하게 싸우는 것을 보고 감탄해서 넋을 놓고 바라볼 수 있었던거야. 난 나폴레옹이 정말 영웅이라고 생각해. 안 그래, 코페르니?"

이렇게 말하며 민혜누나는 책상 위에 조그마한 그림엽서 사진틀을 집어서 코페르니에게 보여 주었습니다.

"코페르니야, 이 그림을 어떻게 생각해?"

그것은 나폴레옹이 대군을 거느리고 넓은 벌판을 진군하고 있는 그림이었습니다. 그림의 윗부분을 차지하고 있는 것은 어두컴컴한 겨울 하늘이었습니다. 풀 한 포기 보이지 않는 황량한 들판에는 엷게 눈이 쌓여 있었고, 눈이 녹아 있을 때 대포를 실은 마차가 수도 없이 지나갔는지 길은 마차바퀴의 흔적이 길게 새겨진 채 얼어붙어 있었습니다. 그 울퉁불퉁한 길을 나폴레옹이 아름다운 백마에 올라타고 멀리 전방을 바라보면서 진군하고 있었습니다. 그의 뒤에는 많은 장군과 참모들이 마찬가지로 말을 탄 채 따라가고 있었습니다. 눈 덮인 들판 저편에는 보병의 대부대가 몇 겹씩 횡대를 이루면서 진군했는데, 그 끝은 지평선까지 이어져 있었습니다. 낮게 드리워진 하늘과 지평선이 맞닿은 곳은 얼마간 환해 보였고, 회색 외투를 걸치고 특유의 나폴레옹 모자를 쓴 모습이 두드러져 보였으나, 전체적인 인상은 무언가 침통한 느낌을 주는 그런 그림이었습니다.

"이것은 말이야……." 민혜 누나는 코페르니의 대답을 기다리지 않고 설명하기 시작했습니다.

"1814년 나폴레옹이 프랑스로 침입해 들어온 유럽 열강의 연합군을 맞아 싸우려고 진군 중인 장면이야. 이때는 이미 나폴레옹의 전성시대도 끝난 뒤였지. 러시아를 공격하러 갔던 나폴레옹이 실패하고 오니까, 유럽 각국이 한꺼번에 일어나서 나폴레옹에게 반항하게 되었고 드디어 프랑스로 침입해 들어왔어.

나폴레옹은 러시아 원정 실패 후 라이프찌히 전투에서, 또 한 차
례의 패배를 맛보아야 했어. 그리고 나서 그는 평범한 사람이라면
생각할 수 없을 정도로 여기저기 전쟁터를 옮겨 가면서 싸우다가
지친 몸으로 조국 프랑스로 돌아왔지. 그런데 그가 조국에 돌아온
지 얼마 안되서 연합군이 드디어 프랑스로 침입해 온거야. 그래서
최후의 결전을 치른다는 심정으로 살아남은 병사들을 다시 모아 연
합군을 격퇴하러 나가는 것이 이 그림의 장면이야. 병사들은 기진
맥진해 있고 탄약도 얼마 남지 않았어. 게다가 적은 아군에 비해
수 배에 달하니 아무리 뛰어난 나폴레옹도 이때만은 반드시 이기리
라고 단언할 수가 없었어. 아니, 패배가 거의 확실했지. 그래도 나
폴레옹은 출전했어. 패배를 각오하고 출전한 셈이지. 최후의 일전
을 벌여 다시 한번 자기의 운명을 돌려보겠다는 심정으로 말이야.
이때 나폴레옹의 기분, 과연 어땠을까?"

"그래서 나폴레옹이 이겼어?"

"아니 졌어. 그리고 체포되어 엘바 섬으로 유배된거지. 그러니까
나는 이 그림을 보고 있으면 왠지 비장한 느낌을 갖게 돼. 스스로
의 앞길에 도저히 극복할 수 없는 불행한 운명이 기다리고 있다는
사실을 알면서도 나폴레옹은 역시 그곳을 향해서 진군해 가지 않으
면 안되었던거야. 비록 전투에서 싸워 패할지언정, 아니 패하더라
도 절대 머리를 숙여 항복할 수는 없다는 의지가 보이는 듯해. 그
런 생각을 하면서 이 그림을 다시 한번 봐. 정말 비장한 기분이 들
지 않니?"

코페르니도 그 말을 듣고 나서 보니 왠지 비장한 느낌이 들었으
며 새삼스레 나폴레옹의 운명에 동정심이 일어났습니다. 진호도

코페르니로부터 그 그림엽서를 받아들고 한참 동안 감격한 모습으로 들여다보고 있었습니다. 용식이 역시 옆에서 그 그림을 열심히 들여다보고 있었습니다.

민혜 누나는 소년들의 모습에는 상관않고, 팔짱을 낀 채 창 밖을 보며 프랑스 국가인 '라 마르세이에즈'를 콧노래로 흥얼거리고 있었습니다.

그리고 나서 한참 있다가 네 명의 소년들은 민혜 누나와 함께 따뜻하고 양지바른 잔디밭에 나가 운동을 하였습니다. 민수는 운동을 그리 좋아하지 않고 그림이나 음악을 좋아하는 편이었지만, 민혜 누나는 만능 선수로서 운동이라면 무엇이든 못하는 것이 없었습니다.

운동회의 단골 종목인 배구나 피구에서는 늘 학급대표로 뛰었으며, 학교를 대표해서 육상선수로 나갈 정도였습니다. 그것도 어떤 한 종목만 나가는 것이 아니라, 400m계주, 높이뛰기, 넓이뛰기 등 여러 종목에 출전했고, 우승한 경력도 여러 번 있었습니다. 가장 열심히 하고 있는 것은 높이뛰기이며, 아직 대표선수로 선발이 되지는 못했지만 언젠가는 국가대표 선수로 뽑혀 국제대회에 나가는 것이 민혜 누나의 꿈이었습니다. 그래서 민수의 아버지도 딸을 위해서 마당 잔디밭 한쪽 끝에다 정식으로 높이뛰기 경기장을 만들어 주었습니다. 눈금을 그린 흰 기둥도 정식 경기용이었을 뿐 아니라 높이뛰기용 바도 그리고 완충용 매트도 잠실 경기장의 그것과 조금도 다름이 없으니, 개인연습장 치고는 대단한 것이었습니다.

네 명의 소년들은 농구를 하고 난 후 민혜 누나가, 일러 주는 대로 3단뛰기, 넓이뛰기, 높이뛰기 등을 하였습니다. 민혜 누나의 실력은 정말 대단했습니다. 운동을 잘하는 편에 속하는 코페르니와 진호는 남자 체면을 세우겠다고 있는 힘을 다했지만, 민혜 누나의 월등한 솜씨 앞에서는 기가 죽지 않을 수 없었습니다.

코페르니가 열심히 해서 1미터 높이의 바를 겨우 넘어서면, 뒤이어 민혜 누나가 양손을 호주머니에 넣은 채 가볍게 뛰어넘어 보였습니다. 바를 점점 높여가자 결국에는 누나의 독무대가 되었습니다. 코페르니랑 친구들은 민혜 누나의 우아하고 날렵한 모습에 넋을 잃고 바라볼 뿐이었습니다. 노란색 스웨터에다 감색 바지를 입은 민혜 누나가 몸을 비틀어가며 매트 위에 내려서는 모습은 참으로 멋진 장면이었습니다.

3단뛰기에서는 진호가 "에잇! 영웅정신으로 뛰어야지……" 하고 맹렬한 의욕을 보였지만 역시 누나의 상대가 되지 못했습니다.

용식이도 이날만큼은 자기의 서툰 솜씨에 대해 조금도 부끄러워하지 않고 몇 번이고 다시 뛰었습니다. 3단뛰기를 할 때 맨처음 뛰고 나서 다음에 한쪽 다리로 뛰는 스킵에서 용식이는 번번이 실패하였습니다. 민혜 누나가 끈기있게 몇 차례나 시범을 보이면서 용식이를 지도했습니다. 그리하여 마침내 3단뛰기에 성공했을 때 모두들 마치 올림픽에서 메달이라도 딴 것처럼 용식이에게 갈채를 보냈습니다. 용식이는 부끄러워 얼굴을 붉혔지만 그래도 기쁨을 감추지 못하고 히죽히죽 웃었습니다.

여러 가지 놀이를 한바탕 끝내고 나니까, 이번에는 용식이가 씨름을 하자고 제안했습니다.

"씨름이라면 내가 빠질 수 없지."

진호가 자신있게 되받고, 민혜 누나도 심판을 봐 주겠다고 나서
자 코페르니와 민수도 찬성했습니다. 그래서 다섯 명의 친구들은
조금 전까지 3단 뛰기를 하느라 파헤친 모래를 정리하고 곧 씨름판
을 벌였습니다.

제일 먼저 코페르니가 용식이를 상대했는데, 그만 간단히 쓰러
지고 말았습니다. 이어서 민수가 상대했지만 이번에도 용식이의
다리기술에 걸려 쉽게 넘어지고 말았습니다.

이번에는 진호가 "기다려, 내가 원수를 갚아 줄께"하며 손에다
침을 뱉고서 큰 소리치며 나섰습니다. 진호는 얼굴이 벌개지도록
힘껏 밀어 붙여 봤지만, 용식이는 노련하게 발을 옮기면서 진호의
힘을 분산시켜 나갔습니다. 그러다가 용식이가 진호의 미는 힘을
이용해서 앞발을 걸어 넘어뜨리려고 하자, 진호는 기우뚱하며 바
닥에 손을 댈 뻔하다간 재빨리 몸을 돌려 다시 중심을 잡았습니다.
진호의 씨름 실력도 큰 소리를 칠 만큼 훌륭했습니다. 그러나 한번
균형을 잃은 몸을 다시 회복하는 사이에, 용식이는 세찬 발공격으
로 진호의 몸을 흔들어 놓았습니다. 결국 진호는 밧다리 공격에
"어—"하며 엉덩방아를 찧고 말았습니다.

"용식아, 한 번 더 하자."

코페르니가 처음에 너무 쉽게 진 것이 억울하다는 듯이 다시 한
번 도전했지만 역시 쉽게 넘어지고 말았습니다. 진호, 민수가 교대
로 잇따라 도전해 봤지만 상대가 되질 않았습니다.

"야, 용식이 정말 씨름 잘한다."

진호가 결국 자기의 패배를 인정하고 감탄해서 말했습니다.

"너 어떻게 그렇게 잘 하니?"

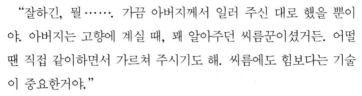
"잘하긴, 뭘……. 가끔 아버지께서 일러 주신 대로 했을 뿐이야. 아버지는 고향에 계실 때, 꽤 알아주던 씨름꾼이셨거든. 어떨 땐 직접 같이하면서 가르쳐 주시기도 해. 씨름에도 힘보다는 기술이 중요한거야."

모두들 모래를 털어내며 집안으로 들어왔을 때는 이미 점심식사 시간이 훨씬 지나 있었습니다. 그래서 씻고서는 식당으로 들어갔습니다.

식당에는 민수의 어머니와 형이 미리 와서 기다리고 있었습니다. 여러 사람이 모였지만 여전히 식당은 덩그라니 넓은 공간을 자랑하고 있었습니다. 높은 천정에는 호화롭게 장식한 샹들리에가 매달려 있고 황금색의 벽에는 커다란 유화가 걸려 있었습니다. 새하얀 식탁보 위에는 온실에서 키운 멋진 꽃들이 제각기 아름다움을 뽐내고 있었고, 고급 나이프, 포크, 은수저 등이 그 위에 즐비하게 놓여 있었습니다. 세 사람의 방문객은 식당에 들어서는 순간, 그 으리으리한 모습에 기가 죽어 버렸습니다. 그래서 음식을 먹으면서도 음식이 맛있는지 없는지조차 알 수가 없었습니다. 가끔가다 민수 어머니가 고상한 말씨로 이것저것 말씀도 하고 묻기도 하셨지만, 마치 대감집 마님처럼 품위가 있어서 행여 무슨 실수나 하지 않을까 하여 제대로 대답조차 할 수가 없었습니다.

식사가 끝났을 때 코페르니는 모처럼 푸짐하고 맛있는 음식을 제대로 먹지 못한 것이 아쉬웠으면서도 뭔가 답답한 분위기에서 벗어날 수 있다는 사실에 안도의 숨을 내쉬었습니다. 그래서 다시 마음껏 떠들고 놀 수 있는 민수의 방으로 돌아오는 걸음걸이는 매우 가볍고 빨랐습니다.

방에 도착하자 모두 편한 기분이 되어 게임판, 트럼프도 하고 각종 전자오락을 이것저것 해보며 놀았습니다. 민수는 실내에서 할 수 있는 놀이기구라면 가게를 차릴 정도로 많이 갖고 있었습니다.

"너는 참 좋겠다. 이처럼 놀 게 많으니."

코페르니가 불쑥 그렇게 말했습니다.

"그렇지 않아. 같이 놀 상대가 있어야지."

"아니, 누나가 있잖아?"

"누나도 뭐, 고등학생이 되면서부터는 나같은 어린애랑 안 논대."

"아버지는 집에 오시면 너하고 안 놀아 주시니?"

"아빠는 밤에도 여러 가지 모임이 있어 바쁘셔. 대개 집에 돌아오시는 시간은 내가 잠든 다음이야. 4~5일씩 아빠 얼굴을 못 볼 때도 있어."

"그래……."

"게다가 어머니마저 밖에서 일이 많아. 그러니까 나 혼자 있으면서 음악을 듣든가, 그림을 그리든가 해."

코페르니는 민수가 이렇게 좋은 집에 살면서, 원하는 것은 모두 가질 수 있는데도 늘 쓸쓸하게 혼자 있다는 것이 아무래도 이상하게 생각되었습니다.

"그러면 우리집에라도 자주 놀러오면 되잖아. 나도 심심할 때가 많은데."

"그야 나도 가고 싶지만 어머니가 남의 집에 자주 가면 실례가 된대."

"우리집은 상관없어."

"누나는 요즈음 어머니 말을 안 듣고 자기 좋을 대로 놀러다녀.

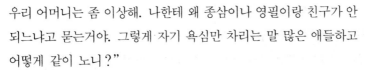

우리 어머니는 좀 이상해. 나한테 왜 종삼이나 영필이랑 친구가 안
되느냐고 묻는거야. 그렇게 자기 욕심만 차리는 말 많은 애들하고
어떻게 같이 노니?"

"그야 그렇지. 그런 좋지 못한 녀석하고 놀다니……. 그런데 왜
너희 어머니는 종삼이나 영필이 같은 애하고 친구가 되라고 그러시
니?"

"나도 잘 몰랐어. 그런데 누나가 가르쳐 주더라. 종삼이 아버지
는 장관이고, 영필이 아버지는 예비역 장군이면서 우리 아버지가
하시는 일과 관련이 있는 국영기업체의 사장으로 계신대."

"그래?"

코페르니가 조금은 실망했다는 투로 말했습니다.

"야, 아버지가 장관이건 장군이건 난 그런 녀석들은 싫어. 그 녀
석들은 모두 태호의 졸개들이야."

"그래, 모두 태호에게 굽실거리고 있어. 그리고 요즈음은 진호를
모함하면서 다닌대잖아. 암! 그런 녀석들과 우리가 친구가 될 수
는 없지. 어머니한테 그렇게 말하면 될텐데……."

코페르니와 민수가 이렇게 이야기를 이어가고 있을 때, 옆에서
듣고 있던 진호가 무엇인가 생각난 듯, 조용한 목소리로 말을 꺼냈
습니다.

"그래, 태호 그 놈은 싫어. 그런데 방학 직전에 나 이상한 애길
들었어."

모두들 진호 쪽을 보았습니다. 그랬더니 진호는 다음과 같은 이
야기를 했습니다.

"고등학교—코페르니의 학교는 중학교와 고등학교가 함께 있었
습니다—태권도부 형들이 나와 태호를 언젠가 혼내 주려고 벼르
고 있대."

"너와 태호를?"

하고 코페르니는 놀라서 되물었습니다. 다른 사람들도 뜻밖에 일이
라고 생각하면서 진호 곁으로 더욱 바짝 다가앉았지만 막상 진호는
아무렇지도 않은 얼굴로 대답했습니다.

"응, 나와 태호를 손을 좀 봐주기로 했대나 봐. 난 3학년 이 인렬
형에게서 들었어."


코페르니의 학교에서는 최근 고등학교 태권도부 상급생들이 중
심이 되어서 학교의 분위기를 바꿔야겠다는 운동이 일고 있었습니
다. 그 학생들의 이야기를 들어보면, 요즈음 전반적으로 저학년들
의 사기가 떨어져 있는데다 학교 안에서의 규율도 많이 해이해져서
안되겠다는 것입니다.

첫째, 학교를 사랑하는 정신이 아주 모자라서 어쩌다 다른 학교
와 운동시합이라도 할양이면 응원을 하는 데도 도무지 열기가 없
고, 둘째로 하급생 전체가 건방져져서 상급생을 존경하는 태도가
제대로 보이지 않는다는 것입니다. 그리고 학교에서 금하고 있는
잡지나 만화를 읽거나, 영화관에 출입하는 학생들이 부쩍 늘어나
고 있어, 이대로 가다간 학교가 개교 이래 자랑해 온 성실과 강직
의 전통이 머지 않아 사라지고 말 것이니, 이번 기회에 기풍을 바
로잡아 학교 분위기를 새롭게 할 필요가 있다는 것입니다.

쉬는 시간이면 하급생의 교실에 들어와선 열심히 침을 튀기며 연
설하는 선배도 있었습니다. 또 학교 신문에다 그런 주장을 열심히
펼치는 학생도 있었습니다. 그리고 이 새로운 운동은 단순히 말로
하는데 그치지 않고 학교 전통에 어긋난 행동을 했다고 생각되는
하급생들에게는 서슴없이 제재를 가하기에 이르렀습니다.

"애교심이 없는 학생은 사회에 나가서 애국심 없는 국민이 될 것임에 틀림없다. 애국심이 없는 국민은 이적 행위를 하는 것과 마찬가지인 사람이다. 그러니까 애교심 없는 학생은 말하자면 나라를 위태롭게 할 그런 사람의 씨앗이다. 우리들은 이와 같은 비애국자의 씨앗을 제거하지 않으면 안된다"는 것이 그들이 폭력을 사용하는 명분이었습니다.

물론 학생은 자신들의 학교를 사랑해서 학교를 조금이라도 잘 되게끔 노력하는 것이 당연합니다. 또 하급생은 자기들의 선배인 상급생에 대해서 존경심을 갖고 대해야 할 것이며, 학생인 이상 저질스런 오락에다 관심을 쏟지 않도록 주의하는 것이 좋습니다. 그러니까 이 태권도부 상급생들의 주장하는 일이 이것뿐이라면 잘못된 것은 아닙니다.

그런데 문제는, 학생들이 자기들 주장이 옳다고 믿는 것과 함께 자기들의 판단도 하나하나 옳다고 생각한다는 사실입니다. 그리고 자기들 마음에 들지 않는 학생은 모두 학교의 규칙에 위배되는 학생들이며, 잘못된 놈들이라고 머리 속에서 미리 단정하고 시작하는 것입니다.

그리고 그보다도 더 큰 잘못은 이 학생들이 다른 학생들의 잘못을 꾸짖는다든가 제재를 가할 자격이 스스로에게 있다고 생각하는 점입니다. 모두 다 배우는 학생들인데 이들에게 그런 자격이 있을 리가 없는 것입니다.

이런 큰 잘못을 범하고 있었기 때문에, 이 학생들은 모처럼 학교를 위해 무언가를 하겠다는 생각과는 달리 도리어 학교에 해가 되는 여러 가지 나쁜 결과들을 불러 일으키고 있었습니다. 운동시합 응원에 안 나갔다고 해서 곧 애교심이 없는 놈이라 불리워야 하고,

잘못 걸리면 매를 맞아야 하고, 더구나 그런 짓거리를 하는 일당들이 잘났다고 설쳐대서야 학교를 사랑하고 싶어도 오히려 싫어질 것은 뻔한 일입니다. 그리고 무엇보다도 잘못된 일은 어린 하급생들이 매일매일의 학교생활을 벌벌 떨면서 무섭게 보내야만 한다는 사실이었습니다.

처음에는 고등학교 1학년 학생들이 제재의 대상이 되었는데, 학기말이 되어서는 중학교 1, 2학년 학생들까지 인사를 안했다고 해서 불려가 욕을 먹든가 얻어맞는 학생도 더러 생겨났습니다. 상급생보다 우월한 체 하거나, 상급생에 관해서 나쁜 욕을 한 것이 귀에라도 들어가면, 그것만으로 건방진 놈으로 찍히게 되었습니다.

3학년의 이 인렬 형은 문학이 그저 좋아서 어른들이 읽는 소설에 열중하고 새로운 연극을 보러 간다고 해서 요주의 인물이 되었습니다. 2학년의 코페르니 반에서는 진호와 태호가 혼내 줄 대상으로 찍혀 있었습니다.

태호는 워낙 사치스러운데다 영화광이어서 안 본 영화가 없을 정도이며, 영화배우의 대형사진을 200장도 넘게 갖고다닌다고 해서 상급생들이 몹시 싫어하고 있었습니다. 그리고 진호는 상대가 상급생이건 뭐건 자신이 생각하고 있는 것을 서슴없이 이야기하기 때문에 조그만 녀석이 건방지다고 벼르고 있는 것입니다.

새학기 초가 되자마자 이러한 요주의 인물들에 대해 일제히 제재를 가한다는 소문이 어디서부터인지 모르게 학교 전체에 돌고 있었습니다. 이 인렬 형도 그 소문을 듣고 마찬가지로 눈총을 받고 있는 진호에게 슬쩍 알려 준 것이었습니다.

"그런데 태호야 어쨌든, 진호 너는 얻어맞을 이유가 없지 않니 ? 아무런 나쁜 짓도 안했는데 ……."

코페르니가 불만스럽다는 듯이 말했습니다.

"응, 난 두 번인가 오 진영 그 놈과 만났을 때 일부러 인사를 안 했어. 그리고 노는 시간에 축구를 하기 위해 자리를 잡았을 때도 한 번 그 자식의 말을 안 들은 적이 있어. 글쎄, 자리를 양보하라는 거야. 그래서 우리가 먼저 자리를 잡았으니 양보할 수 없다고 했지. 마침 옆에 선생님이 계셔서 순순히 물러갔는데, 아마도 나를 건방진 놈이라고 생각하고 있을거야."

진호는 태연하게 대답했습니다.

오 진영은 고등학교 2학년으로 태권도부 부주장인데, 체육선생님보다 덩치가 큰 학생이었습니다.

"오 진영 그 자식 말이지 ……."

진호는 생각하기도 싫다는 표정을 지으며 말을 계속했습니다.

"저질 가사의 노래를 부르는거야. 일부러 쉰 목소리를 내 가면서 말이야. 지난 번에 전교생 모두가 응원갔다가 돌아오는 버스 속에서 들었어. 그 저질 근성을 드러낸 목소리를 들었더니 그 녀석이 더 더욱 싫어졌어."

"그런데 매맞고 나면 너만 손해 아니냐 ?"

"괜찮아. 오 진영도 내가 가만히 있는데 때릴 수야 있겠어. 어떻게 해서든 기회가 생기면 때려 주려고 벼르고는 있겠지. 그러니까 나는 그것만 주의하려고 해."

"그렇게 하는 것만으로 될까 ?"

코페르니가 근심스런 목소리로 말했습니다.

민수도 마찬가지로 걱정이 되는지 표정을 일그러뜨리며 말했습니다.

"그래도 찍어 놓은 애들을 하나씩 불러서 때릴지도 몰라. 나는 선생님에게 미리 말하는 편이 나을 것 같은데……."

"안돼, 그런 식으로 하면 그 녀석들이 날 더 미워할거야. 오히려 좋은 구실을 찾았다 싶어 진짜로 날 때릴거야. 내버려 두는 게 나아. 그리고 난 그런 비겁한 짓은 절대로 못해."

"아니야, 가만히 있다가는 당하고 말거야."

"괜찮아!"

진호와 코페르니가 입씨름을 하고 있을 때 민혜 누나가 사탕이 수북히 담긴 접시를 들고 들어왔습니다.

"무슨 이야기들이니? 코페르니는 아주 흥분한 것 같구나?"

코페르니와 민수는 진호가 위험한 지경에 놓이게 된 앞뒤 사정을 설명했습니다. 민혜 누나는 말을 듣고 나서는 몹시 분개해서 말했습니다.

"저런, 그따위 어거지가 어디 있어. 진호 너 절대로 져서는 안된다. 학교란 그런 놈들만의 학교가 아니야. 1학년은 1학년으로서 역시 학교의 학생인걸. 학교규칙을 위반하지 않고 선생님 말씀대로만 한다면 너희도 떳떳한거야. 절대로 태권도부 애들한테 기죽을 필요가 없어. 또 그래서도 안돼."

"그런데, 진호는 지금 위험해!"하고 민수가 민혜 누나의 말을 가로챘습니다.

"위험하다고 해서 벌벌 떨기만 하면 그런 못된 녀석들이 더욱 더 기승을 부릴거야. 학교를 위해서 완력을 휘두르다니 말이 되니?

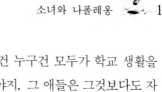

정말 학교를 위한다면 1학년 학생이건 누구건 모두가 학교 생활을
즐겁게 해나갈 수 있도록 도와 주어야지. 그 애들은 그것보다도 자
기들만이 정의를 지키고 있다고 생각하는 것이 즐거운거야. 우쭐
해 있는거지. 진호야 ! 그런 놈들에게 절대로 머리를 숙여선 안
돼 !"

"그럼요, 난 누가 뭐라고 해도 항복 같은 건 안해요."

오랜만에 진호의 입에서 '누가 뭐라고 해도⋯⋯'라는 말이 나
왔지만, 이때만은 누구도 웃을 기분이 아니었습니다. 코페르니는
진호가 혹시라도 매를 맞는 일이 생기면 어떻게 하나 생각하니 정
말 걱정이 되었습니다.

난폭한 상급생에게 비굴하지 않는다는 건 좋지만, 그러자면 진
호가 겪어야 될 위험은 피할 수 없게 됩니다. 그래서 진호를 위험
으로부터 구할 수 있는 방법이 없을까 하는 것이 자연스럽게 토론
의 주제가 되었습니다.

민수와 코페르니는 계속해서 당장 선생님께 그 사실을 말씀드려
서 선생님으로 하여금 조치를 취해 달라고 하는 편이 낫다는 의견
이었습니다. 하지만 진호는 그렇게 하면 도리어 손해니까 그냥 내
버려 두는 것이 좋다는 의견이었습니다. 그리고 좀더 되어가는 걸
지켜본 후에 진짜로 그렇게 난폭한 짓을 할 것 같으면 그때 가서 선
생님과 의논을 하거나 해서 적당한 방법을 찾는 것이 좋겠다는 것
이 민혜 누나의 의견이었습니다. 그러나 그런 일을 미리 알 수 있을
지 없을지가 의문이었습니다. 어느 쪽이건, 지금 선생님께 달려가
서 알려야 한다는 데에는 진호 자신이 결사적으로 반대하였습니
다.

"난 그까짓 매 좀 맞아도 관계 없어! 나쁜 짓을 한 것도 아닌 걸 뭐! 소문 들은 것만으로 무서워하다니, 난 그런 비겁자가 되기는 싫어!"

진호가 그렇게 말하는 이상 다른 사람들도 어찌할 도리가 없었습니다. 그때, 지금까지 잠자코 있던 용식이가 처음으로 입을 열었습니다.

"저, 난 이렇게 하면 어떨까 생각하는데……."

모두가 용식이에게로 얼굴을 돌리자 용식이는 다소 수줍어하면서 말했습니다.

"진호가 태권도부원들한테 불려가면 우리도 같이 가는거야."

"그리고 나서 어떻게 하지?"하고 코페르니가 물었습니다.

"만약에 오 진영인가 뭔가가 진호를 때리려 들면 우리도 같이 때리라고 하는거야. 아무 잘못도 없는 진호가 매를 맞아야 한다면 우리들도 같이 맞겠다고 해주잔 말이야. 그러면 설마 때리지 못할거야."

모두가 조용해졌습니다.

"그래도 때리겠다고 하면?"하고 민혜 누나가 물었습니다.

"그렇다면……. 그렇게 되면 우리 모두 진호와 함께 맞는거지, 뭐. 할 수 없잖아요?"

"야, 용식이가 정말 멋진 생각을 했는데!"

민혜 누나는 의자에서 벌떡 일어났습니다.

"그래, 그것이 제일 좋은 방법인 것 같다. 모두 같이 진호를 지켜주고 그래도 안되면 정말 어떻게 할 도리가 없겠지. 진호와 함께 당하는 수밖에……. 그것도 분명 영웅정신을 가진 행동이야. 나도 그때는 너희들을 도와줄게. 아버지와 함께 학교로 가서 항의하겠

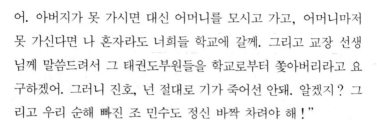

어. 아버지가 못 가시면 대신 어머니를 모시고 가고, 어머니마저
못 가신다면 나 혼자라도 너희들 학교에 갈께. 그리고 교장 선생
님께 말씀드려서 그 태권도부원들을 학교로부터 쫓아버리라고 요
구하겠어. 그러니 진호, 넌 절대로 기가 죽어선 안돼. 알겠지? 그
리고 우리 순해 빠진 조 민수도 정신 바짝 차려야 해!"

"알았어."

민수는 얌전한 얼굴에 입술을 깨물면서 강하게 고개를 끄덕였습
니다.

"코페르니도?"

코페르니도 고개를 끄덕였습니다.

진호는 자기 때문에 여러 사람이 당하는 건 나쁘다면서 사양했지
만, 모두들 그런 일에는 신경쓰지 않아도 된다고 단호하게 말했습
니다.

"자, 그럼 그렇게 결정했어. 나는 너희들과 같은 학교가 아니라
좀 뭣하지만, 만일 일이 벌어져도 지금 약속한 것은 꼭 행동으로
옮기겠어. 그러니 우리 모두 손가락 걸지 않을래?"

그래서 네 명의 소년과 민혜 누나는 서로 손가락을 걸고 약속을
했습니다. 짧은 겨울의 하루 해가 저물어 가고 있었습니다.

코페르니, 진호, 용식이 세 사람은 해가 지기 전에 돌아가기로
되어 있어 5시쯤에 민수네 집을 나섰습니다. 집으로 돌아가는 세
소년의 손에는 민수 어머니가 예쁘게 싸주신 과일과 과자를 담은
봉투가 들려 있었습니다. 민혜 누나도 따로 "용식이는 동생이 많다
며? 이거 동생에게 갖다 주렴" 하고 예쁜 은박지에 싼 사탕을 용식
이 주머니에 더 이상 들어갈 수 없을 만큼 가득 넣어 주었습니다.

세 소년이 가는 길에는 민수와 민혜 누나가 배웅을 해주었습니다. 민혜 누나는 자전거를 타고 천천히 페달을 밟으며, 앞서거니 뒤서거니 네 친구를 따라왔습니다. 외진 주택가를 벗어나 버스정류장으로 통하는 언덕 중턱 쯤에서 두 남매는 친구들에게 잘 가라는 인사를 하고 다시 집을 향해 돌아갔습니다.

코페르니와 친구들이 언덕을 내려가면서 보니 아랫쪽 거리에는 벌써 안개처럼 어둠이 깔리고 있었으며, 여기저기 전등이 켜지기 시작했습니다. 언덕 밑 도로에는 크고 작은 자동차들이 바쁘게 오가고 있었습니다. 와글와글하는 거리의 소음이 어둠 속으로부터 밀려나왔습니다. 세 소년은 갑자기 집이 그리워져 버스정류장 쪽을 향해 발걸음을 재촉하였습니다.

삼촌의 수첩
## 위대한 인간이란 ?

코페르니야,

네가 갑자기 나폴레옹의 숭배자가 되었다니 이 삼촌이 놀랐을 밖에. 하지만 듣고 보니 민수 누나로부터 영향을 받은 모양이더구나.

나폴레옹의 일생은 확실히 멋진 인생이었지. 긴 인류 역사 속에서 그만큼 화려한 일생을 살다간 사람도 드물지. 너희들뿐 아니라 세계 어느 곳엘 가든 나폴레옹을 숭배하는 청소년들이 수도 없이 많단다.

그런데 내가 언젠가 뭔가 감동을 받은 일이 있으면 그것을 되풀이해서 생각해 보고 뜻을 잘 새겨 보라고 한 일이 있지. 그러면 오늘은 왜 나폴레옹의 일생이 우리들을 감동시키는지를 한번 생각해 보기로 하자.

첫째, 나폴레옹의 생애를 보고 우리가 감탄하는 것은 그 눈부신 활동 때문이란다. 나폴레옹의 부모는 프랑스 본토 국민들로부터 천대를 받던 코르시카 섬의 몰락한 귀족이었어. 그 때문에 나폴레옹은 가난한 어린 시절을 보내며 자랐지. 꼭 너희들만한 나이가 되었을 때 부모님 곁을 떠나 프랑스 본국에 있는 사관학교에 들어갔는데, 그는 늘 친구들로부터 따돌림을 받으면서 쓸쓸히 외톨이로 지내기 일쑤였어. 학교를 졸업하고 부대에 배치되었던 초급장교 시절에도 가난하긴 마찬가지였단다. 그래서 젊은이다운 낭만을 즐긴다는 것은 생각지도 못했고, 귀족 출신 장교들의 모임에 참석도 하지 못했지. 그는 어쩔 수 없이 혼자서 공부만 하는 창백한 얼굴의 볼품없는 청년장교로 지내야 했던거야.

그런데 그가 스물 네 살이 되던 1789년 프랑스에는 혁명이 일어났단다. 세계사에서 찾아 보기 어려운 커다란 변혁의 물결이었지. 그리고 거대한 혁명의 소용돌이 속에서 이 보잘 것 없던 가난한 장교가 한꺼번에 진급을 거듭해서 장군이 된거야. 혁명군이 투론의 요새를 공격했을 때 이 청년장교가 대단한 활약을 하여 공을 세웠기 때문이었지.

그리고 뒤이어 그의 출세에 결정적인 발판이 된 이탈리아를 정복하는 일에 성공했어. 너희들도 잘 알고 있듯이 눈 쌓인 알프스를 넘어서 공격해 들어갔던거지. 무기도 변변히 갖추지 못하였고, 훈련도 제대로 받지 못한 허수룩한 병사들을 이끌고 적군이 전혀 예상 못하게 알프스를 넘어서 눈사태처럼 이탈리아의 영토로 진군해 들어간거야.

그는 먼저 프랑스의 공격으로 자신들의 나라에까지 혁명의 거센 물결이 밀려들어 올 것이 두려워 전쟁에 뛰어든 오스트리아의 대군을 격파하고, 이어서 이탈리아의 도시들을 허수아비 무너뜨리듯 공격해 들어갔어. 어디엘 가나 승리, 승리, 승리뿐이었지. 많은 전리품을 가지고 파리로 돌아왔을 때는 전 프랑스 국민의 인기를 한 몸에 받는 위대한 개선 장군이 되어 있었어.

이때 프랑스는 혁명을 무사히 수호 했으나 여전히 나라 안팎은 불안이 가시지 않고 혼란스러운 상태에 있었어. 그래서 프랑스 민중들은 차츰 나라 안의 질서와 평화를 진심으로 원하기 시작했지. 나폴레옹은 이러한 분위기를 타고 무력으로 정부조직을 고쳐서 점차 권력을 자기 손아귀에 모아 나가기 시작했어. 처음에는 '3인 집정관' 중의 한 사람이 되었고, 그 다음엔 종신집정관으로, 결국에는 프랑스의 공화제를 없애고 스스로 황제의 자리에 오르고 말았지.

코페르니야, 이때 나폴레옹이 몇 살이었는지 아니? 놀라지 마, 서른 다섯 살이었어. 그러니까 단 10년만에 아무도 거들떠 보지 않던 가난한 청년장교가 황제의 자리에까지 단숨에 뛰어 올랐던거지.

황제가 되고 나서도 나폴레옹은 계속해서 자신의 세력을 넓혀 나갔단다. 유럽의 열강들이 영국을 중심으로 동맹을 맺어, 몇 차례나 나폴레옹을 쓰러뜨리려고 시도했으나 모두 번번히 실패로 끝나고 말았지. 전쟁을 걸어오면 걸어올수록 군인 나폴레옹의 천재성만이 발휘될 뿐이었어. 아우에르슈탓트에서도, 예나에서도, 또 바그람에서도 나폴레옹은 전쟁의 역사에 오랫동안 남을 멋진 승리를 거두었어. 오스트리아는 일찌감치 나폴레옹에게 항복을 한 상태였고, 이탈리아 반도도 곧 나폴레옹의 지배권 안에 들어오게 되었지. 물론 독일도 나폴레옹의 권력에 굴복했으며, 스페인도 복종할 수밖에 없었단다. 결국 유럽의 광활한 대륙은 바다 건너 영국과 동쪽의 러시아만 빼고는 모두가 나폴레옹의 명령에 복종하게 되었던거야.

1808년 나폴레옹이 독일의 에르하르트에서 전유럽회의를 열었을 때에는 독일에서만도 네 사람의 국왕과 설흔 네 사람의 제후가 나폴레옹을 알현하기 위해 몰려왔을 정도였지. 나폴레옹은 일부러 프랑스에서 데려온 명배우 다루마의 연극을 관람했었다고 해. 프랑스의 자존심을 과시하고 싶었던거지. 이때의 나폴레옹은 그야말로 '왕 중의 왕'이었어. 유럽 대륙에 살고 있는 몇 천만 인간의 운명을 마음대로 좌우할 수 있을 정도로 나폴레옹의 전성시대였지. 아마 나폴레옹의 일생에서 가장 화려한 절정의 시기였을거야.

그러나 나폴레옹은 이로부터 몇 년이 지나지 않아 갑자기 파멸의 구렁텅이 속에 빠지고 말았어. 몰락의 직접적인 원인은 너희들도 알고 있는 러시아 대원정의 실패 때문이었지. 그런데 나폴레옹이 도대체 왜 러시아를 공격하러 갔을까. 그것은 러시아가 나폴레옹의 명령을 듣지 않고 영국과의 통상을 지속하였기 때문이었어.

영국은 유럽대륙으로부터 바다를 가운데 두고 떨어져 있다는 이유로 조금도 나폴레옹의 권력과 타협하지 않고 처음부터 끝까지 그에게 맞서 싸웠어. 그러자 나폴레옹은 영국을 곤경에 빠뜨리기 위해 유럽대륙으로 하여금 영국과 통상을 하지 못하도록 지시했지.

하지만 이것은 애초부터 무리한 일이었어. 영국의 발달한 해상무역의 도움을 받지 않고서는 유럽대륙의 생활이 제대로 될 수가 없었던거야. 영국의 상품을 들여오지 않고서는 유럽의 경제생활이 이미 불가능한 상태였기 때문이지.

그러는 중에 러시아가 나폴레옹의 명령을 어기고 영국과 통상을 계속하자 마침내 나폴레옹은 몹시 화가 났지. 그래서 대규모의 러시아 원정을 계획한거야. 물론 초기전투에선 연전연승을 거두어 일단 러시아의 수도 모스크바까지 점령할 수 있었어. 하지만 뛰어난 전략가인 나폴레옹도 북방의 가혹한 추위와 식량부족으로 마침내 후퇴를 명령하지 않으면 안되었단다. 눈과 혹독한 추위, 굶주림에 시달리면서 퇴각하는 도중에 몇 십만이나 되는 병사들이 허망하게 얼어 죽었어. 요행히 얼어 죽지 않은 병사들도 러시아의 기병 코사크의 추격을 받고 죽어가야 했지. 이렇게 해서 처음 러시아로 진격해 들어갈 때는 60만 이상이었던 대군이 돌아올 때는 1만도 채 못되는 병사들만이 러시아 국경을 넘을 수 있었단다. 극도로 비참한 결과를 빚고 말았지.

이 대실패가 유럽 전역에 전해지자 제일 먼저 반기를 들고 일어선 나라는 오랫동안 나폴레옹의 압박을 물리치려고 기회를 엿보고 있던 프러시아였어. 뒤이어 나른 나라들도 일제히 나폴레옹에게 반항하였고, 다시 동맹을 맺어 프랑스를 공격해 왔어. 마침내 나폴레옹에게도 몰락의 때가 온거지. 결국 나폴레옹은 이 연합군과의 전투에서 패배하여 포로의 몸으로 엘바섬에 유배되고 말았어. 그후 다시 한번 엘바섬을 탈출하여 병사를 모아 유명한 워털루 전투에서 결전을 시도해 보았지만 이것도 패배로 끝나고 말았어. 마침내 나폴레옹은 아프리카 서쪽의 세인트 헬레나라는 육지에서 멀리

떨어진 작은 섬에서 죄수와 다름없는 감금상태가 되었지. 그 섬에
서 나폴레옹은 5년 반 동안 나쁜 기후에 시달리며 부자유스러운 생
활을 하다가 쓸쓸히 죽고 말았단다.

그런데 워털루에서의 최후결전에서 패배했을 때 나폴레옹의 나
이는 고작 마흔 여섯 살이었다고 해. 그러니까 10년 사이에 가난한
사관에서 전유럽을 지배하는 황제로 뛰어 올랐고, 그로부터 또 10
년 사이에 황제로부터 포로의 몸으로 떨어진거지. 나폴레옹의 화
려한 생애라는 것도 세월로 치면 20년 동안의 일일 따름이야. 말하
자면 그는 이 20년에다 자신의 일생을 모두 몰아넣은 셈이야. 물론
이 20년은 틀림없이 평범한 20년은 아니었어. 이 기간 동안 나폴레
옹의 생애, 곧 천재적인 재능을 지닌 한 사람의 가난한 사관이 한
때는 유럽 전체의 지배자로 군림했다가 다시 완전히 몰락하여 비참
하게 죽어갔다고 하는 마치 소설과도 같은 생애는 후대를 살아가는
우리들의 관심을 끌기에 충분하지. 이 20년 간에 보여준 나폴레옹
의 활동은 정말 인간의 활동이라고는 생각할 수 없을 정도로 대단
한 것이었어.

참으로 18세기 말에서 19세기 초에 걸친 이 20년이란 세월은 프
랑스 혁명이라는 거대한 사건으로 말미암아 유럽 대륙이 온통 들끓
던 시대였어. 프랑스 혁명이 일어나자 그 뒤를 이어 수많은 사건이
잇따라 일어나게 되었단다. 정말 그 시대는 다른 시대의 50년이나
100년에 해당할 정도로 사건이 많았던 시대였지. 그런데 이 기간에
일어난 역사적인 사건은 그 어느 하나도 나폴레옹과 무관한 것은
없다고 해도 과언이 아니야.

코페르니야, 한 대륙을 통치하기는커녕 한 나라의 장관이 되어 집무를 꾸려가는 것도 쉬운 일이 아니라고 해. 전쟁이나 커다란 변화가 없는 평상시조차도 그 임무를 오래 맡다 보면 대부분의 사람이 건강을 망친다고 하잖아. 국가의 일을 책임진다는 것은 보통의 격무가 아니거든.

그런 걸 염두에 두면서 나폴레옹의 생애를 다시 한번 생각해 봐. 그는 대변혁이 일어났던 프랑스에 새로운 질서를 다져 놓지 않으면 안되었고, 끊임없이 계속된 외국의 간섭을 격퇴해야만 했어. 그리고는 쉴 틈도 없이 유럽 국제정치의 한가운데 뛰어들어 거친 파도와도 같은 외교관계를 헤쳐 나가야만 했어. 그리고 그는 그 일들을 훌륭하게 처리했지. 국내문제든 외교문제든 그는 자신의 손으로 직접 처리하지 않으면 못배기는 성미였고, 더욱이 그 사이에도 세계사에 기록될 커다란 전쟁을 연이어 치렀단다. 물론 그때마다 그 자신이 직접 싸움터에 나가서 대군을 지휘했어. 정말로 놀라지 않을 수 없는 활동력이었지.

더욱이 그는 그런 일들을 떠맡아 처리하면서 그저 잘 버텨낸 정도의 끈질김이 돋보이는 것이 아니었어. 적어도 전쟁에 관한 한 나폴레옹의 전술은 러시아 원정의 실패를 제외하고는 그 어떤 것이든 지금까지도 전술의 모범으로 삼을 정도로 훌륭한 것이었어. 또 그의 비범함은 싸움터에서만 드러나는 것은 아니었어. 그는 언제나 힘이 넘쳐 있어서 도중에 단념하거나 주저하는 법이 없었어. 마치 피로를 모르는 듯, 늘 힘이 넘쳐서 어떤 곤란한 입장에 놓이더라도 불굴의 투지와 황제다운 긍지를 잃지 않았단다.

괴테처럼 인도주의와 평화를 사랑하고 인류의 진보에 큰 희망을 걸었던 위대한 작가조차 나폴레옹의 이야기만 나오면 진심으로 감

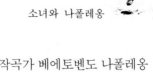

탄하면서 이야기할 정도였어. 위대한 작곡가 베에토벤도 나폴레옹을 위해 교향곡 3번 '영웅'을 헌정하기도 했지. 이 모든 찬사가 모두 언제나 용솟음치는 나폴레옹의 활동력과 함께 어떤 고난에도 굴복하지 않고 자신감에 넘쳐 행하는 천재적인 결단력 때문이었지.

그래, 나폴레옹은 틀림없이 위대한 인물이었어. 역경에서 자신을 일으켜 권력의 절정에까지 뛰어오른 청년시대는 용감하고 화려한 행동들의 연속이어서 전기를 읽는 것만으로도 커다란 힘이 나지. 또 유럽 역사의 승자로서 대륙 전체에 군림했던 전성시대는 마치 태양처럼 찬란했으며, 그 몰락 역시 하나의 훌륭한 비극으로 평가 받을 만큼 극적이었어. 괴테 정도의 천재마저 감탄했으니 너희들이 나폴레옹을 숭배하는 것도 전혀 무리가 아니야.

자, 코페르니야. 우리가 나폴레옹의 생애를 알고 감탄하는 이유는 그 대단한 활동력 때문이라는 사실을 절대로 잊어서는 안돼. 그 활동력이란 인간이 무언가를 이루어 나가는 힘인게지. 이 세상에서 어떤 목적을 실현해 나가는 힘 말이다. 그래서 우리는 나폴레옹의 위대한 활동력에 대해 감탄을 아끼지 않는 것이란다. 하지만 다른 한편 이런 질문을 던져 보면 어떨까?

"나폴레옹은 그 대단한 활동력으로 과연 무엇을 하였던가?"

코페르니야! 단지 나폴레옹뿐만이 아니다. 이런 식의 질문은 어떤 위인이나 영웅에게도 당연히 던져 볼 필요가 있단다. 위인이다, 영웅이다라고 불리우는 사람들은 모두가 비범한 사람들임엔 틀림없지. 그러나 우리들은 이 위인이나 영웅들이 비범한 능력을 사용하여 도대체 무엇을 했는지, 그들이 해낸 비범한 일들이 도대체 어디에 소용이 닿았는지를 대담하게 질문해 보지 않으면 안된단다. 비범한 능력으로 비범한 나쁜 짓을 못하란 법도 없지 않니?

코페르니야, 그런데 이런 질문을 하기에 앞서 몇만 년에 걸쳐 이루어진 인류의 기나긴 진보의 역사를 제대로 이해하는 것이 반드시 필요하단다. 왜냐하면 나폴레옹이건 괴테건, 아니 대원군이건 이승만 대통령이건 누구든지 모두 기나긴 역사의 한가운데서 태어났다가 또 그 속에서 활동하다가 죽은 사람들이기 때문이란다. 그래서 그들에 대한 평가 역시 그 속에서 이루어져야만 바람직하게 될 수 있는거란다.

너도 잘 알다시피 인간은 처음부터 서로 힘을 합해 이 세상을 만들었고, 그 서로 모은 힘으로 야수와 다름없는 상태에서 조금씩 벗어날 수 있었어. 처음에는 극히 간단한 도구를 사용하다가 차츰 그 도구를 개선하여 자연을 살기 좋은 곳으로 발전시켜 온거지. 그리고는 그것을 바탕으로 학문이다, 예술이다 하는 것도 만들어서 인간의 생활을 점차 더 밝고 풍요롭게 만들 수 있었어. 그것은 먼 옛날부터 오늘날까지 유유히 흘러왔고 앞으로도 계속해서 흘러갈 커다란 강물과도 같은거야.

우리 민족의 역사만 해도 단군이 나라를 연 이래 거진 반만 년이 흘렀고, 이집트의 문명은 지금부터 6천년 전에 시작되었다고 하니 얼마나 오래 전부터 시작되었는지 알 수 있을게다. 하지만 인류의 역사는 그것뿐만이 아니란다. 그보다 훨씬 이전인 수백만 년 전부터 이미 인류의 역사는 기록되지 않는 가운데 조금씩 조금씩 발전해 왔던거지. 그 결과 지금 우리는 문명의 혜택을 골고루 입으며 살고 있고. 이러한 인류의 역사는 앞으로도 계속해서 이어질 것이고, 지금까지 그랬듯이 마찬가지로 진보의 과정일거야.

코페르니야, 네 마음의 눈을 한번 이 넓고 거대한 진보의 흐름 위에 던져 보렴. 그리고 광활한 흐름 속에서 위인이나 영웅으로 불리는 사람들을 다시 평가해 보는거야.

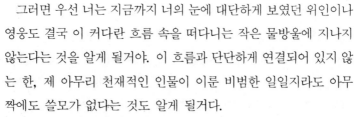

그러면 우선 너는 지금까지 너의 눈에 대단하게 보였던 위인이나 영웅도 결국 이 커다란 흐름 속을 떠다니는 작은 물방울에 지나지 않는다는 것을 알게 될거야. 이 흐름과 단단하게 연결되어 있지 않는 한, 제 아무리 천재적인 인물이 이룬 비범한 일일지라도 아무 짝에도 쓸모가 없다는 것도 알게 될거다.

그들 중 어떤 사람은 분명 이 흐름에 관심을 가졌을거야. 그리고 가능한 한 그 흐름을 바르게 이끌어 나가기 위해, 짧은 생애를 최대한 활용하여 자신의 능력을 마음껏 발휘하였을테지. 어떤 사람은 자신의 개인적인 희망을 성취하려고 노력하였으나 알게 모르게 이 진보를 위해 큰 몫을 한 사람도 있겠지. 또 어떤 사람은 살아 있을 때 세상 사람의 이목을 한눈에 받고 요란하게 살았지만, 이 커다란 흐름에서 보면 그다지 의미가 없었던 사람도 있어. 아니 위인이나 영웅으로 불리면서도 도움이 되기는커녕 도리어 이 흐름을 거꾸로 돌리려고 한 사람도 적지 않았어. 그리고 한 사람의 영웅이 한 일이라도 모두 똑같지는 않았을게다. 어떤 일은 이 흐름과 같이 하고, 또 어떤 일은 이 흐름을 정반대로 돌려 놓았던 경우도 있어. 여러 유형의 인간이 역사 속에 나타나 여러 일을 행하게 되는데, 결국 한 사람 한 사람의 인간이 행한 일은 이 흐름과 더불어 성장해 가지 않는 이상 모든 것이 다 커다란 흐름 속에 그저 휩쓸려 버리게 되지.

코페르니야, 그렇다면 나폴레옹도 이와 다를 게 전혀 없어. 역사의 흐름 속에서 보면 그 역시 하나의 작은 물방울에 지나지 않는거란다. 그래서 그를 평가할 때도 역사라는 큰 강물과 연관을 맺은 가운데 이루어져야 하는거지. 그러면 나폴레옹이라는 물방울은 역사라는 강물 속에서 어떤 역할을 했는지, 다시 한번 그의 일생을 생각해 볼까?

그러자면 먼저 나폴레옹이 출세의 첫 걸음을 내딛었을 때 프랑스와 유럽이 어떠했는지 살펴봐야 하겠지. 당시 프랑스는 물론이고 전유럽은 붕괴 직전에 놓여 있었단다. 왕과 귀족들은 자신들의 탐욕에 찌든 나머지 민중의 삶을 돌보기는커녕 부패와 방탕으로 일관하고 있었다. 따라서 민중들의 불만도 커질 대로 커져 있었고, 결국은 프랑스에서부터 터져 나오기 시작했단다. 썩어 빠진 봉건제도를 무너뜨리고 새로운 세계를 만들기 위한 피나는 노력이 시작된 것이지. 하지만 그 일은 나라 안팎 어느 곳에서나 힘겨운 방해물이 버티고 있는 참으로 어려운 일이었어.

우선 유럽의 여러 나라들은 대부분이 아직 봉건제도를 유지하고 있었기 때문에 프랑스에 자유와 평등에 바탕을 둔 새로운 국가가 출현하는 것을 두려워하였단다. 자기 나라에까지 혁명의 파도가 밀려들지 않을까 하는 두려움 때문이었지. 그래서 유럽 열강들은 서로 힘을 모아 프랑스의 혁명정부를 넘어뜨리려고 군대를 출동시키기도 했어. 내부의 반혁명세력과 바깥의 외국군대와 동시에 맞닥뜨렸기 때문에 프랑스는 대단한 어려움에 빠지게 되었지.

그러나 이 고난에 맞서 프랑스 민중들은 실로 용감하게 싸웠고, 결코 외세의 위협에 굴복하지 않았어. 모두가 앞다투어 전쟁터에서 안팎의 적들과 싸우다가 죽기를 원하였단다. 그런 사람들이 모여 군대가 만들어졌고, 사방에서 쳐들어오는 외적을 막아냈던거야. 그 때 유럽 여러 나라의 군대는 대개 용병제도를 실시하였기 때문에 고용된 군인으로 군대를 만들었단다. 그 병사들은 돈을 받고 그 돈 때문에 싸웠던거지. 프랑스 군대의 병사들이 혁명을 통해 새롭게 자유를 획득한 민중이었던 것을 생각해 봐. 어느 군대가 더욱 강하고 잘 싸울 수 있는 군대인지를.

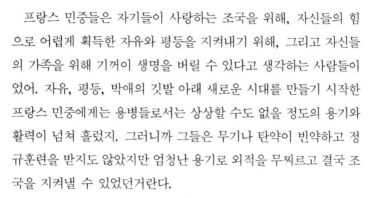

프랑스 민중들은 자기들이 사랑하는 조국을 위해, 자신들의 힘으로 어렵게 획득한 자유와 평등을 지켜내기 위해, 그리고 자신들의 가족을 위해 기꺼이 생명을 버릴 수 있다고 생각하는 사람들이었어. 자유, 평등, 박애의 깃발 아래 새로운 시대를 만들기 시작한 프랑스 민중에게는 용병들로서는 상상할 수도 없을 정도의 용기와 활력이 넘쳐 흘렀지. 그러니까 그들은 무기나 탄약이 빈약하고 정규훈련을 받지도 않았지만 엄청난 용기로 외적을 무찌르고 결국 조국을 지켜낼 수 있었던거란다.

이 새로운 군대를 지휘하고 새로운 군대에 걸맞는 전술을 개발해서 유럽의 구식 군대를 모조리 쳐부수었던 사람이 나폴레옹이었어. 나폴레옹도 봉건제도를 무너뜨리고, 새롭게 자유로운 세상을 만드는 데 틀림없이 한몫을 담당했다고 할 수 있지. 나폴레옹은 민중과 함께 프랑스를 지켜냈기 때문이야.

또 그뿐만이 아니란다. 나폴레옹은 학문을 발전시키기 위해서도 많은 노력을 아끼지 않았어. 예를 들면 나폴레옹은 이집트로 원정을 갔을 때 많은 학자와 예술가를 군대와 함께 데리고 가서 이집트를 연구하도록 만들었어.

그때 활동이 얼마나 이집트에 관한 학문을 발전시켰는지는, 원정을 가서 발견한 돌비석인 로제타석이 뒤에 이집트 문자를 해독하는 데 결정적인 열쇠가 되었다는 사실로도 확인할 수 있단다.

그 후 프랑스 민중들이 계속되는 내란에 지쳐서 나라 안의 질서와 평화를 요구하기 시작할 즈음, 나폴레옹은 권력을 서서히 자기 손아귀에 집중시켜 가고 있었어. 하지만 그의 힘에 의해 새로운 사회질서가 뿌리를 내릴 수 있었다는 점을 생각하면 이 야심적인 행동마저 세상을 위해서는 그렇게 나쁘지는 않았어. 봉건제도를 무너뜨리고 난 다음에 탄생한 새로운 세상의 질서가 어떠해야 하는지 어느 정도 체계를 잡을 수 있었던 것도 나폴레옹의 공헌이라고 할 수 있지.

그는 당대의 유능한 학자들을 모아 이 새로운 질서의 성격을 분명히 밝히고, 이것을 법률로 만들어 나갔거든. 이것이 바로 유명한 '나폴레옹 법전'이라는거야. 이 법전은 그 후 여러 나라 법률의 모범이 되기도 했는데, 아마 나폴레옹의 업적 중 이것이 가장 위대한 것이라고 할 수 있지. 오늘날 우리나라뿐만 아니라 많은 나라의 헌법에 정해져 있는 기본권들은 대부분 이 '나폴레옹 법전'에서 유래된 것이란다.

이런 식으로 나폴레옹은 봉건시대를 무너뜨리고 새로운 사회를 건설하는 데 이바지했어. 즉 그는 필연적으로 이루어질 수밖에 없는 역사의 진보에 발맞추어 그 자신의 성공을 더욱 더 크게 이룰 수 있었던거야. 물론 그 반대로 나폴레옹의 활동이 진보의 과정을 더욱 빠르고 튼튼하게 만들기도 했지. 그러나 안타깝게도 황제가 되면서부터 나폴레옹은 점점 권력 그 자체를 위해서 권력을 그릇된 방향으로 휘두르기 시작했어. 그리고 자신의 권력을 한없이 강화시켜 나가려 했고 점차 세상 사람들에게 달갑지 않은 존재가 되어 갔지.

그가 범한 가장 큰 실패는 자기에게 끝까지 대항하는 영국을 곤경에 빠뜨리려고 유럽 대륙 전체에다 영국과의 통상을 금지시켰던 일이야. 나폴레옹은 자기의 권세라면 그 정도의 일은 쉽게 할 수 있다고 믿었던거야. 또 자기의 권세를 유지하기 위해서는 그렇게 하지 않으면 안된다고 생각했던게지.

하지만 그 당시 세계의 해상무역을 한손에 거머쥐고 있었던 영국과 통상을 하지 않는다는 것은 영국보다 오히려 유럽 대륙에 사는 몇 천만의 사람들을 어려움에 빠뜨리는 일이었어. 당장 사람들은 매일 먹는 설탕의 부족 때문에 곤란을 겪어야 했지. 유럽에서는 아무리 사탕무우를 재배해 봐도 그 많은 사람들이 필요로 하는 만큼의 설탕을 얻을 수가 없었거든. 그리고 몇 천만이나 되는 사람들이 살아가기 위한 필수품의 부족은 아무리 막강한 나폴레옹의 권력도 어쩔 도리가 없는 일이지. 엄한 법칙을 만들어 시행해 보았지만 아무래도 그 명령은 제대로 지켜질 수가 없었어. 결국 나폴레옹의 모처럼의 정책은 실패로 끝나고 말았어. 게다가 그는 몇 천만 민중의 원성을 사고 말았어.

그리고 그 와중에 일으킨 전쟁이 러시아 원정이었고, 그것은 더욱 더 비참한 결과를 불러들였어. 60만이나 되는 병사들이 자기의 고향에서 까마득히 먼 러시아까지 가서 혹독한 추위와 굶주림으로 고통받다가 거의 대부분이 비참하게 죽어간 일은 한 사람의 욕망을 위해 치른 대가로서는 너무 커다란 희생이었지.

더욱이 그 사람들은 유럽 전역에서 끌어모은 사람들로서 최소한 자기 나라를 위해서 러시아까지 갔다는 명분조차도 없었어. 그들은 조국의 명예를 위해서 싸운 것도 아니었고, 봉건시대에 흔히 그랬던 것처럼 신앙 때문에 싸운 것도 물론 아니었지. 생명을 걸고 지켜야 할 것이라고는 하나도 없고 그저 나폴레옹의 권력에 강제로 끌려간거야. 그릇된 야심의 희생물이 되어 먼 러시아까지 가서 참으로 허망하게 죽어가고 말았지. 게다가 60만의 사람들에게는 각기 가족도 있고 친구도 있었을거야. 그러니까 60만이 죽었을 뿐만 아니라 아직 살아있는 수백만 명의 사람들에게도 참을 수 없는 고통의 피눈물을 흘리게 한거지.

나폴레옹은 수백만이나 되는 많은 사람들에게 씻을 수 없는 원한을 남겨주고 말았지. 결국 그의 권력이 끼치는 해악이 이 지경에 이르른 이상, 나폴레옹의 권력도 이제는 이 세상의 올바른 진보의 흐름을 방해하고, 이 흐름에 해로운 것으로 바뀌고 만 셈이야. 인류의 진보로부터 보았을 때, 머지않아 나폴레옹이 몰락하리라는 것은 피할 수 없는 일이 되고 만거지. 실제 역사도 이러한 방향으로 진행되어 갔단다.

코페르니야, 여기까지 생각해 보니 나폴레옹의 일생이 어떤 것 같니? 다시 말하지만 영웅이나 위인이라고 불리는 사람들 중 참으로 존경할 수 있는 사람은 인류의 발전에 이바지했던 사람들뿐이란다. 그리고 그들의 비범한 업적들 중 가장 값어치가 있는 것은 오직 진보의 흐름에 맞추어 이루어 낸 일들 뿐이지.

이 점을 분명히 마음 속에 새겨 둔 다음에야 비로소 우리는 나폴레옹에게서 진정으로 배워야 할 점을 제대로 가려낼 수 있고, 또 그것을 열심히 좇아 배울 수 있는 것이란다. 그의 적극적인 삶의 태도, 그의 용기, 그의 결단력, 그리고 놀랍도록 강인한 정신력이 바로 그것이지. 이런 것들이 없으면 설혹 인류의 진보를 위해 공헌하고 싶어도 만족할 만한 일은 못하고 말거야. 그리고 어떠한 어려움에 처해서도 절대로 다른 사람이나 환경을 탓하지 않고, 아무리 괴로운 운명에 맞닥뜨리더라도 꺾이지 않는 그 의연한 정신만은 반드시 배워야 할 점이란다.

코페르니야, 알고 있는지 모르겠다. 나폴레옹에게 이런 일화가 있었다는 걸. 워털루 전쟁에서 패배한 나폴레옹이 이제 유럽에서 더 이상 피할 곳이 없게 되었어. 그래서 그는 롯슈포르 항구에서 미국으로 건너가려고 시도했단다. 하지만 그때는 이미 이 항구를 영국이 점령한 다음이었어. 결국 나폴레옹은 포로가 되고 말았어.

영국 해군은 서둘러 그를 영국 본토로 데리고 갔어. 나폴레옹이 타고 있는 기선이 테임즈 하구에 정박하고 있는 동안 방파제에는 구경꾼들이 북새통을 이루고 있었지. 어쨌든 유럽 전체에 거센 소용돌이를 불러 일으키고 20년 간이나 무적의 영웅으로 이름을 떨쳤던 나폴레옹이 드디어 포로가 되어 끌려 왔다고 하니, 영국인들이 벌떼처럼 몰려드는 것도 무리가 아니었지. 더구나 영국에 대해 나폴레옹은 처음부터 끝까지 적대적인 태도를 취했고, 그 때문에 서로가 쓰디쓴 고통을 맛본 것도 한두 번이 아니었거든. 그런데 바로 그 나폴레옹이 잡혀서 그것도 자기들 나라로 끌려왔다니, 영국인들의 흥분은 이만저만한 것이 아니었단다. 하다 못해 나폴레옹이 타고 있는 배라도 한번 보려고 많은 구경꾼이 방파제로 몰려들었어.

그러나 영국으로 끌려온 이래 나폴레옹은 줄곧 선실에 틀어박힌 채 매일매일을 보내고 있었기 때문에 방파제에 모인 사람들은 그의 모습을 볼 수가 없었어. 그런데 어느날 나폴레옹은 바깥 공기를 마시기 위해 오랜만에 선실 밖으로 나가기로 했단다. 그래서 드디어 그의 모습이 갑판 위에 나타나게 되었지. 유명한 나폴레옹 모자를 쓴 채 말이다. 갑자기 나타난 그의 모습을 본 수만의 구경꾼들은 모두 숨을 죽이고 지켜보았어. 이제껏 시끌벅적하던 방파제는 일시에 조용해졌고.

그리고 그 다음 순간 코페르니야, 무슨 일이 일어났는지 아니? 수만의 영국인들은 누가 말하지도 않았는데 모자를 벗고 고개를 숙여 그에게 깊은 경의를 표시했던거야. 싸움에서 지고 유럽 어느 곳에도 몸둘 곳이 없을 정도로 몰락해 이제는 오랜 숙적의 손에 붙들려 그 본국에 잡혀와 있었지만, 나폴레옹은 조금도 비참하고 주눅이 든 모습을 보이지 않았던거야. 잡혀온 몸이지만 황제의 긍지를 잃지 않고 스스로가 불러 들인 운명을 당당하게 받아들이면서 떳떳이 서 있었지. 그리고 그 의연한 기백이 수만 명의 영국인들을 감동시킨 나머지 저절로 머리를 숙이게 만들었던거야.

　코페르니야, 너도 어른이 되어 가면서 좋은 마음을 지니고 있으면서도 약하기 때문에 그 마음을 제대로 살리지 못하는 나약한 착한 사람들이 얼마나 많은가를 알게 될거야. 세상에는 나쁜 사람은 아니지만 단지 약하기 때문에 자신에게도 남에게도 엉뚱한 불행을 가져 오는 사람이 생각보다 훨씬 많단다.

　역사의 진보와 튼튼하게 맺어지지 않은 영웅정신도 공허하지만, 영웅적인 기백이 없는 선량함도 마찬가지로 공허할 때가 많은거지.

눈내리는 날의 초상

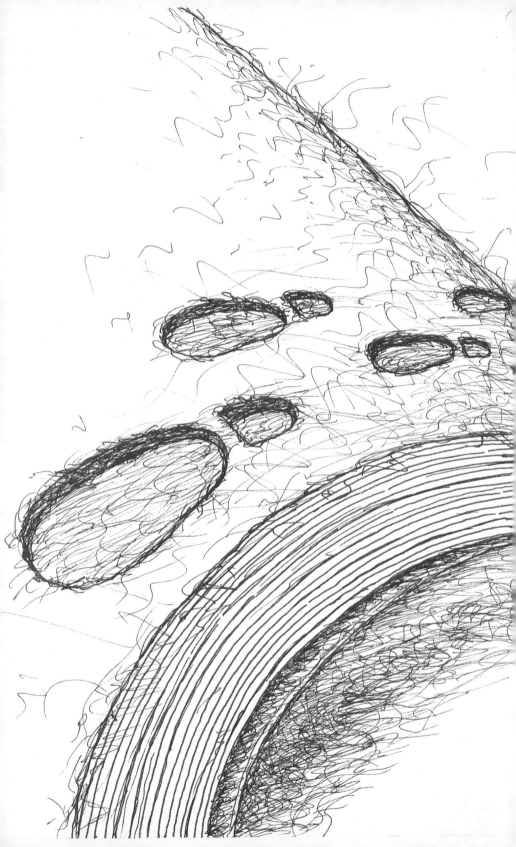

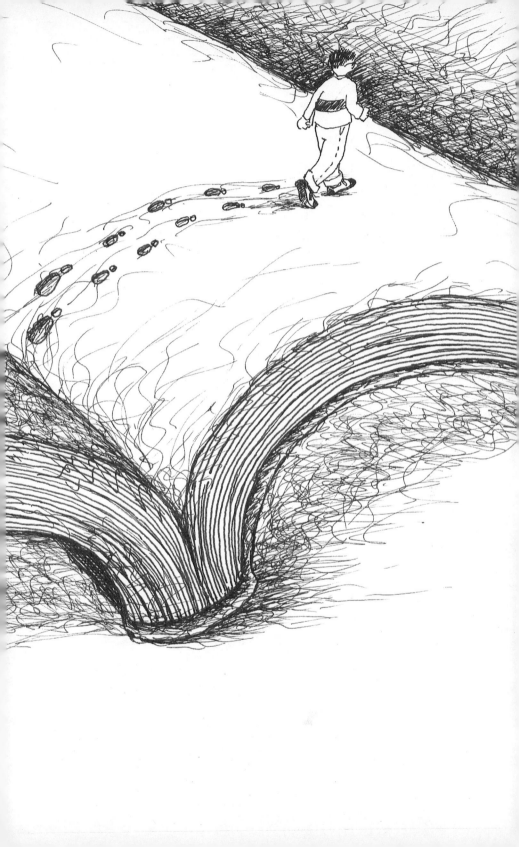

길고 긴 겨울방학이 끝났습니다. 오랜 만에 학교에 나와 보니 다투고 아웅거리던 친구들도 하나같이 반가웠습니다. 그런데도 학교 안의 분위기는 그다지 밝지 못하였습니다. 방학 동안이었는데도 어떻게 전해졌는지, 태권도부 선배들이 학년이 바뀌기 전에 누구누구를 혼내 준다는 소문이 코페르니네 반에까지 퍼져 있었기 때문입니다. 뭔가 무서운 일이 벌어질 것 같은 불안한 생각이 하급생들의 학교 생활을 짓누르고 있었습니다. 그렇지만 개학한 지 며칠이 지나 2월도 중순에 가까왔지만, 겁을 먹고 있던 일은 그다지 일어날 기색이 없었습니다.

고등학교 학생들은 입시 준비에 바빠서 중학교 하급생 따위에 생각이 미칠 여유가 없었는지도 모릅니다. 어쩌면 소문 자체가 근거 없는 뜬소문이라 그대로 흐지부지 될지도 모른다는 생각이 차츰 하급생들 사이에 퍼지기 시작했습니다.

그러나 코페르니는 어쩌다 운동장에서 떠들며 지나가는 태권도부원 너댓명과 마주치기라도 하면 왠지 가슴이 두근거렸습니다.

코페르니의 입장에서 보면 오 진영의 패거리들은 하늘을 찌를 듯한 키에 덩치도 무척이나 커서 마치 어른들처럼 생각되었습니다. 얼굴의 피부도 두껍고 우락부락하게 생긴 오 진영과 어쩌다 눈길이라도 마주치면 서늘한 것이 등줄기를 타고 내려가는 듯한 느낌을 받곤 했습니다.

그런데 정작 주위로부터 걱정을 한몸에 받는 진호는 아주 태연하기가 그지 없었습니다. 태권도부원들과 마주쳐도 머리를 숙이고 조심조심 걷기는커녕, 그저 아무렇지도 않은 듯이 보였습니다. 그 패거리들이 학교에서는 무서운 사람이 없다는 듯한 자세로 어깨를 흔들면서 걸어오면, 진호도 보란듯이 더욱 가슴을 뒤로 젖히고 걸어갔습니다. 그리고 엇갈려 지나간 뒤에는 고개를 돌려 커다란 덩치의 선배들을 보면서, "뭐야. 깽패처럼!" 하고 안 들릴 새라 큰소리로 말하곤 했습니다. 함께 걸어가던 코페르니는 그러다 듣기라도 하면 어떻게 하나 하고 몇 번이나 가슴이 조마조마했는지 모릅니다.

그런데 진호와 달리, 마찬가지 입장에 놓인 태호는 꼭 고양이 앞에 생쥐 꼴이었습니다. 무엇을 하든지 조심조심, 될 수 있는 대로 그들의 눈에 띄지 않도록 피해 다녔습니다. 심지어는 쉬는 시간에도 운동장에서 놀지 못하고 학생들이 별로 없는 강당 옆 빈터에서 자기네 패들과 지내곤 했습니다. 덕분에 용식이는 치근덕거리는 태호 패거리들의 장난으로부터 벗어날 수 있었기에 비교적 즐거운 마음으로 하루하루를 보내고 있었습니다.

그러는 사이에 벌써 설날도 지나고 조금 있으면 봄방학이 오는데도 여전히 아무런 일도 일어나지 않았습니다. 겁 많은 태호마저 '이렇게 되면 그럭저럭 무사히 지나갈 것 같군'하고 생각했습니다. 이럴 때쯤 우연하게도 극히 사소한 일로 코페르니의 친구들에게 염려하던 일이 벌어지고 말았습니다.

전날 저녁부터 조용히 내리기 시작한 진눈깨비가 밤 사이에 완전히 함박눈으로 변해서 하얗게 온 세상을 덮었습니다. 아침에도 눈은 그치지 않았고, 오히려 눈발이 더 굵어지더니 정오가 되어서야 그쳤습니다.

정말 보기 드물게 많이 내린 눈이었습니다. 이런 날 수업은 엉망이 되고 맙니다. 운동장에 하염없이 쌓이는 눈은 비록 남학생이라도 이만저만 마음을 설레게 하는 일이 아니었습니다. 지난 4, 5일 간은 뼛속까지 찬 기운이 스며들 것 같은 매서운 겨울바람이 기승을 부려 기분까지 얼어붙어 있었는데, 날씨도 따뜻해지고 하얀 눈이 펑펑 내리니 누구라 할 것 없이 얼굴에 생기가 넘쳐 흘렀습니다. 성급한 아이들은 이미 눈이 내리는 오전부터 쉬는 시간이면 틈틈이 눈싸움을 하거나 눈을 뭉치면서 놀기도 하였습니다.

정오가 되자 눈이 멈추고 하늘이 맑게 개이면서, 햇볕도 따뜻하게 내리비쳤습니다. 놀기에 더할 나위 없이 좋은 겨울 날씨였습니다. 하얗게 쌓인 눈으로 눈부시던 운동장은 점심시간이 되자, 일제히 쏟아져 나온 수많은 학생들로 떠들썩해져 갔습니다.

쫓는 아이들, 쫓기는 아이들, 포물선을 그으며 날아가는 눈뭉치, 그것을 피하다가 서로 부닥치는 아이들, 그리고 그 아이들 위에 쏟아져 내리는 웃음소리……. 운동장은 정말 활기로 넘쳐 흘렀습니다. 어떤 아이들은 차가운 것도 잊은 듯 눈 위를 뒹굴기도 하고, 물보라처럼 눈을 뿌리고는 그것을 다시 뒤집어쓰곤 했습니다. 그런가 하면 굉장히 큰 눈덩어리가 사람들 사이를 뚫고 갑자기 나타나기도 하였습니다. 대여섯 명이 힘을 합쳐서 커다란 눈덩이를 굴리면 쿵, 쿵, 쿵 하는 울림이 운동장의 밝은 공기 속으로 퍼져 나갔습니다.

코페르니와 친구들도 물론 그 틈에 끼여 있었습니다. 눈덩이에 부딪치기도 하고 엉켜 뒹굴기도 하면서, 마치 눈 속의 강아지처럼 이리저리 뛰어 다녔습니다. 몸은 어느새 땀에 젖었고 얼굴에서도 김이 무럭무럭 피어올랐습니다. 45분 간의 점심시간이 어느 새 후딱 지나가 버리고 말았습니다. 너무도 짧게 느껴진 점심시간이었습니다.

오후 수업시간 동안 코페르니는 공부가 안돼서 애를 먹었습니다. 몸 속에는 45분 정도의 놀이로는 도저히 식힐 수 없는 피가 기운차게 뛰고 있었습니다. 창문 밖에서는 눈이 햇빛을 받아 반짝반짝 빛났고, 그 반사 때문에 교실 천정까지 환했습니다. 더욱이 가뜩이나 안정이 안돼 있는데, 다른 반 학생들이 체육시간에 눈싸움이라도 하는지 때때로 커다란 함성이 들려오기까지 했습니다. 코페르니의 눈은 자꾸만 창 밖으로 향했습니다.

그러다 보니 마지막 수업시간이 끝나고 종례마저 끝났을 때는 마치 튕겨오르는 용수철 같았습니다. 책과 공책을 아무렇게나 가방 안에 우겨 넣고 계단을 나는 듯이 뛰어내려 눈 깜짝할 사이에 운동장으로 나갔습니다. 서둘러 눈뭉치를 서너 개 만들고 있으니까 그제서야 진호와 민수가 무언가 이야기를 주고 받으면서 나오고 있었습니다. 둘은 코페르니가 앞에 있다는 사실을 전혀 깨닫지 못한 채 연신 싱글거리고 있었습니다.

코페르니는 입가에 미소를 머금으며 갑자기 눈덩이 하나를 던졌습니다. 꽤 멀리 떨어진 거리였는데도 눈덩이는 진호의 머리에 정확히 명중했습니다. 놀란 진호는 화가 난 얼굴로 두리번거렸습니다.

"누구야!"

아직도 눈치를 채지 못하고 두리번거리는 진호를 향해 코페르니는 다시 한 번 눈덩이를 날렸습니다. 이번에는 제대로 맞추지 못한 채, 바지 가랑이를 스치고 지나갔습니다. 더욱 화가 나 으르렁거리는 진호를 보고 코페르니는 참았던 웃음을 떠뜨리면서 소리쳤습니다.

"야아!"

진호는 코페르니의 모습을 발견하고는, 화난 얼굴이 금새 웃는 얼굴로 변했습니다.

"어! 너, 다했어?"

그렇게 말하면서도 진호의 얼굴은 조금도 화난 표정이 아니었습니다. 진호는 서둘러 어깨에 메고 있던 가방을 화단 앞 벤치에 내려 놓았습니다.

"해치우자."

민수를 바라보면서 그렇게 말하기가 무섭게 진호는 눈을 뭉쳐서 눈덩이를 만들기 시작했습니다. 민수도 서둘러 가방을 내려 놓고서는 재빨리 눈덩이를 뭉쳤습니다.

코페르니는 그 사이에 눈덩이를 서너 개 더 던져 보았지만 잘 맞지 않자, 서둘러 등을 돌려 달아나기 시작했습니다. 휘익 — 눈덩이가 하얀 선을 그리면서 뒤에서 날아 왔습니다.

"추격!" 진호가 소리쳤습니다.

진호와 민수는 악착같이 코페르니를 쫓아 왔습니다. 코페르니도 운동장에서 놀고 있는 다른 아이들 사이를 누비면서 교묘히 도망쳐 갔습니다. 그러다가 눈사람이 나타나면 그 뒤에 몸을 숨기고 급히 눈을 뭉쳐 따라오는 추격자들을 향해 던지곤 했습니다. 그럴 때마다 코페르니의 공격은 기습의 효과가 있어 명중률이 높았습니다.

그래서 진호는 다리와 가슴에 한 번씩 더 눈덩이를 맞았고 민수도 턱에 한 방을 맞았습니다. 둘은 더욱 약이 올라 빠른 속도로 추격해 왔고, 코페르니도 진호가 던진 눈덩이에 등을 세게 맞았습니다. 세 명의 개구장이들은 이런 식으로 운동장을 종횡무진 달렸고, 차츰 고등학교 건물 쪽으로 옮겨 갔습니다.

코페르니는 참으로 눈싸움에 열중하고 있었습니다. 그래서 언제부터인가 머리 속으로 자신이 나폴레옹이고 공격해 오는 둘은 오스트리아와 러시아의 연합군이며, 이 눈싸움은 바그람의 전투라는 생각이 들었습니다.

운동장 가장자리에 화분을 터키모자처럼 쓴 채, 한쪽 손을 들고 서 있는 커다란 눈사람이 코페르니의 진지였습니다. 코페르니는 그 뒤에 숨어서 한바탕 맹렬하게 사격을 하고는 적당한 시기를 보아 진지를 포기하고 또 다른 진지를 찾으면서 뛰었습니다. 뛸 때마다 진호와 민수가 함성을 지르며 돌진해 오는 소리가 들렸습니다.

코페르니의 손에는 눈덩이가 아직 두 개가 들려 있었습니다. 얼마쯤 뛰어가던 코페르니는 '옳지, 이쯤에서 한 방!'하고 발을 멈추었습니다. 추격해 오는 적들에게 기습공격을 해줄 참이었습니다. 그런데 뒤를 돌아본 코페르니는 곧 당황하지 않을 수 없었습니다. 뒤따라 오던 두 사람이 보이지 않았던 것입니다.

'어떻게 된 일일까?'

코페르니는 긴장을 늦추지 않은 채 주위를 둘러 보았습니다. 그랬더니 조금 전 자신이 진지로 사용했던 눈사람 주위에 아이들이 웅성웅성 모여 있었습니다.

"뭐야, 뭐야?"하며 달려가는 아이들도 있었습니다.

코페르니도 급히 되돌아 갔습니다. 가까이 가 보았을 때 코페르니는 갑자기 가슴이 철렁 내려 앉았습니다.

진호와 민수가 대여섯 명의 고등학교 상급생들에게 둘러싸여 있었던 것입니다. 게다가 두 사람 앞에 서 있는 고등학생은 바로 오진영이었습니다.

　진호는 몹시 화가 난 듯 눈을 크게 치켜뜨고 얼굴을 똑바로 든 채
서 있었고, 민수는 그와 정반대로 눈을 내리깔고 조용히 그 옆에
있었습니다.

　"야, 빌라면 빌어 !"

　팔짱을 낀 오 진영이 진호를 내려다 보면서 말했습니다.

　"모처럼 우리들이 만들어 놓은 걸 이렇게 해 놓고 가만히 있다
니. 넌 우리를 뭘로 아는거야 ?"

　"우리는 모르고 그런거예요. "

　진호는 당당하게 얼굴을 든 채 대꾸했습니다.

　"몰랐다구 ? 거짓말 마 !"

　오 진영은 굵은 목소리로 그렇게 말하면서 옆에 있는 눈사람을
가리켰습니다.

　"봐 ! 저렇게 해 놓은 주제에 몰랐다니, 그런 말이 나한테 통할
줄 알아 ?"

　화분을 뒤집어 쓴 눈사람이 쳐들고 있던 한쪽 팔이 부러져서 속
에 있던 대나무가 앙상한 뼈처럼 드러나 있었습니다.

　"난 노는 데 열중해 있었기 때문에 부서지는 것도 모르고 있었어
요. "

　진호는 조금 숨이 거칠어지면서 말했습니다.

　"닥쳐 !"

　오 진영은 무섭게 소리질렀습니다.

　"변명 같은 건 듣고 싶지 않아. 빌면 되는거야. 빌어 ! 아니 이게
노려보긴…… 빌기 싫단 말이지 ?"

　진호는 오 진영의 얼굴을 한참 노려보고 있다가 가라앉은 목소리
로 말했습니다.

　"사과하지요. "

"흥！ 사과만 한다면야 용서해 주지. 자, 그러면 여기서 우리들 전부를 향해서 사과해."

진호는 머뭇머뭇하다가 얼굴을 숙이고 작은 소리로 말했습니다.

"미안합니다."

바라보고 있던 코페르니는 '휴우'하고 한숨을 내쉬었습니다. 몹시 걱정했는데, 그럭저럭 무사히 끝났다는 생각이 든 것입니다. 그런데 그렇게 생각하기가 무섭게 상급생들 사이에서 거친 소리들이 터져 나왔습니다.

"야！ 무슨 사과가 그래, 들리지도 않잖아！"

"좀더 큰소리로 못해！"

"확실히 말해！ 확실히！"

진호는 머리를 숙인 채 가만히 있었습니다.

"야, 좀더 확실한 소리로 크게 이야기하란 말이야. 뭐야, 모기가 우는 것 같은 목소리로……."

제멋대로 지껄이는 소리를 뒤집어 쓰면서도 진호는 묵묵히 서 있었습니다. 오 진영 옆에 서 있던 구레나룻을 기른 상급생이 안달을 하며 떠들어댔습니다.

"야, 우리들 이야기가 들리지 않아？ 좀더 확실하게 사과하란 말이야 확실히！"

오 진영도 두목답게 가슴을 뒤로 젖히고 말했습니다.

"최 진호, 한 번 더 여러 사람이 들을 수 있게 잘못을 비는거야. 그렇게 하는 게 너한테도 좋을걸……."

진호는 얼굴을 들었습니다. 몹시 억울하다는 표정이 역력했습니다. 눈은 반짝반짝 빛나고 뺨에는 작은 경련이 잔물결처럼 일어났습니다. 그리고는 한참 동안 입술을 떨고 있다가 내뱉듯이 말했습니다.

"미안합니다!"

목소리는 크고 명확했지만 말투는 상대방의 얼굴을 찰싹 때리는 듯이 들렸습니다. 상급생들은 일시에 다시 웅성거렸습니다.

"뭐야, 그 말투는?"

"그것도 사과라고 하는거야!"

"하급생 녀석이 건방지게스리……."

너도 나도 한마디씩 내뱉으면서 떼지어 몰려드는 것을, 오 진영이 의젓하게 말리면서 진호 앞으로 다가섰습니다.

"어이, 최 진호! 네가 그렇게 건방지단 말이지……."

오 진영의 목소리는 기분 나쁠 정도로 침착했습니다.

"너, 도대체 우릴 뭘로 아는거야?"

"……."

"바로 너의 선배들이야 임마. 도대체 너란 놈은 평소부터 건방지기 짝이 없었어. 후배인 주제에 선배를 선배로 생각지 않고 예사로 인사도 안하고 지나가고 말이야. 여태까지는 젖비린내 나는 중학교 2학년이라 웬만한 것은 그냥 넘어가 주었지만 지금 같은 태도라면 우리도 달리 생각해야겠는걸."

"그 자식은 혼이 좀 나 봐야 돼!" 누군가가 소리쳤습니다.

그래도 진호는 화가 난 얼굴로 입을 굳게 다문 채 한 마디 말도 없었습니다. 주위에 둘러섰던 구경꾼 아이들은 어떻게 일이 되어 갈건가 하고 오 진영과 진호의 얼굴을 번갈아 보고 있었습니다.

코페르니는 이제 어떻게 해야할지 앞뒤를 분간할 수 없었습니다. 이 처지에 나설 수도 없거니와 그렇다고 해서 가 버릴 수는 더욱 없어서, 그저 안절부절하며 보고 있을 따름이었습니다. 코페르니의 얼굴은 어느 새 붉게 달아올랐고, 가슴은 쿵쿵 뛰고 있었습니다.

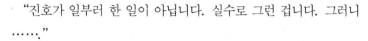

"진호가 일부러 한 일이 아닙니다. 실수로 그런 겁니다. 그러니
……."

"넌 가만있어!"

오 진영은 민수에게 위압적인 목소리로 그렇게 말하고는 다시 말
을 이었습니다.

"최 진호! 어때 이제부터 어린 후배답게 얌전히 복종할건지, 그
렇지 않으면 계속 반항할건지, 어느 쪽인지 대답을 해봐. 대답 여
하에 따라 너를 달리 처리하지."

진호는 여전히 한 마디 말도 없었습니다.

"잠자코 있으면 우리가 알 수가 없잖아. 도대체 고분고분 선배들
을 모시겠다는거야, 그렇지 않겠다는거야!"

"싫습니다!"

진호는 단호한 목소리로 그렇게 말하고 나더니, 눈을 감고 세차
게 머리를 흔들었습니다.

"뭐라고?" 하면서 오 진영을 옆으로 젖히면서 나선 녀석은 구레
나룻이었습니다.

구레나룻은 더 이상 참을 수 없다는 듯 진호에게 다가섰습니다.
금방이라도 주먹을 휘두를 기세였습니다. 그때 어디에 있다 나타
났는지 헐떡이며 용식이가 달려왔습니다. 용식이는 진호를 몸으로
가리면서 구레나룻 앞에 섰습니다.

"진호를 때, 때, 때리지 말아요. 우린, 우리들은……."

용식이는 손을 저으며 열심히 말하려고 했지만, 몹시 당황한 나
머지 몇 마디를 더듬거릴 뿐이었습니다. 자신도 무엇을 말하고 있
는지 모르는 듯했습니다.

"이건 또 뭐야, 저리 안 비켜!" 구레나룻은 용식이를 밀쳐 버렸
습니다.

용식이는 주춤주춤 뒤로 밀려 가다가 마침 눈 속에 엉덩방아를 찧고 말았습니다. 오 진영 패거리들이 "와!"하고 웃음을 터뜨렸습니다.

그러나 그 웃음이 채 끝나기도 전에 철썩 하는 기분 나쁜 소리가 났습니다. 구레나룻이 기어이 진호의 뺨을 때린 것입니다. 구레나룻의 눈은 살기가 등등했습니다.

"너, 너같은 놈들이 있기 때문에 학교규율이 엉망이 된거야."

그렇게 말하면서 구레나룻이 다시 진호를 때리려고 손을 들었습니다. 그 때 재빨리 민수가 두 사람 사이를 가로막고 나섰습니다. 엉덩방아를 찧었던 용식이도 다시 일어나 달려들었습니다. 둘은 얼굴이 새파래진 채 벌벌 떨면서 진호 앞을 막아 섰습니다.

'나도 뛰어나가려면 이때다' 하고 코페르니는 생각했습니다.

그러나 웬일인지 온몸이 벌벌 떨려 왔습니다. 발도 땅에 딱 붙은 채 떨어질 줄을 몰랐습니다. 코페르니는 그저 이제나 저제나 생각하며 보고 있을 따름이었습니다.

"홍, 이거 재미있군."

오 진영은 기분 나쁜 코웃음을 치며 말했습니다.

"너희들이 모두 한패라 이거지? 그래서 최 진호와 짜고 우리에게 달려들겠다는거냐? 재미있게 돼 가는군. 그래 한번 해보자."

그렇게 말하면서 오 진영은 주위에 서 있는 학급생들을 쭉 훑어 보았습니다.

"최 진호 패들은 모두 나와 봐!"

겁나는 소리였습니다. 코페르니는 저도 모르게 머리를 숙이고 말았습니다. 눈덩이를 들고 있던 손은 어느 새 등 뒤로 슬그머니 감추어 버렸습니다.

"이 중에는 아직 최 진호의 패거리가 더 있지? 있으면 나와!"

구레나룻이 오 진영의 뒤를 이어 이렇게 소리지르고는 무시무시한 눈으로 하급생의 얼굴을 둘러봤습니다. 코페르니는 그 눈길이 자기 쪽으로 향해진 걸 느끼자 온몸이 오싹해졌습니다. 그리고는 뒤로 돌렸던 손에서 슬그머니 눈덩이를 떨어뜨렸습니다.

"아앗!"

민수가 오 진영에게 떠밀려 지르는 소리였습니다. 이어서 "최, 진, 호를 규율위반 죄로 벌하겠다"하는 재판장을 흉내낸 오 진영의 선고가 있었습니다. 그리고는 곧 바로 "퍽, 퍽" 주먹으로 때리는 소리가 들렸습니다.

"죽여 버렷!"

"죽여!" 오진영의 패들이 일제히 소리를 질렀습니다.

아주 짧은 순간이었지만 코페르니에게는 마치 길고 긴 터널을 통과하는 듯 했습니다. 얼마 후 때리는 소리가 잦아들었습니다. 코페르니는 조심조심 얼굴을 들어 보았습니다. 눈사람 밑에 진호가 넘어져 있고, 그 앞에 민수와 용식이가 바짝 붙어 서 있었습니다.

그러나 아직 끝나지 않았습니다. 오 진영이 자기 패거리 있는 곳으로 물러나자 이어서 눈덩이 세례가 퍼부어졌습니다. 눈덩이들은 연이어 날아와서는 용식이와 민수의 얼굴, 가슴, 허리 등 가리지 않고 맞추고 있었습니다. 그런데도 둘은 꼭 엉킨 채 진호 곁을 떠나질 않았습니다.

땅, 땅, 땅.

수업 시작하는 종소리가 고등학교 건물에서 울려왔습니다. 중학교는 수업을 끝냈지만 고등학교는 아직 수업이 남아 있었던 것입니다. 종소리를 듣고는 오 진영 패거리들은 제각기 한 마디씩 던지면서 물러났습니다.

"앞으론 조심해, 이 자식아!"

"알아서들 기라고, 응?"

"너희같은 놈들 때문에 학교 위신이 안 서, 알았냐?"

상급생들이 가고 나자 민수가 넘어져 있는 진호 옆으로 다가가 안아 일으켰습니다. 용식이도 민수를 도와서 진호의 옷에 묻은 눈을 털어 주었습니다.

진호는 이를 악물고 일어서더니, 갑자기 "야, 이 자식들아!" 하고 소릴 지르며, 옆에 있던 눈사람에다 온몸을 들이받았습니다. 눈사람은 허리가 부러져 상체가 땅 위로 곤두박질치면서 박살이 나 버렸습니다. 터어키 모자처럼 생긴 화분도 멀리 나동그라졌습니다. 그리고는 진호는 몸을 던지듯 민수를 껴안고 소리쳤습니다.

"으흐흑, 분해!"

더 이상 참을 수 없어 눈물이 터져 나오려는지, 꽉 다문 어금니 사이에서 새어나오는 듯한 목소리로 그렇게 내뱉은 진호는 민수의 어깨에 얼굴을 묻고 몸을 떨면서 울기 시작했습니다. 민수의 눈에도 금방 눈물이 고였습니다. 둘은 꼭 껴안은 채 흐느껴 울었습니다. 용식이도 이것을 보고 참을 수 없다는 듯이 울기 시작했습니다. 더럽혀진 손등으로 얼굴을 몇 번이고 닦아 눈물범벅이 되도록 울었습니다.

그곳에 있던 동급생과 1학년, 3학년들은 오 진영 일당이 물러가자 세 사람 가까이로 모여들었지만 이 모습을 보고는 어떻게 할 수가 없었는지, 하나 둘 슬며시 흩어져 갔습니다. 그리고 마지막에 남은 것은 흐느껴 울고 있는 세 친구와 코페르니뿐이었습니다.

코페르니는 얼굴을 숙인 채 기운 없이 서 있었습니다. 창백한 얼굴로 멍하니 발끝을 바라보며 꼼짝도 않고 있었습니다. 운동장 저

쪽 건물 위에서 태양이 마지막 남은 눈부신 빛을 내리 비치고 있는
가운데, 긴 그림자를 끌고 서 있는 코페르니의 모습은 어느 때보다
쓸쓸해 보였습니다. 그 순간 코페르니는 어둡고 캄캄한 세계로 빠
져들고 있었습니다.

　'비겁자, 비겁자, 비겁자 ! '

　아무리 듣지 않으려 해도 이 소리는 더욱 크게 코페르니의 가슴
을 두들기며 들려오고 있었습니다. 지난 1월 5일 민수의 방에서 진
호를 함께 지키기로 굳게 한 약속을 코페르니가 지키지 않은 것입
니다. 친구인 진호가 눈앞에서 얻어맞는 것을 보았으면서도 한 마
디 항의의 말도 못하고, 또 어떻게든 도우려고도 하지 않고 뻔뻔스
럽게 그대로 보고만 있었던 것입니다. 더욱이 민수와 용식이가 두
려움과 고통을 참아내며 약속을 지키고 진호와 아픔을 함께 했는데
도 말입니다.

　코페르니는 얼굴을 들 수가 없었습니다. 지금 대여섯 발자국 떨
어진 곳에 세 친구들이 서로 껴안은 채 울고 있는 걸 보고도 그 옆
으로 가까이 갈 수가 없을 뿐만 아니라, 말을 걸 수도 없었습니다.
조금 전까지는 그렇게 사이가 좋던 친구들이 이젠 영원히 가까이
갈 수 없을 만큼 서먹서먹하고 아득히 멀어져 버린 듯이 생각되었
습니다. 마치 자기 혼자만이 어두운 계곡 밑바닥에 빠져, 기어오를
수도 없는 높은 낭떠러지를 보며 절망만 하고 있는 기분이었습니
다.

　고개를 숙이고 있는 코페르니의 머리 속엔 불과 몇 분 사이에 벌
어진 일들이 악몽처럼 느껴졌습니다. 덩치가 큰 상급생들이 둘러
싸고 있는데도 당당히 얼굴을 들고 서 있던 진호의 모습, 오 진영
의 옆얼굴, 구레나룻의 꼴사나운 눈매, 그리고 진호의 옆에 서서

골똘히 생각에 잠겨 있던 민수의 모습, 울어 버릴 것만 같은 얼굴로 뭔가 말하려고 애쓰던 용식이의 모습…….

'나도,'하고 코페르니는 마음 속으로 말하고 있었습니다. '나도 그곳에 뛰어들 마음이 없었던 것은 아니야. 자기 혼자만 도망쳐 버리는 따위, 그런 일은 조금도 생각하지 않았어. 그저 어쩌다 기회를 놓쳐서…….'

그러나 오 진영이 "최 진호 패들은 모두 나와 봐!" 하고 소리지를 때 자기도 모르게 눈덩이 든 손을 뒤로 돌리지 않았던가? 구레나룻에게 눈총을 받고 슬쩍 눈덩이를 버린 것은 누구였던가? 코페르니는 그때의 자기를 다시 생각해 보았습니다. 그 사실은 아무에게도 들키지 않았을지 몰라도 코페르니 자신만은 분명히 알고 있는 것입니다. 얼굴에서 핏기가 가시는 것을 느꼈을 때의 기분! 누군가 본 사람은 없을까 하고 옆눈으로 주위를 살펴보던 자신의 비굴한 모습! 코페르니는 이 기억을 얼마나 마음 속에서 지워버리고 싶었는지 모릅니다. 이제 누가 뭐라고 해도 코페르니는 친구들을 배반한 것이었습니다. 그 비겁한 행동을 영원히 지울 수 없게 된 것입니다.

'아! 어처구니 없는 일을 저지르고 말았어! 어처구니 없는 일을 저지른거야!'

조금 전까지만 해도 은빛으로 빛나는 눈 속을 셋이서 고함을 지르며 쫓고 쫓기던 일도 어쩐지 먼 옛날 일처럼 아득하게 생각되었습니다.

몇 분이나 그렇게 서 있었을까. 코페르니는 친구들이 움직이는 기색이 느껴져서 머리를 들었습니다. 민수의 말을 들은 진호가 무엇 때문인지 연신 고개를 끄덕이면서 중학교 건물 쪽으로 발을 떼려는 순간이었습니다.

'진호가 잠깐이라도 좋으니 이쪽을 봐 주었으면……. 아니, 용식이나 민수가 무언가 말을 걸어왔으면…….'

코페르니는 그렇게 되기를 얼마나 빌었는지 모릅니다. 만일 세 친구들이 그렇게 해주기만 한다면, 코페르니는 세 친구가 있는 쪽으로 당장 달려갔을 것입니다. 그리고 아마 울면서 자기가 한 행동을 무릎을 꿇고 용서를 빌었을 것입니다.

그러나 세 친구들은 코페르니가 옆에 있다는 사실은 안중에도 없다는 듯, 그대로 걸음을 옮겨 가고 있었습니다. 다만 용식이만이 잠깐 발을 멈추고 코페르니 쪽을 돌아보았을 뿐이었습니다. 코페르니의 눈과 용식의 눈이 마주치자 용식이는 무언가 마음에 걸리는 듯한 얼굴로 코페르니를 바라보았습니다. 그리고는 무슨 말인가 하려는 듯이 입술을 달싹거렸지만 그것도 잠시뿐, 곧 코페르니에게 등을 돌리고 뒤쫓아 걷기 시작했습니다.

코페르니는 완전히 혼자 남겨졌습니다. 서로 껴안고 교사 쪽으로 가고 있는 세 친구의 뒷모습을 바라보고 있노라니까, 코페르니는 태어나서 처음으로 가슴을 쥐어뜯는 듯한 심정이라는 말을 이해할 수 있을 것 같았습니다.

'드디어 용서를 빌 기회마저 놓치고 말았구나!'

그런 후회도 있었지만, 무엇보다도 사이좋게 걸어가는 세 친구의 모습을 이렇게 혼자만 따돌려진 채 바라보고 있지 않으면 안되는 자신의 신세가 코페르니에게는 견딜 수 없는 고통이었습니다.

진호는 민수의 어깨에 손을 얹고 있었고, 민수는 진호의 어깨를 감싸안은 채 가고 있었습니다. 그리고 용식이도 진호에게 바짝 붙어서 걷고 있었습니다.

세 친구는 같은 처지에 놓여 있었고, 함께 그 아픔을 맛보았으며, 또 함께 분한 마음으로 눈물을 흘렸던 사이였습니다. 세 친구는 이제 정말로 하나가 되어 있었습니다. 비록 분한 기분은 남아 있겠지만, 서로 믿을 수 있는 친구를 가졌다는 것에서 오는 기쁨은 분함을 누르고 오히려 흐뭇한 마음을 갖게 하기에 충분했습니다.

그것은 코페르니도 쉽게 이해할 수 있었습니다. 이해할 수 있을 뿐만 아니라 코페르니는 자기가 그 속에 들어갈 자격이 없다는 사실이 얼마나 비참하게 느껴졌는지 모릅니다. 국민학교 때부터 친구였고 누구보다도 코페르니와 사이가 좋았던 민수가, 이제는 코페르니를 뒤돌아 보지도 않고 진호와 어깨동무를 하고 사라져 가고 있었습니다. 코페르니를 그렇게 따르고 신뢰하던 용식이마저 지금은 코페르니에게 동정의 눈길을 한번 던졌을 뿐, 아무런 말도 없이 등을 돌려 버린 것입니다.

코페르니는 운동장 한가운데서 혼자 서서 멍하니 점점 멀어져 가는 친구들의 뒷모습을 바라보고 있었습니다. 그랬더니 지금까지는 느껴보지 못했던 쓰라린 감정과 함께 뜨거운 눈물이 쏟아지면서 세 친구의 모습도 흐려지고 말았습니다.

코페르니는 힘없이 고개를 떨구었습니다.


그날 코페르니는 어떻게 집에 돌아왔는지 거의 기억이 없었습니다. 우산을 질질 끌면서 눈이 녹아 내리는 길을 걷고 있을 때도, 버스 안에 앉아 있을 때도 눈에 어른거리는 것은 오후에 일어났던 일의 여러 장면들뿐이었습니다. 그리고 세 친구가 코페르니를 남겨 두고 가 버린 마지막 순간에 이르면, 그때마다 어김없이 코페르니의 눈에서는 뜨거운 눈물이 흘러 넘치는 것이었습니다.

집에 와서도 저녁밥을 제대로 먹을 수가 없었습니다. 어머니는 어떻게 된 일이냐고 걱정하셨습니다.

"어디 아픈 데라도 있니?"

그렇게 물어도 코페르니는 아무 말이 없었습니다.

"뭐, 기분 나쁜 일이라도 있었니?"

그래도 코페르니는 대답을 하지 않았습니다.

"무슨 일이 있었구나. 그런 얼굴을 하구."

어머니가 코페르니의 이마에 손을 대 보니 이마가 불덩이 같았습니다. 싫다는 코페르니에게 억지로 체온을 재 보게 하니 열이 38도가 넘어 있었습니다. 땀에 젖은 채로 오랫 동안 눈 속에 서 있었기 때문에 코페르니는 감기에 걸렸던 것입니다.

서둘러 이부자리를 깔고 코페르니를 누이신 어머니는 차가운 물수건을 올려 주시기도 하고 감기약도 먹여 주셨습니다. 그런 가운데도 코페르니는 한마디 말이 없었습니다. 실제로 마음이 좋지 못해 말할 기분이 아니기도 했습니다만 일부러 무뚝뚝하게 하고 있지 않으면 금새라도 봇물이 터진 것처럼 '와' 하고 울어 버릴 것만 같았기 때문입니다. 어머니가 따뜻하게 대해 주시면 그럴수록 더욱더 목이 메어 왔습니다.

그런데 어머니는 그 무뚝뚝함마저 감기 때문이려니 생각하시고 땀을 잘 흡수하도록 내의와 잠옷을 여러 겹 입혀 주셨습니다. 그리고 몇 번인가 이마의 땀을 닦아 주신 후에,

"오늘 밤은 푹 쉬거라" 하시며, 조용히 방을 나가셨습니다.

혼자가 된 코페르니는 눈을 감았습니다.

그런데 눈을 감으면 또 다시 떠오르는 것은 운동장에서 벌어졌던 일이었습니다. 겁나는 오 진영의 얼굴, 구레나룻의 눈, 눈 위에 넘어져 있던 진호의 모습, 그리고……. 그리고 자기를 남겨 놓고 간 세 친구의 뒷모습! 코페르니는 이불자락을 입에 물고 서럽게 소리 내어 울었습니다. 눈물이 뚝뚝 베개에 떨어졌습니다.

'나는 세 친구들로부터 버림을 받은 것이다. 이제 그 친구들은 더 이상 나랑 친구로 지내려 하지 않을 것이다. 나는 이렇게 잘못을 후회하고 있는데도…….'

코페르니는 답답함을 참을 수 없어 잠옷을 벗어 버렸습니다. 차가운 공기가 스며들었습니다. 머리는 확확 뜨거운데, 등에는 으슬으슬 한기가 들었습니다. 그때마다 몸이 덜덜 떨려왔지만, 그래도 코페르니는 잠옷을 입고 싶지 않았습니다.

'감기 같은 건 더 심해져도 괜찮아. 더욱 더 나빠져서 차라리 죽어 버렸으면……. 아! 그러면 진호도 내 마음을 알아 줄텐데…….'

돌계단에서의 추억

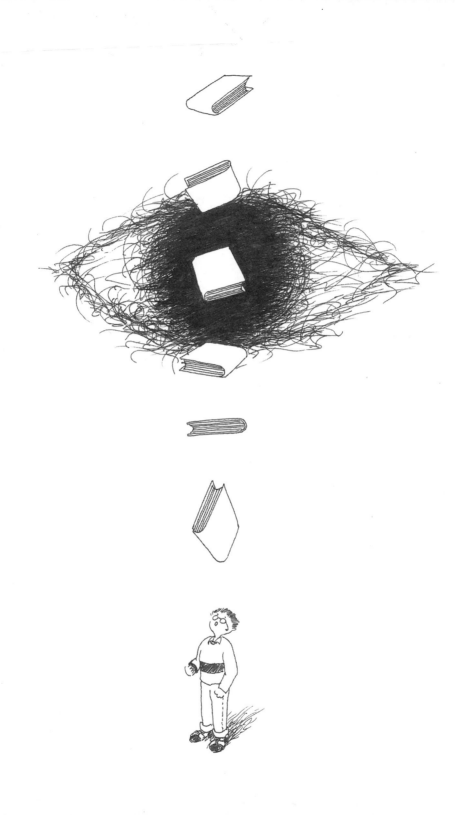

코페르니는 감기가 악화되어 결국 보름 동안이나 자리에서 일어
나지 못하였습니다.

그 사이 짧은 봄방학도 지나갔고, 코페르니도 3학년이 되었습니
다. 학교의 오랜 전통대로 2학년 때 학급이 3학년이 되어서도 그대
로 편성되었다는 것과 새로운 담임을 맡으신 선생님이 수학과목을
담당하시는 것도 학교에 다녀오신 어머니를 통해 들었습니다. 그
러니까 코페르니는 2학년의 마지막과 3학년의 처음을 집에서 누운
채로 보낸 것입니다.

코페르니는 그럴 정도로 심하게 앓았습니다. 병세가 심했던 초
기에는 40도 가까운 열이 계속되었고, 마치 꿈속을 헤매는 듯 정신
을 못 차리고 끙끙 앓기만 했습니다. 의사선생님은 폐렴이 될지도
모르겠다고 말씀하시기까지 했습니다.

그러나 어머니가 밤낮을 가리지 않고 돌보아 주신 덕분에 나흘째
되는 날부터는 열이 내리기 시작했고, 아픈 것도 좀 덜해졌습니다.

일주일째 되면서부터는 누운 채 책도 읽을 정도가 되었지만, 여
전히 미열과 가벼운 기침이 떨어지질 않아 코페르니는 계속 이불
속에서 지내야 했습니다.

여느 때 같으면 가벼운 감기 쯤이야 '이 정도는 아무 것도 아니
야'하면서 무리를 해서라도 학교에 가곤 하던 코페르니였지만 이
번에는 달랐습니다. 학기가 마악 시작되어 중요한 시기였지만 아
랑곳없이 의사선생님의 말씀대로 얌전히 누워 지냈습니다. 너무나
얌전해서 어머니는 도리어 걱정이 될 지경이었습니다.

"도대체 어떻게 된 일이지?"하시며 어머니는 고개를 갸우뚱거
리시곤 했습니다.

코페르니는 이불 속에서 여전히 저 눈 내리는 날에 있었던 일을 되풀이 생각하고 있었습니다. 그 일을 생각하면 할수록 학교에 가서 진호를 비롯해 친구들과 얼굴을 마주할 일이 걱정이었습니다. 다행인지 불행인지 그날부터 병이 나서 학교를 쉬어야 했기 때문에 지금까지는 친구들을 만나지 않고 지낼 수 있었지만, 그러나 언제까지나 이런 상태로 있을 수도 없는 노릇이었습니다. 언젠가는 학교에 나가야 하고 그렇게 되면 세 친구들과 만나야만 합니다. 코페르니는 앞으로의 일을 생각하면 정말 막막하기 이를 데 없었습니다. 그렇다고 이대로 영원히 세 친구들과 만나지 않기를 바라는 것도 아니었습니다. 그것은 코페르니로서는 생각할 수도 없는 일이었습니다.

그렇게도 친하게 지내던 민수, 그렇게도 마음이 잘 통하던 진호, 이 친구들로부터 절교를 당한 채 영원히 헤어져야 하다니, 생각만 해도 견딜 수 없는 일이었습니다.

'그러면 어떻게 하면 좋단 말인가?'

잠옷바람으로 누운 채 멍하니 천정을 바라보면서, 코페르니는 몇 시간이나 생각에 잠기곤 했습니다.

솔직하게 말해서 그 세 친구와 얼굴을 맞대는 일은 견딜 수 없을 만큼 괴로운 일이겠지만, 세 사람이 예전처럼 친구가 되어 주었으면 하는 바램 역시 굴뚝 같았습니다. 아니, 그렇게 되고 싶어 못 견딜 지경이었습니다. 그렇게 하자면 사과하고 세 사람에게 용서를 비는 수밖에 다른 도리가 없었습니다.

'그런데 어떻게 빌면 좋을까?'

코페르니의 머리 속에는 여러 가지 핑계거리들이 떠올랐습니다.

첫째로 세 친구들이 상급생에게 맞는 것을 코페르니가 처음부터 보고 있었다는 사실은 진호나 민수가 틀림없이 모르고 있었을 것입니다. 그러니까 코페르니가 이상히 여기고 되돌아 와서 보았을 때는 이미 매를 맞고 난 뒤였다고 해도 친구들이 알아차리지 못할 것입니다.

'그래. 그렇게 말하면 내가 그곳에 나타나지 않았던 사실을 진호는 나쁘게 생각하지 않을거야. 그러면 나타나지 않은 것이 아니라, 나타났는데도 시간을 놓친 것이 되는거야' 하고 코페르니는 생각했습니다.

그러나 용식이의 일을 생각하니 코페르니는 '자칫하면……'하고 벽에 부딪쳐 버렸습니다. 용식이는 분명 구경꾼들 틈에 있었던 것입니다. 그러니까 코페르니가 처음부터 지켜보고 있었다는 사실을 알고 있을지도 모릅니다. 그렇다면 이런 거짓말은 금방 탄로나고 말 것입니다. 그러면 병을 이유로 대면 어떨까?

'북새통에 나는 한기를 느껴 견디기가 힘들었어. 틀림없이 그때 벌써 병에 걸려 있었던거야. 몸이 너무 안 좋아서 겨우 서 있을 정도였어. 다리도 후들후들 떨렸고. 내가 뛰어 나가지 않은 것은 나빴지만 아파서 그랬으니 용서해 줘.'

이렇게 빌면 모두들 너그럽게 용서해 줄지도 모를 일입니다. 그러나 그렇게 웃으며 뛰고 던지며 놀다가 금방 몸이 나빠졌다니, 누구도 그렇게 믿어 줄 것 같지가 않았습니다. 생각해 보니 이것 역시 이유가 되지 못했습니다. 그렇다면 이렇게 말하면 어떨까?

'나는 약속대로 오 진영 일당 앞으로 뛰어 나가려 했지만, 그때 문득 이런 생각이 들었어. 여기서 뛰어 나가지 말고 나중에 당당히 증인으로 서는 편이 낫지 않은가 하고 말이야. 그러면 선생님은 당사자들이 아닌 내 말을 믿을 것이고, 오 진영 일당은 벌을 받게 될테지. 그러니까 진호의 원수를 갚기 위해서라도 나만은 당장에 달려나가고 싶더라도 참고, 놈들이 하는 짓거리들을 지켜보는 것이 낫겠지. 사실은 이런 생각 때문에 그때 나는 일부러 뛰어나가지 않은거야.'

이렇게 말하면 자신은 오히려 생각이 깊은 사람처럼 되고, 그때 약속을 지키지 않은 것에 대해서도 일단 변명은 되는 셈입니다. 그렇지만 그렇게 말한다고 친구들이 그걸 믿어 줄까? 그리고 만일 그 말을 믿고 진호가,

'그랬었구나! 그 동안 내가 오해하고 있었어. 미안해. 그런 것도 모르고 우리들은 너를 나쁘게 생각했지. 정말 미안해.'

하고 오히려 사과라도 한다면 코페르니 자신은 편할 수 있을까? 정말로 그렇게 되면 코페르니는 양심의 가책 때문에 더욱 더 괴로와질 것이라고 생각했습니다.

다른 사람은 아무도 모를 수 있지만 코페르니의 마음 속에는 비겁한 행동을 한 그때의 기억이 생생하게 남아 있었던 것입니다.

"최 진호 패들은 모두 나와 봐!"하던 오 진영의 목소리, 그 소리를 듣는 동시에 눈덩이를 쥐었던 손을 슬그머니 등 뒤로 가져갔던 겁장이 김 동우! 그리고 사람들 모르게 슬그머니 눈덩이를 버렸던 비겁자 김동우! ……. 이 모든 기억이 머리 속에 생생하게 남아 있는데, 어떻게 자기를 생각이 깊고 영리한 사람인 양 둔갑시킬 수가 있겠습니까? 어찌 자신까지 속일 수 있단 말입니까? 정말 그 당시의 일을 생각해 보면 코페르니 스스로도 자신이 싫어질 정도였습니다. 자기가 그렇게 겁장이고 그렇게 비겁한 인간이었는지 그 일이 있기 전까지는 꿈에도 생각질 못했습니다.

동시에, 코페르니는 인간의 행동이란 일단 실행해 버리고 나면 두 번 다시 지울 수 없다는 사실도 절실히 깨닫게 되었습니다. 또, 잘못한 행동이 가져오는 고통에 대해 두려움까지 느끼게 되었습니다. 자기가 한 일은 다른 사람이 모르더라도 자신이 알고 있고, 더러 일시적으로 잊어 버릴 수 있을지는 모르나, 일단 옮긴 행동은 영원히 남아 지울 수가 없는 것입니다. 한때 그런 인간이었다는 사실을 나중에 와서 지워 버리는 방법은 절대로 없는 것입니다.

'어떻게 하면 좋을까? 도대체 어떻게…….'

코페르니는 천정을 바라본 채 입술을 깨물었습니다. 해질 무렵 아직 불이 안 켜진 어두컴컴한 방에서 혼자 그런 일을 생각하고 있노라니, 코페르니는 말할 수 없이 외롭다는 생각이 들었습니다.

코페르니는 점점 말수가 없는 사람이 되어 갔습니다. 잠자코 생각에 잠기는 일이 많아졌습니다. 꽤 심한 병을 앓더라도 조금 좋아지면 언제 아팠느냐는 듯이 금새 활기를 되찾곤 하던 코페르니였습니다. 그리고 코페르니가 병을 앓으면 어머니는 아픈 데 지장이 없는 것이라면 대부분 그저 코페르니가 하자는 대로 해주셨습니다. 코페르니도 아픈 사람의 특권을 철저하게 이용해서 여러 가지 주문을 하는 것이 버릇처럼 되어 있었습니다.

그런데 이번만은 어머니가 "점심에는 불고기를 해줄까?"해도 우울한 표정을 지으며 싫다는 대답을 할 따름이었습니다. 어느 날인가는 어머니가 코페르니의 기분을 전환시켜 주려고 이것저것 말을 걸었는데, 코페르니는 듣는 둥 마는 둥 하다가, "좀 혼자 있게 해주세요. 네?"하며 화난 표정을 짓고 돌아누워 버렸습니다. 어머니는 '도대체 왜 그러느냐?'고 묻고 싶었지만 꾹 참고 그냥 일어서 나가셨습니다. 문밖에서 어머니가 긴 한숨을 쉬는 소리가 들려왔고, 그 소리를 들은 코페르니는 돌아누운 채로 뜨거운 눈물을 줄줄 흘렸습니다.

참으로 이번 일은 코페르니에게 무척이나 큰 사건이었습니다. 지금까지 이렇게 마음에 큰 상처를 입었던 적은 없었습니다. 아버지가 돌아가셨을 때에도 코페르니는 몇 달 동안 아버지에 대한 그리움으로 자주 눈물을 흘리곤 했지만, 그러나 그때는 슬픈 감정이 후회스러움으로 나아가진 않았습니다. 그저 슬픈 감정에다 온몸을 맡기고 있으면 저절로 풀리곤 했습니다. 오히려 시원해지기까지 했던 것입니다.

그런데 이번엔 아무리 후회를 해봐야 돌이킬 수 없다는 생각 때문에 더욱 더 고통을 겪어야 했습니다. 밤중에 어쩌다 눈을 떴다가 그대로 잠을 이루지 못한 채 꼬박 새벽을 밝힌 적도 한두 번이 아니었습니다. 코페르니는 자기의 행동이나 생각을 이번처럼 찬찬히 되새겨 본 적도 없었습니다.

이런 날이 며칠인가 계속되는 동안 코페르니의 마음도 차츰 차분해지기 시작했습니다. 그래서 다른 사람들에게 자신의 행위를 그럴 듯하게 꾸미려고 애써도 자신이 친구들을 배반한 사실은 조금도 변화지 않는다는 걸 깨닫게 되었습니다. 그 사실은 언제나 코페르니에게 달라붙어서 코페르니의 마음 속을 쭉 지켜보고 있는 것 같았습니다. 코페르니는 더 이상 자신의 행동을 합리화시킬 수 있는 어떤 구실도 찾지 않기로 했습니다. 그저 자기가 한 짓을 원망할 뿐이었습니다.

그렇게 되자 진호나 민수, 용식이에 대해서도 진정으로 미안하다는 생각이 들기 시작했습니다. 그리고 그 친구들을 향해서 "내가 나빴어" 하고 솔직히 용서를 빌고 싶다는 마음이 점점 커져 갔습니다.

그러나 단순히 사과하는 것만으로 그 친구들이 코페르니를 용서해 줄 것인지는 알 수 없는 일이었습니다. 혹시라도 코페르니 자신이 스스로의 비겁함을 인정하게 되면 세 사람은 더욱 자신을 멸시하게 되지나 않을는지……. 그런 것들을 생각하면 코페르니의 마음은 여전히 망설여지지 않을 수 없었습니다.

일요일 오전이었습니다. 코페르니 방 창문엔 햇빛이 밝게 비치고 석유난로에 올려 놓은 주전자에선 연신 부글거리며 물 끓는 소리가 났습니다. 그리고 코페르니 옆에서는 삼촌이 엎드려 말없이 신문을 읽고 있었습니다.

코페르니는 누워서 이제는 필요 없게 된 물수건을 담궈 놓는 작은 대야의 물을 조금씩 손으로 튕기고 있었습니다. 눈으로는 차가운 물이 방바닥에 조금씩 흩어지는 것을 보고 있었지만, 머리 속은 전혀 다른 일을 골똘히 생각하느라 여념이 없었습니다.

'말할까, 말까…….'

말하려고 한다면 삼촌과 단둘이 있는 지금이 딱 좋은 때였습니다. 오랜 시간 망설이다가 코페르니는 결국 입을 열었습니다.

"저, 저……, 삼촌."

"왜 그러니?"

삼촌은 여전히 신문에서 눈을 떼지 않은 채 대답했습니다.

"저, 말이에요."

"응?"

"저…….”

코페르니는 말을 시작해 놓고는 뒷말을 잇지 못했습니다. 단호하게 결심하고 삼촌에게 말하려 했지만 정작 하자니까 역시 말을 꺼내기가 힘들었습니다. 그래도 다시 한번 마음을 먹고 막힌 목에서 쥐어 짜내듯이 억지로 말을 해나갔습니다.

"나, 학교에 가고 싶지 않아요."

삼촌은 신문에 열중하고 있다가 전혀 뜻밖의 말에 깜짝 놀라면서 고개를 들어 코페르니를 바라보았습니다.

"너 지금 학교에 가고 싶지 않다고 그랬니?"

"예, 나 학교에 가기가 싫어요."

코페르니는 정말 하기 싫은 말을 다시 하게 된 것에 화라도 난 듯 조금 퉁명스럽게 내뱉었습니다.

"무슨 소리냐, 병도 이젠 다 나아가고 다른 친구들은 3학년 과정을 배우고 있을텐데. 하루라도 빨리 학교에 가서 밀린 공부를 뒤따라 잡아야지."

"공부건 뭐건 다 싫어졌어요."

"아니 너 도대체 왜 그러니?"

"난, 난……."

코페르니는 또 다시 말문이 막혀 버렸습니다.

"이상하지 않니, 넌 언제나……."

"난……, 난……." 하면서 더 이상 머뭇거리다가는 안되겠다는 생각이 들었는지, 코페르니가 삼촌의 말을 가로막았습니다.

"삼촌, 난 말이에요……."

그렇게 말을 시작했을 때 갑자기 눈이 뜨거워지더니 곧바로 눈물이 쏟아지기 시작했습니다. 코페르니는 목이 메이는 것을 참고 훌쩍이며 말했습니다.

"나는 정말…… 정말……, 비겁한 일을 저지르고 말았어요."

"……."

삼촌은 상반신을 일으켜 세우면서 물끄러미 코페르니를 바라보았습니다. 누워 있는 코페르니의 눈에서는 눈물이 나와 귀 밑으로 흘러내리고 있었습니다.

"무슨 일이 있었길래 그러니?"

삼촌은 조용한 목소리로 물었습니다.

"삼촌에게 말해 줄 수 없겠니?"

코페르니가 눈물을 흘리며 천정만 바라볼 뿐 아무 대답을 않는 것을 보고 삼촌은 다시 말했습니다.

"자, 무슨 일이건 괜찮으니까 삼촌에게 모두 말해 보렴."

코페르니는 목이 멘 채 더듬더듬 민수 집에서 모두가 함께 약속했던 일, 눈내리는 날에 있었던 그 사건, 세 사람이 이젠 자기를 버렸다는 것 등을 차례로 삼촌에게 이야기했습니다. 말해 가는 중에 코페르니는 가슴 속에 맺혀 있던 것이 조금씩 씻겨 내리는 것을 느낄 수 있었습니다. 그래서 나중에는 눈물도 멈추고, 비교적 말도 잘 나왔습니다.

"삼촌 난 내가 정말로 나빴다고 생각해요. 친구들이 나에게 화를 내도 별 수 없다고도 생각하고 있어요. 내가 비겁한 짓을 저질렀으니까요. 비겁한 짓을."

이렇게 말하고 나니까 코페르니는 어깨에 걸려 있던 무거운 짐이 한꺼번에 벗겨지는 듯한 기분이었습니다.

"그랬어? 그런 일이 있었구나."

삼촌은 아무 일도 아니라는 투로 말했습니다.

"그래 코페르니야, 넌 어떻게 하려고 생각하니?"

"나는 어떻게 해야 좋을지 모르겠어요. 그저 친구들이 알아 주었으면 해요."

"무엇을?"

"내가 한 일 그거야 나쁘죠. 그래서 난 그걸 정말 미안하게 생각하고 있어요. 그렇지만 이제 와서 그런 일을 생각하고 싶지 않아요."

"그래서?"

"그리고 말이죠, 삼촌 난 변명은 아니지만 그때 몇 번이나 오 진 영 패거리 앞에 나가려고 생각했어요."

"……."

"정말이에요 삼촌. 정말로 난 뛰어나가려고 생각했어요. 그렇게 생각은 했으면서도 난 왠지 뛰어나가지 못하고 우물쭈물하는 사이 에 진호가 매를 맞아 버렸어요. 나는 비겁하게 구경만 하는 꼴이 됐지만, 진호를 마음으로 깊이 걱정했어요. 편안히 구경만 하고 있 진 않았어요. 난 그것만은 알아 주었으면 좋겠어요."

"그래, 당연히 그랬겠지."

삼촌도 동감을 표시해 주었습니다.

"난 어떻게 하면 좋지요?"

그랬더니 삼촌은 코페르니가 기운을 차릴 수 있도록 시원스럽게 대답했습니다.

"그런 걸 뭐, 생각할 것이나 있니. 지금 당장 편지를 써. 편지를 써서 진호에게 사과해 버리는거야. 언제까지나 그런 것을 마음 속 에 지니고 있어야 좋을 것이 없잖아."

그러나 코페르니는 아직도 뭔가 망설이고 있었습니다.

"그런데 삼촌, 그렇게 하면 진호나 친구들이 마음을 바꾸어서 나 를 다시 친구로 받아들여 줄까요?"

"그거야 알 수 없지."

"그러면 난 싫어요."

그렇게 말했더니 삼촌의 얼굴이 갑자기 굳어졌습니다.

"김, 동, 우!"

삼촌은 코페르니라고도 부르지 않고 정색을 하며 말하기 시작했 습니다.

"그런 생각을 하는 것은 잘못이야. 너는 친구와의 굳은 약속을 어기지 않았니? 오 진영의 주먹이 무서워서 결국 진호와 그리고 친구들과 함께 할 수 없지 않았냐 말이다. 그리고 스스로도 나빴다고 생각하고 친구들이 화를 내도 할 수 없다고 그랬어. 그런데 왜 그런 소릴 하지? 왜 자기가 한 일에 대해서 책임을 지려고 하지 않니?"

코페르니는 회초리라도 한 대 찰싹하고 맞는 기분이었습니다.

삼촌은 지금 코페르니가 몹시 괴로와하고 있다는 것을 알면서도 아랑곳하지 않고 격한 어조로 말을 계속했습니다.

"진호나 민수에게 절교를 당해도 너는 할 말이 없어. 너로서는 한 마디 말도 할 수 없을거야!"

코페르니는 눈을 질끈 감고 얼굴을 일그러뜨렸습니다. 삼촌이나 코페르니 모두 말 없는 가운데 얼마간 시간이 흘렀습니다.

"물론 친하게 지내던 친구들과 이런 일 때문에 헤어져야 한다는 건 마음 아픈 일이지" 하면서 삼촌은 다시 조용한 말투로 말을 이어 갔습니다.

"친구들과 화해하고 싶다는 마음은 이 삼촌도 잘 알아. 그래도 말이다, 코페르니. 지금의 너로서는 그런 것을 생각해선 안돼. 지금 네가 해야 할 일은 무엇보다도 우선 진호와 친구들에게 사과하는거야. 미안하다고 생각하고 있는 너의 마음을 있는 그대로 솔직하게 전하는거야.

그 결과가 어떻게 되느냐는 나중의 일이야. 네가 솔직히 스스로의 잘못을 인정하면 친구들도 마음을 바꾸고 본래대로 너와 친구가 되어 줄지도 몰라. 아니 어쩌면 그때 일에 화가 안 풀려 너와의 절교상태가 계속될지도 모르지. 하지만 그건 여기서 아무리 생각해 봐도 알 수 없는 일이야. 그리고 만약 절교를 당했다손 치더라도 너로서는 아무 말도 할 수가 없어.

코페르니야, 물론 자신의 잘못을 인정하는 것이 얼마나 큰 용기를 필요로 하는 일인가는 안다. 그러나 아무리 두려운 일이라도 자기로 인해 생긴 일은 스스로가 책임질 줄 아는 마음가짐을 갖지 않으면 안돼. 생각해 보렴. 이번에 네가 저지른 잘못도 그런 마음가짐을 지니지 못했기 때문이 아니니? 일단 약속한 이상 무슨 일이 있어도 그것을 지키려는 용기가 부족했기 때문에 지금 너는 더 큰 고통을 겪고 있는거란다."

코페르니는 눈을 감은 채 잠자코 고개를 끄덕이고 있었습니다.

"코페르니야, 잘못을 이중으로 불러 들여선 안돼. 용기를 내서 다른 일은 생각하지 말고 지금 네가 해야 할 일만 생각하는거야. 과거의 일은 이제 어떻게 해도 바꿀 수가 없어. 그러니까 현재의 일만을 생각하고서, 지금 네가 해야 할 일을 찾아 가는거야. 이런 일 가지고 스스로 점점 더 큰 굴레를 만들어선 안돼. 자, 힘을 내서 진호와 친구들에게 편지를 써. 정직하게 너의 심정을 글로 써서 용서를 비는거야. 그러면 너도 한결 마음이 가벼워질거야."

코페르니는 삼촌의 말을 들으면서 자신이 조금씩 길고 긴 터널을 빠져나오고 있다는 느낌이 들었습니다. 그리고 마침내 저켠에서 작은 빛이라도 있는 듯 환하게 밝아오기 시작했습니다. 삼촌의 말이 끝나자 코페르니는 눈물이 흐르는 눈을 허공에 둔 채 분명한 목소리로 말했습니다.

"그래요, 삼촌. 나 꼭 편지 쓸거예요."

그러고는 잠시 생각을 하더니 차분하게 말을 이었습니다.

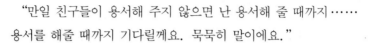

"만일 친구들이 용서해 주지 않으면 난 용서해 줄 때까지……
용서를 해줄 때까지 기다릴께요. 묵묵히 말이에요."

그날 오후 코페르니는 많은 시간을 들여서 진호에게 편지를 썼
습니다.


진호에게

나는 네가 오 진영 일당에게 걸려들어 봉변을 당하고 있을 때,
그곳에 있었으면서 잠자코 지켜보고만 있었어. 민수와 용식이가
도망치지 않고 용감하게 네 곁에서 고통을 함께 견디는 것을 보면
서도 나는 결국 나서질 못했어.

내가, 매맞을 일이 생기면 같이 맞자고 손가락을 걸고 했던 그때
의 그 약속을 잊고 있었던 건 아니야. 그 일은 누구보다 생생하게
기억하고 있었어. 그런데도 나는 약속을 지키지 못했어. 내가 한
행동은 참으로 비겁하기 짝이 없는 짓이었다고 생각해.

나는 너에게 무슨 말로 사과해야 할지 모르겠어. 너에게도, 민수
와 용식이에게도 부끄러운 짓을 했다는 걸 생각하면서 얼마나 괴로
와하고 있는지 몰라. 그 일을 생각할 때마다 가슴이 꽉 메이곤 해.

나는 비겁한 놈이라고 불리워도, 겁장이라고 남들이 손가락질
해도, 그밖에 무어라고 불리워도 어쩔 수 없는 인간이야. 너희들에
게 경멸당해도, 너희들에게 절교를 당해도 나는 아무 할 말이 없
어. 그저 내가 한 일이 나빴다고 생각하면서 몹시 후회하고 있을
밖에.

진호야! 내가 정말로 아프게 후회하고 있다는 점만이라도 알아
주었으면 해. 그리고 비록 용기가 없어서 나서지 못했지만, 그때
일을 아무렇지도 않게 생각한 적은 단 1분 1초도 없었어. 그리고 그
건 지금도 마찬가지야.

앞으로는 나의 이런 마음을 너희들이 알아줄 수 있도록 행동하겠
다고 다짐하고 있어. 그만한 일을 꼭 해내려고 해. 정말로 내가 용
기 있는 친구라는 것을 보여주고 말거야.

지금 내 처지에서 이런 것을 바라는 것이 얼마나 터무니없이 무
례한 줄은 알지만 내 마음을 알아주었으면 하고 바래. 그리고 행여
나 네가 믿어만 준다면 나의 기쁨은 이루 다 말할 수 없을거야.

1990년 3월 6일
김 동우 씀.

덧붙이는 말;이 편지는 민수와 용식이에게도 보여주었으면 좋겠
다.


편지를 쓰고 나서 코페르니는 어머니에게 부쳐달라고 부탁했습
니다. 그리고 쓰다 망친 편지지를 찢어서 휴지통에 버린 후 자리에
누웠습니다. 그랬더니 피곤해서인지 아니면 마음이 가벼워져서인
지 긴 한숨이 자신도 모르게 나왔습니다. 코페르니는 긴장이 일시
에 풀리는 것을 느끼면서 녹초가 된 채 눈을 감고 있었습니다.

'그래 정말 잘했어. 정말 잘한 일이야.'

어디선지 몰라도 그런 소리가 조그마하게 들려오는 것 같았습니
다. 코페르니에게는 이제 아무 근심도 없는 듯했습니다. 편안한 마
음으로 멀리서 들려오는 희미한 소리들을 들으려고 애쓰면서, 밀
려오는 잠에 자기도 모르게 빠져들고 있었습니다.

다음 날도 맑고 깨끗한 날씨였습니다. 남쪽으로 향한 창문 가득
히 햇볕이 들어 방안을 환하게 비추었고, 난로 위 주전자는 여전히

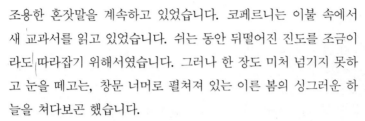

조용한 혼잣말을 계속하고 있었습니다. 코페르니는 이불 속에서
새 교과서를 읽고 있었습니다. 쉬는 동안 뒤떨어진 진도를 조금이
라도 따라잡기 위해서였습니다. 그러나 한 장도 미처 넘기지 못하
고 눈을 떼고는, 창문 너머로 펼쳐져 있는 이른 봄의 싱그러운 하
늘을 쳐다보곤 했습니다.

'편지가 어제 저녁 때쯤이면 진호에게 도착했을까. 그랬다면 오
늘 진호가 그것을 학교로 가지고 가서 민수와 용식에게 보여주고
있을거야. 그렇지만 저녁 때까지 도착하기는 어려웠을거야. 그러
면 오늘 오전에나 도착할텐데, 진호는 아직 못 본 상태겠지.'

코페르니는 몇 번이고 이런 생각을 거듭했습니다. 아무리 상상
을 중단하고 책을 보려고 해도, 그것이 마음대로 되질 않았습니다.

'편지를 받은 진호는 무슨 생각을 할까? 민수와 용식이는 또 뭐
라고 할까? 세 사람이 마음을 돌려 줄까?'

저절로 떠오르는 이런저런 생각들을 계속하는 동안, 코페르니는
다시금 그 편지를 쓰기 전에 느꼈던 숨막히는 상태로 되돌아갈 것
만 같았습니다.

'안돼, 지금은 그런 것을 생각해선 안돼.'

코페르니는 더 이상 그 일을 생각하지 않기로 마음을 굳게 먹었
습니다. 사실 코페르니는 더 이상 그 일을 생각하지 않을 때도 되
었습니다. 자신이 저지른 과오에 대해서는 이제 후회할 만큼 후회
했고, 고통받을 만큼 고통도 받았던 것입니다. 이제는 얼굴을 똑바
로 들고 앞으로의 삶 속에서 올바르게 살아가는 것이 어떤 것인가
를 생각해야 할 때인 것입니다.

"어쩐 일이냐? 공부를 다하고……."

어머니의 목소리가 들려 돌아 보았더니, 어머니가 꽃병에다 진 달래꽃을 꽂아서 들고 서 계셨습니다.

"예쁘지?"

코페르니는 어머니에게 오랜만에 미소를 지어 보이며 고개를 끄덕였습니다. 어머니가 들고 계신 꽃병에는 반쯤 핀 것, 아직 봉오리인 채로 있는 것 등 분홍빛 진달래꽃들이 물기를 머금고 탐스럽게 꽂혀 있었습니다. 그 분홍빛 꽃들이 코페르니에겐 참으로 예쁘기 그지 없었습니다.

어머니는 꽃병을 창가 탁자 위에 놓으시고 코페르니 옆에 앉아서 뜨개질을 시작하셨습니다. 두 사람은 거의 말이 없었고, 조용한 방 안에는 주전자의 물 끓는 소리만이 계속 들리고 있었습니다. 그러다가 코페르니가 다시 멍하니 하늘을 보니까 어머니가 말을 시작하셨습니다.

"동우야, 엄마는 말이지, 이렇게 뜨개질을 하고 있으면 생각나는 것들이 아주 많단다. 그 중 하나만 얘기해 줄까? 괜찮겠니?"

코페르니가 말없이 고개를 끄덕였습니다.

"글쎄, 이 엄마가 아직 중학교에 다닐 때 일이었단다. 엄마가 살던 집, 너 왜 기억 안 나니? 네가 다섯 살 때까지 외가가 있었던 곳 말이야."

"……"

코페르니는 기억이 나질 않는지 고개를 저었습니다.

"아무튼, 엄마가 살던 집은 산중턱께에 있었어. 그래서 학교를 가려면 돌계단을 통해야 했지. 그리 계단 수가 많은 것은 아니었어. 아파트 한 3층 오르는 계단 높이만 할까? 한창 팔팔할 때라 그런지 힘든 줄 모르고 다녔지. 그래도 학교 수업이 늦게 끝난 날이나, 눈이 내린 날에는 미끄러질까 봐 조금 겁도 났어.

그런데 어느 날, 그러니까 네가 처음 아팠을 때와 같은 2월 중순 무렵이었을거야. 학교 수업을 마치고 집으로 돌아오는 길이었지. 마악 돌계단을 오르려 하는데, 할머니 한 분이 광목 보자기를 한 쪽 손에 든 채 엄마보다 대여섯 계단 앞서서 올라가고 계시는거야.

허리가 많이 굽었고 연세도 일흔이 넘어 보이는 꽤 나이 드신 할머니셨어. 지금도 기억하고 있지만 하얀 머리를 곱게 빗어 비녀로 쪽을 찌르시고 평범한 한복을 입고 계셨지. 계단을 오를 때마다 치마자락 밑으로 흰 버선과 하얀 고무신을 드러내며, 지팡이에 의지하여 한 계단 한 계단 오르고 계셨어. 보따리 속에는 무엇이 들었는지 몰라도 조그마한 게 그래도 꽤 무거워 보였단다.

더욱이 그 전에 내린 눈이 안 녹아 미끄러운 계단을 고무신을 신고서 오르시니, 걸음을 옮길 때마다 조금씩 미끄러져 더욱 힘이 들어 보였어. 그래서인지 너댓 계단 오르시고는 쉬고 또 계단을 오르고는 쉬고, 쉴 때마다 허리를 한 번 펴고 그런 식으로 한참을 오르셨지.

엄마는 왠지 그냥 보고만 있어서는 안되겠다는 생각이 들었단다. '아무래도 저 보따리를 들어드려야겠다.' 이렇게 생각했던거야. 얼른 뒤따라가서 할머니의 손을 붙들고 오르는 것을 도와드리는 것은 그다지 힘이 드는 일은 아니었어. 그래서 할머니가 중간에서 '아이구 힘들어라' 하시며 허리를 펼 때 엄마는 할머니 옆으로 달려가려고 생각했단다.

그런데 할머니는 잠시 쉬겠거니 하는 곳에서 걸음을 멈추긴 멈추셨는데, 다른 때와는 달리 허리를 펴지 않고 잠시 서 계시다 그대로 오르시는거야. 엄마는 잠시 멈칫하다가 그대로 따라 오를 수밖에 없었어. 다음 번에 할머니가 쉬시면, 그때 옆으로 가서 '할머니

제가 들어 드리죠' 하고 말해야겠다고 생각하면서 뒤를 따랐던거야. 그런데 막상 할머니가 멈추시면 왠지 쑥스러운 생각이 들어서 금방 달려 올라가지질 않는거야. 어떻게 할까 망설이는 사이에, 다시 할머니는 그저 무심하게 오직 계단을 올라가는 데만 열중하고 계셨어.

'요다음 멈출 때는 꼭…….'

엄마는 몇 번이고 그렇게 생각하면서 계속해서 돌계단을 올라갔지. 그러나 번번이 주저하는 사이에 기회를 놓치고 말았지. 그런 일을 되풀이하는 동안 많지도 않은 돌계단이고 보니, 끝내는 할머니가 돌계단을 다 오르시고 말았어. 주저주저하며 따라가던 엄마도 할머니와 거의 동시에 마지막 돌계단 위로 올라섰지.

엄마가 바로 뒤에서 이런 일들을 생각하면서 따라오고 있었다는 사실을 전혀 모르시는 할머니는, 돌계단을 다 오르시고 나더니 보따리를 눈이 마른 돌 위에 놓고는 몸을 돌려 산 아래 마을을 내려다 보셨어. 숨이 차셨던지 큰 어깨숨을 내쉬면서 말이야. 엄마가 그 옆을 죄송한 마음으로 지나갈 때, 잠시 엄마 쪽을 바라보셨지만, 별로 관심없다는 표정이셨어. 그런데 나에겐 지금까지도 할머니의 그 무심한 얼굴이 잊혀지질 않는거야.

동우야, 엄마가 들려 주고 싶다는 얘기는 그저 이게 모두란다. 시시하지? 그런데 그 일을 지금까지 엄마는 잊지 못할 뿐 아니라, 수없이 되새기면서 살아왔단다. 그래, 경우에 따라 조금씩 색다른 기분으로 다시금 생각해 보면서 살아왔지."

어머니는 여기까지 말씀하시고는 잠시 멈추셨습니다. 그리고는 뭔가 옛날 일들을 떠올리는 듯하시더니 다시 조용히 말을 이어 갔습니다.

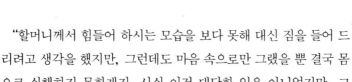

"할머니께서 힘들어 하시는 모습을 보다 못해 대신 짐을 들어 드리려고 생각을 했지만, 그런데도 마음 속으로만 그랬을 뿐 결국 몸으로 실행하지 못한게지. 사실 이건 대단한 일은 아니었지만, 그 일은 묘하게도 엄마의 마음 속에 깊이 남아 있단다. 그 날도 할머니와 헤어져 혼자 집으로 돌아오면서 도중에 얼마나 많은 것들을 생각했는지 모른단다.

'왜 처음 마음먹었을 때 달려가지 않았을까?'

'왜 마음먹은 대로 해드리지 못했을까?'

하고 생각하니 내가 대단히 몹쓸 짓을 했다는 기분이 들더구나. 모처럼의 선한 마음도 그야말로 아무 쓸모가 없어진거지. 엄마는 정말 몹시 후회했단다. 그러나 뒤늦게 아무리 후회해 봤지만 그때는 이미 돌이킬 수 없는 일이 되고 말았어.

그래, 그리고 나서 몇 년이나 흘렀을까? 내가 아직 중학교에 다닐 때였으니, 벌써 20년이 넘는 셈이야. 그 사이 엄마도 어른이 되었고, 돌아가신 너의 아버지와 결혼해서 너를 낳았지. 그리고 재작년 아버지가 돌아가실 때까지 20년을 나는 더 살아온 셈이지. 그 20년 동안 정말 여러 가지 일들이 많았단다. 그런데 그 많은 일들 중 그 돌계단에서의 일만은 엊그제 일처럼 생생하게 기억하고 있단다. 왜냐하면 엄마는 그 후 여러 가지 일을 겪으면서 그 일을 떠올린 적이 자주 있었거든.

동우야, 어른이 되어서도 '아! 그때 왜 마음먹은 대로 하지 못했을까?' 하고 안타까운 마음으로 지난 일을 되돌아볼 때가 적지 않단다. 어떤 사람이든 곰곰이 자신을 되돌아보면 누구나 한두 가지쯤은 그런 기억을 가지고 있을거야. 더욱이 어른이 되면 될수록

어려서보다는 더 큰 일 때문에, 그래서 자신의 운명에 엄청난 영
향을 미칠 수 있는 일 때문에 '왜 그때 그러지 못했을까?' 하고 후
회를 하는 경우가 생긴단다. 이 엄마도 아버지가 그렇게 갑자기 돌
아가실 줄 알았다면 이렇게 해드리는 건데, 혹은 저렇게 해드리는
건데 하는 일들이 아주 많아."

　어머니는 아버지 이야기 때문인지 표정이 어두워지셨습니다. 뜨
개질하던 손을 멈추시고, 조금 전까지 코페르니가 그랬던 것처럼
창문 너머로 푸른 하늘을 한참이나 보고 계셨습니다. 그리고는 조
금 마음이 풀리신 듯 밝은 얼굴로 돌아와 말씀을 계속하셨습니다.

　"그런데 동우야, 돌계단에서 있었던 추억은 엄마에게 싫은 추억
만은 아니었어. 물론 그 당장은 몹시 후회도 하고 내 자신을 못마
땅하게 여겼긴 해. 하지만 지나고 나서 생각해 보니 오히려 '그때
그렇게 하지 못했던 것이 어쩌면 잘된 일이었어' 하고 생각되기도
한단다. 물론 단순히 그 일로 입은 손해가 없었다는 그런 이유 때
문만은 아냐. 그 일이 있은 다음부터는 마음 속에 선하고 따뜻한
생각이 들 때, 그것을 주저하지 않고 곧바로 행동으로 옮길 수 있
는 힘이 되었기 때문이란다. 뒷날 '아, 그 일은 참 잘한 일이었어'
하고 생각되는 일들이 그 다음부터는 몇 번이나 있었기 때문이란
다.

　그 돌계단에서의 추억은 항상 내 양심의 거울로 자리잡고 있었던
거지. 정말 그랬어. 엄마는 그 돌계단에서의 추억이 없었더라면 험
한 세상을 살아오는 동안 마음 속에 있던 선한 것, 깨끗한 것들을
지금까지 간직하지 못했을거야.

사람이 일생을 사는 동안 겪게 되는 자잘한 일들은 모두가 다 한 번밖에 없는 일들이지. 두 번 되풀이되는 일은 결코 아무것도 없단다. 그때그때마다 자기 마음 속에 있는 선한 마음을 단호하게 살려 나가지 않으면 안된다는 사실도 그 추억이 없었더라면 먼 훗날까지 깨닫지 못한 채 지냈을거야. 그래서 엄마는 돌계단에서의 일에 대해서는 후회할 일이었다고만 생각하지 않아. 후회는 했지만 살아가는 데 있어서 정말로 중요한 교훈을 배운 셈이지."

코페르니는 어머니가 하시는 말씀을 최근 자신이 겪었던 일들로 인해 쉽게 이해할 수가 있었습니다.

"그러니까, 동우야."

어머니는 여전히 뜨개질을 계속하면서 말씀하셨습니다.

"너도 말이다. 언젠가는 엄마와 비슷한 경험을 하게 될 걸로 생각해. 어쩌면 엄마보다도 훨씬 괴로운 일 때문에 후회의 쓰라린 아픔을 맛볼지도 모르지. 그래도 동우야, 그런 일이 있더라도 그것이 절대로 아픈 경험만은 아니란다. 그 일만을 생각하면 그야 돌이킬 수 없는 일이겠지. 하지만 그 일로 인한 후회 덕분에 살아가는 데 소중한 교훈을 마음 속 깊이 새길 수만 있다면야, 절대 헛되거나 나쁜 경험만은 아니지 않겠니? 그 후의 생활이 전보다 훨씬 바람직하고 의미가 있게 될 수도 있는거란다. 동우가 그만큼 더 인간으로서 성숙해지는거지. 그러니까 어느 경우건 자기 자신에게 절망해서는 안돼. 그 후회의 아픔을 극복하고 다시 자신을 바로잡을 때, 김 동우라는 존재는 더욱 더 훌륭하게 될 수 있을거야."

코페르니는 어머니의 말씀을 듣고 있는 동안, 눈시울이 젖어옴을 느꼈습니다. 어머니는 삼촌에게서 들어서 이번 사건을 알고 계신 것이 틀림없었습니다. 그런데 그것을 전혀 모르는 척 하시며 코페르니를 위로해 주고 계시는 것입니다.

코페르니는 눈물을 흘리지 않으려고 했지만 눈물은 벌써 뺨을 타고 주루룩 흘러내렸습니다. 그것은 며칠 전부터 코페르니가 수없이 흘려왔던 눈물과는 전혀 다른 눈물이었습니다. 창문 너머에는 봄이 왔음을 알려주는 듯, 포근한 느낌의 맑은 하늘이 끝없이 그리고 푸르게 개여 있었습니다.

삼촌의 수첩
## 인간은 자기 자신을 가련하다고 생각함으로써, 그 위대함의 빛을 더하고……

인간은 자기자신을 가련하다고 생각함으로써, 그 위대함의 빛을 더하고 있다. 나무와 짐승은 자기를 가련하다고 생각하지 않는다. 물론 자신을 가련하다고 인정하는 것은 한 마디로 비참한 일이다. 그러나 사람이 자기 자신을 가련하다고 생각할 때, 여기에는 오히려 스스로가 위대한 존재임이 전제되어 있다. 그러므로 인간의 가련함은 인간의 위대함을 증명하는 것이기도 하다. …… 그것은 '왕위를 빼앗긴 왕의 가련함'이다. 왕위를 빼앗긴 왕 말고 누가 왕이 아니라는 사실을 불행하게 여길 것인가? …… 단지 입이 하나밖에 없어서 불행하다고 느끼는 사람이 있을까? 또 눈이 하나밖에 없는 것을 불행으로 여기지 않는 사람이 있을까? 어느 누구도 눈이 세 개가 아니라서 슬프다는 생각을

하진 않지만, 만약 다른 사람의 눈이 하나밖에 없으면 위로하고 싶은 마음을 갖기 마련이다. (파스칼)

본래 왕위에 있던 사람만이 왕위를 빼앗길 수 있으며, 또 빼앗겼을 때 자신을 불행하다고 생각하며, 자신의 현재 상태를 슬퍼할게다. 그가 현재의 자신을 슬퍼하는 것은 본래 왕위에 있어야 할 몸이 왕위에 있지 못하기 때문이겠지. 마찬가지로 외눈박이가 불행하다고 생각하는 것도 본래 인간은 두 개의 눈이 있어야 하는데, 자신의 눈은 하나밖에 없기 때문이지. 인간이 본래 눈을 하나밖에 갖고 있지 않았더라면 외눈이라고 해서 슬퍼할 일도 없을테지. 도리어 두 눈을 갖고 태어난 사람에게 기형아로 태어났다고 동정을 보내겠지.

코페르니야, 이런 사실을 우리들은 깊이 헤아려 생각해야만 돼. 그것은 우리에게 소중한 진리를 가르쳐 주고 있기 때문이지. 인간의 슬픔이나 고뇌라는 것이 어떤 의미를 지니는지를 말이야.

우리들은 인간으로서 살아가는 동안 어려서는 어린 대로, 나이가 들어 어른이 되어서는 또 그 나름 대로 여러 가지 슬픈 일이나 괴로운 일, 그리고 고통스러운 일을 쉴 새 없이 겪게 돼. 아마 누구도 그런 일들을 애써 경험하려고는 하지 않을거야.

그러나 이렇게 슬픈 일, 고통스러운 일과 마주치게 되는 덕분에 우리들은 본래의 인간이 어떠해야 하는가를 배우게 되단다. 마음으로 느끼는 고통이나 괴로움만이 그런 것은 아니지. 몸으로 직접 느끼는 아픔이나 고통스러움도 역시 같은 의미를 지니고 있어. 건강해서 몸에 아무런 이상이 없을 때는 심장이나 위를 비롯한 여러 가지 신체기관들이 몸안에서 얼마나 중요한 역할을 하고 있는지 거의 느끼지 못하잖아. 그런데 몸에 이상이 생겨서 심장의 고통이 심해지거나 배가 아파오면 그때서야 비로소 자기 신체기관의 존재를 자각하게 되고, 지금 어떤 기관에 이상이 생겼구나 하는 것도 알게 되지. 몸에 아픔을 느끼거나 힘들어 지는 것은 몸에 이상이 생겼기 때문이지만, 거꾸로 우리가 그걸 알게 되는 것은 고통의 덕분인거야.

만일 몸에 이상이 생겼는데도 아무런 고통도 느낄 수 없다고 해봐. 우리는 아프다는 사실을 모른 채 지낼 것이고, 때로는 빨리 손을 보지 않아서 생명까지도 위태롭게 만들 수 있는거야. 예를 들어 충치 환자 중에는 조금도 아픔을 느끼지 않는 사람이 더러 있나봐. 이들은 대개 이가 많이 상한 다음에야 충치를 발견한단다. 그런 사람들의 치료는 아픔을 느끼는 사람들보다 오히려 훨씬 어렵다고 해.

그러므로 몸의 고통은 어느 누구도 싫어하겠지만, 어떤 의미에서는 고마운 존재이고, 또, 없어서는 안되는 것이기도 하단다. 고통의 도움으로 우리는 몸의 이상을 일찍 발견할 수 있고, 동시에 인간의 몸이 본래 어떤 상태에 있어야 하는지를 더욱 절실히 깨달을 수 있게 되는거란다.

마음으로 느끼는 고통이나 쓰라림도 마찬가지란다. 마음의 고통은 인간이 인간으로서 정상적인 상태에 있지 못하기 때문에 일어나며, 또 그렇다는 것을 우리에게 알려 주는거야. 그리고 우리들은 그 고통으로 말미암아 인간이 본래 어떤 존재이어야 하는지를 분명하게 마음 속에 새겨 둘 수가 있단다.

인간이 본래 서로서로 조화를 이루며 살아가게끔 되어 있지 않다면, 어떻게 인간이 서로의 부조화를 고통스러운 것으로 느낄 수 있겠니? 서로 사랑하고 따뜻함을 나누면서 살아가게 되어 있는데, 그렇지 못하고 미워하고 때론 칼을 겨누며 살아가기 때문에 현실을 불행하게 여기고, 또 그것으로 고민하는 것이지.

그리고 누구나 인간이라면 자신의 재능을 발휘하고, 그 재능에 맞게 일하는 것이 당연한데도 그렇지 못한 경우가 있기에 몹시 고통스러워하고 참지 못해 하는거야.

인간이 이러한 일로 고통스러워하고 마음에 새겨 두는 것이야말로, 인간이란 본래 서로를 미워하거나 증오해서는 안되도록 되어 있기 때문이고, 또 원래 가지고 태어난 재능을 자유롭게 발전시켜 나가며 살아야 하기 때문이란다. 그리고 처음 말한 대로 인간이 자신을 비참하게 생각하고, 그것을 고통스럽게 여긴다는 것도 인간이 본래 그런 비참한 존재가 아니기 때문에 가능한 것이란다.

물론 제멋대로 만들어 낸 욕망이 채워지지 않았다고 해서 자신을 불행하다고 생각하는 사람도 있다. 또 보잘 것 없는 외모에 얽매여 불필요하게 자신을 원망하는 사람도 우리 주위에는 많지.

그러나 이런 사람들의 고통이나 불행은 사실 그릇된 욕망을 품었거나, 쓸데없는 허영을 버리지 못한데서 생긴 것이기에, 욕망이나 허영을 버리면 저절로 사라져 버리는 고통이지. 따라서 이런 고통이나 불행 속에는, 인간은 제멋대로 욕망을 품거나 쓸데없이 외모에만 신경을 써서는 안된다는 가르침이 숨겨져 있는거란다.

단지 고통을 느끼고 괴로와하기만 한다면 진정한 인간의 행동이라고 할 수 없어. 개나 고양이도 상처를 입으면 눈물을 흘리고, 외로움을 느끼면 슬피 울기도 해. 신체의 아픔이나 배고픔, 목마름은 인간이나 동물이 조금도 다를 게 없거든.

따라서 인간이 동물과 다른 진정한 인간다움을 우리에게 일깨우는 것은 오직 인간만이 느낄 수 있는 고통을 통해서 가능하단다. 그러면 인간만이 느끼는 인간다운 고통이란 어떤 것일까?

몸에 상처를 입거나 굶주린 것도 아닌데 인간에게는 상처가 나고 굶주릴 때가 있어. 애타게 바라던 일이 틀어져 버렸을 때 우리의 마음은 보이지 않는 피를 흘리며 상처를 입게 되지. 그리고 따뜻한 사랑을 받지 못하면 우리의 마음은 곧 참을 수 없는 갈증을 느끼게 돼.

그러나 그런 고통 중에서도 가장 깊이 우리 마음 속에 스며들어, 가장 쓰라린 눈물을 흘리게 하는 것은, 자신이 돌이킬 수 없는 잘못을 저지르고 말았음을 깨달을 때란다. 자기의 행동을 되돌아보고 이익이냐 손해냐 하는 문제에서가 아니라, 마음 속에서 우러나는 소리로부터 '정말로 큰 잘못을 저질렀구나' 하는 생각이 들 때만큼 괴로운 일은 없어. 그래서 스스로 그것을 인정하기가 싫은 경우가 대부분이지. 아마 많은 사람들은 뭔가 핑계 거리를 찾아 내서 자신의 행동을 합리화하려고 애쓸거야.

그런데 코페르니야, 오직 인간만이 자기가 잘못했을 때 그것으로 인해 고통스러워할 수 있단다. 더욱이 그 잘못을 솔직하게 인정하는 것도 인간만이 할 수 있는 일이란다. 인간만이 영혼을 지닌 존재이기 때문이야.

인간은 원래 무엇이 옳은가를 판단할 수 있고, 그것을 바탕으로 행동을 꾸려나갈 수 있는 힘을 지니고 있어. 그리고 우리가 후회의 감정을 갖게 되는 것은 '나는 달리 행동할 수도 있었는데'라고 생각하기 때문이지. 다시 말해서 '그 정도의 능력은 자기에게 있었는데'라고 생각하기 때문인거야. 만일 이성의 소리에 따라 올바르게 행동할 힘이 우리에게 없다면, 후회라는 감정도, 또 그로 인한 고통도 아마 없었을거야.

　자기의 잘못을 인정하기란 정말 힘든 일이지. 그러나 잘못을 고통스럽게 느끼고 있다는 사실, 그 자체 속에 인간의 훌륭함도 포함되어 있는거란다. 왕위를 잃은 왕이 아니었다면 누가 왕위에 있지 않다는 사실을 슬퍼하겠니? 이성에 굳게 바탕을 두고 올바르게 행동하는 능력을 갖춘 사람이 아니라면 자신의 과오를 뉘우치고 눈물을 흘리는 일도 할 수 없는거란다. 사람인 이상 잘못은 누구에게나 있어. 그리고 양심이 녹슬어 버리지 않은 이상 잘못을 저질렀다는 깨달음은 우리에게 고통의 쓴 맛을 늘 안겨주지.

　그렇지만 코페르니야, 우리 이 고통스러운 경험으로부터 언제나 거듭 새롭게 자신을 만드는 방법을 터득해 나가면 어떨까? 올바른 길을 따라 걸어갈 수 있는 힘이 있으니까 이런 고통도 맛볼 수 있다고 생각하면서 말이야.

　잘못이 진리와 이루는 관계는 '잠에서 깨어남'과 같다. 사람이 잘못으로부터 깨어나서 다시 걸을 때보다 더 확신에 찬 모습으로 진리를 향해 가는 것을 나는 본 일이 없다. (괴테)

우리는 자신의 일에 대해서 스스로 결정하는 힘을 지니고 있어. 따라서 잘못을 저지를 수도 있는거야. 그러나 우리는 자신의 일을 스스로 결정하는 힘을 갖고 있기 때문에 잘못으로부터 다시 일어설 수도 있는거란다. 그리고 코페르니야, 네가 말했던 인간의 삶이 일 반적인 물질의 운동과 다른 점도 또한 여기에 있단다.

개     선

　코페르니는 어머니로부터 그 이야기를 들은 다음날 이불을 걷어
치웠습니다. 이제 완쾌된 것입니다. 몸의 병과 함께 마음의 병도
말끔히 완쾌되었습니다. 의사 선생님도 2~3일쯤 있으면 학교에 가
도 된다고 하셨습니다. 코페르니는 2주간이나 누워 있던 자리에서
일어나 집에서 왔다 갔다 하며 몸의 기운을 되찾으려고 애를 썼습
니다. 그런 가운데에서도 코페르니의 머리 속을 가득 채우고 있는
생각은 물론 편지에 관한 일이었습니다. 진호에게 편지를 쓴 지도
3일이 지났던 것입니다.

진호로부터 어떤 답장을 받을지, 아니면 과연 답장이 올 것인지는 더 이상 생각하지 않기로 했습니다. 하지만 그 생각이 자꾸만 머리 속을 맴도는 것은 코페르니로서는 어쩔 수 없는 일이었습니다. 편지가 배달될 시간이 되면 대문의 우편함에 마음이 쏠려 몇 번이고 확인해 보곤 했습니다. 그러나 3일이 지났는데도 진호로부터는 아무런 답장도 없었습니다.

　　기다리던 편지는 나흘째 되던 날 정오가 될 즈음에 우편함에 얌

전하게 들어 있었습니다. 받침이 유난히 둥근 민수의 글씨로 또박
또박 '김동우에게'라고 쓰여 있었습니다. 코페르니는 뛸 듯이 기뻤
습니다. 이 한 장의 편지에 오래도록 자신을 고통스럽게 만든 일의
매듭이 들어 있었던 것입니다. 편지를 들고 마루를 가로질러 방으
로 들어서면서도 코페르니의 머리 속은 온통 한 가지 생각뿐이었습
니다. '친구들이 나를 용서해 줄까. 용서해 주지 않는다면⋯⋯'
방으로 들어온 코페르니는 살그머니 방문을 안으로 잠궜습니다.
누구의 방해도 받고 싶지 않았던 것입니다.

코페르니에게

보내준 편지는 잘 받았어. 목요일 아침에 교실에 들어서자마자
진호가 부리나케 우리를 불렀단다. 몹시 흥분한 얼굴을 하고서는
말이야. 그리고는 너의 편지를 내밀지 않겠니? 용식이도 나도 얼
마나 반가왔는지 몰라. 그 얌전하던 용식이가 편지를 냉큼 나꿔 채
가더니 서둘러 편지 속을 꺼낼 정도였어. 그러더니 겸연쩍었던지
슬그머니 나에게 건네 주더라. 우리는 서로 마주보며 웃었단다.

참, 아프다면서 많이 나았니? 아프다는 말을 듣고서 문병을 가
려고 했는데 여간 바쁘지 않았어. 학교가 한동안 벌집이 되었거든.
그 사건 때문이었지. 부모님들이 모두 학교로 몰려와서 항의를 하
고, 우리도 선생님께 불려가서 자초지종을 말씀드리느라고 말이
야. 하지만 정작 문병을 못 가게 한 것은 네가 그처럼 괴로와했던
일 때문이야. 우리도 도대체 너를 이해할 수가 없었거든. 진호는
무척 섭섭했나 봐. 네 이야기만 나오면 입을 꾹 다물고 딴청을 부
리곤 했어. 사실은 나도, 용식이도 마음이 상하기는 마찬가지였지
만.

그런데 네 편지가 온거야. 그제서야 네가 얼마나 괴로와하고 있는지 알게 되었고. 난 솔직한 네 편지를 보고 여전히 우리들의 우정이 무너지지 않았구나 하는 생각이 들었어. 나는 잘못을 진정으로 용서할 수 있는 사람은 오직 자기 자신뿐이라고 생각해. 그래서 네가 스스로 그렇게 아프게 후회하고 있다면 그걸로 충분하다고 생각해.

그런데 어떻게 너를 대해야 할지 우리는 아직 결정을 하지 못했단다. 진호는 여전히 내키지 않은지 입을 꾹 다물고 있어. 용식이가 '빨리 만나서 마음을 풀자'고 이야기를 하면 그저 엷게 웃을 뿐 말이 없어. 내일 만나서 우리는 다시 이야기하려고 생각해. 너를 어떻게 만나는게 좋을지. 그리고 답장도 함께 쓰려고 해.

새학기가 시작된 지도 벌써 며칠이 지났어. 빨리 몸이 다 나아서 함께 공부할 수 있었으면 좋겠다. 만나서 얼굴을 마주보면 언제 그랬나 싶게 우리는 옛날처럼 좋은 친구가 될 수 있을거야. 잘 있어.

3월 9일
민수가.

덧붙이는 말 : 진호나 용식이는 내가 답장한 걸 몰라. 같이 쓰기로 했거든. 그러니 모른척 해, 꼭이야.


몇 번이고 편지를 읽은 코페르니는 어느 새 자기도 모르게 한숨을 '푸욱' 내쉬었습니다. 입을 꾹 다문 채 팔짱을 끼고 서 있는 진호 특유의 고집 센 얼굴이 편지 여백에 떠올랐습니다. 작은 눈의 용식이도 더없이 보고 싶어졌습니다. 민수의 따스한 마음씨도 고맙게 느껴졌습니다.

코페르니는 친구들에게 더욱 미안한 생각이 들었습니다. 새삼 그때의 일이 다시 떠올랐습니다. 가슴 한편이 날카로운 무엇으로 찔리기라도 한 듯, 아프게 아려왔습니다. 학교에서 만나면 진심으로 머리를 숙여 잘못을 빌어야겠다고 다시 마음을 다져먹고서야, 겨우 마음을 진정할 수 있었습니다. 편지를 책갈피 속에 끼워 넣고 코페르니는 창 밖을 내다 보았습니다.

봄기운이 세상을 가득 채우고 있었습니다. 따스하게 햇볕이 내비치는 창턱에 코페르니는 걸터 앉았습니다. 창턱에서 뽀얗게 피어오르는 먼지를 보면서 코페르니는 이제 다시금 길고 어두웠던 악몽으로. 또 잠겨들지도 모른다는 생각이 들었습니다.

그런데 갑자기 현관 벨소리가 들렸습니다. 그리고는 잠시 후 "쿵, 쿵" 하고 어머니가 코페르니 방 쪽으로 달려 오시는 소리가 들렸습니다.

"동우야, 손님 왔다!"

어머니는 복도에서부터 다급한 목소리로 코페르니에 소리치셨습니다. 그리고는 방 앞에 이르러 급하게 방문을 여셨습니다. 방문이 열리지 않자, 어머니는 조금도 못 기다리시겠다는 듯 문을 두드리셨습니다. 코페르니가 방문을 열자 어머니는 얼굴이 소녀처럼 붉게 상기된 채 숨을 고르시더니 아주 기쁜 표정으로 말씀하셨습니다.

"진호야, 진호가 왔어. 그리고 민수랑 용식이도……."

"네?!"

코페르니는 눈이 휘둥그래졌습니다.

"정말이에요! 어머니?"

"정말이고말고. 정말 왔어. 빨리 현관으로 나가 봐."

코페르니는 신나게 달려나갔습니다. 후다닥하는 사이에 어머니를 뒤로 하고 마루를 단숨에 지나서 현관 쪽으로 달려갔습니다.

현관으로 달려가 보니 세 사람은 벌써 집안으로 들어서, 입구에 나란히 서 있었습니다. 세 사람의 얼굴이 마치 겹쳐진 것처럼 한꺼번에 코페르니 눈에 들어왔습니다. 진호가 웃고 있었습니다. 민수도 웃고 있었습니다. 그리고 용식이도 웃고 있었습니다. 세 사람은 반갑다는 듯이 미소를 얼굴에 함빡 띤 채 코페르니를 보고 있었습니다.

"잘 있었니, 아픈 것은 다 나았니?"

진호가 코페르니의 모습을 보자마자 쾌활한 목소리로 말했습니다. 그것은 근 보름 동안 내내 우울했던 기분을 한꺼번에 날려 버리는 밝은 소리였습니다. 코페르니는 그 소리와 함께 몇백 명의 학생들이 뒤섞여 노는 운동장의 활기찬 기운이 확하고 불어오는 듯한 느낌을 받았습니다.

"고마와! 이젠 괜찮아."

코페르니는 정말 기쁜 마음으로 대답했습니다.

"언제부터 일어났니?"

"그럼 이젠 학교에 갈 수 있겠네?"

이렇게 말한 것은 민수와 용식이었습니다.

"응, 모래부터는 가려구 해."

그렇게 하나 하나 대답해 가는 동안, 코페르니는 자신의 몸도 마음도 점점 가벼워지는 것을 느낄 수 있었습니다. 마치 한 번 대답할 때마다 코페르니 몸이 점점 가벼워져서 공중으로 둥둥 떠오르는 기분이었습니다. 코페르니의 병에 대해 요란스럽게 질문과 답을 주고 받고나자, 잠깐 말이 끊겼습니다. 코페르니도 친구들도 잠시

무슨 말을 해야 좋을지 모르겠다는 듯, 입을 다물고 있었습니다. 아니, 그 다음에 이어져야 할 말을 알고는 있었지만, 어떻게 시작해야 좋을지 몰랐던 것입니다.

코페르니는 그 사건 이후 처음으로 친구들을 만났으니 뭔가 용서를 비는 말을 해야 할 것 같은 기분이 들었습니다. 진호나 친구들도 코페르니의 편지에 대해서 어떤 대답을 해야 한다는 생각을 가지고 있었습니다. 그러나 이렇게 얼굴을 맞대고 보니 그런 일을 새삼 끄집어 낼 필요가 있을까 하는 생각이 들기도 했습니다. 친구들이 이제 그 일을 마음에 두고 있지 않다는 걸 진호의 첫 마디를 듣는 순간 알아챌 수 있었던 것입니다.

하지만 코페르니는 그냥 넘어갈 수가 없었습니다. 코페르니는 침을 꿀꺽 삼켰습니다. 그리고는 진호의 얼굴을 똑바로 보면서 입을 열었습니다.

"저어기, 진호야, 그리고 민수……."

하지만 코페르니는 더 이상 말을 이어갈 수가 없었습니다. 진호가 갑자기 말허리를 끊고 꽥 소리를 지르며 코페르니를 껴안았기 때문입니다. 엉겁결에 진호에게 껴안긴 코페르니는 비틀거리며 마주 안았습니다. 힘껏 조여오는 진호의 팔을 느끼면서 코페르니는 뜨거운 눈물이 번져나옴을 느꼈습니다. 한참을 그러고 있자니 용식이가 누구에게랄 것도 없이 불쑥 말을 걸며 둘을 떼어 놓았습니다.

"됐어, 이제 다 됐어."

코페르니와 세 친구는 모두 눈물이 글썽거리는 눈으로 서로를 마주보았습니다. 그리고 눈이 마주칠 때마다 이유없이 미소를 주고받으면서 잠시동안 아무 말없이 서 있었습니다.

"그런데 너희들 오늘은 어떻게 된거야?"

코페르니가 겨우 코를 훔치며 말을 시작했습니다.

"어떻게 된거라니, 뭐 말이야?"

"아니, 오늘은 학교를 쉬는 날도 아니잖아?"

"아, 그거. 오늘 학교가 빨리 끝났어. 선생님들 회의가 있으신 모양이야. 다른 학교에서도 선생님들이 많이 오셨어."

진호가 셋을 대표해서 대답했습니다. 그리고 나서 진호는 자연스럽게 말을 이어갔습니다.

"네 편지말이야, 그저께 받았어. 그리고 어제 민수와 용식이에게 보여주고 셋이서 다시 모여 답장을 쓰기로 했어. 그런데 오늘 수업이 일찍 끝났거든. 그래서 편지 쓰는 대신 다같이 가보자고 해서 오게 된거야."

코페르니는 이야기가 계속되는 동안 조용히 고개를 숙인 채 듣고 있었습니다. 진호는 코페르니의 표정을 살피면서 조심스럽게 다시 말을 이었습니다.

"코페르니, 너무 신경쓰지 마. 이젠 다 지난 일인걸 뭐. 우린 아무렇지도 않게 생각하고 있어. 안 그러니 민수야?"

"암! 선생님도 언젠가 비온 뒤에 땅이 더욱 굳어진댔지 않니?"

이렇게 말하며 민수는 코페르니에게 한쪽 눈을 찡긋해 보였습니다.

"동우야 진짜 신경쓰지 마. 그러면 우리가 오히려 미안해져
……."

"그래도 나는……."

코페르니가 다시 뭐라고 말하려니까 이번에는 용식이가 말을 가로챘습니다.

"괜찮다니까, 그보다도 우리들은 네가 아프다는데 문안 편지도 못해서 미안하게 생각하고 있었어. 그런데 그 사건 때문에 학교서는 꽤 야단법석을 떨었지."

그리고는 진호와 용식이가 번갈아 가며 이야기하였고, 그 옆에서 민수는 빙긋이 웃고 있었습니다. 이야기에 따르면, 근본적으로 잘못된 규율을 내세운 상급생들의 횡포가 허용되는 학교는 더 이상 다닐 필요가 없다고, 진호와 민수 아버지, 용식이 어머니께서 거세게 항의하시는 바람에 문제가 커졌다고 합니다. 그래서 학교에서도 그간의 사정을 알게 되고 오 진영과 구레나룻을 비롯한 상급생들에게 정학이나 근신 등의 처벌이 내려졌다는 것입니다. 여기에는 당장 학교에 쫓아가 항의해야 한다고 민수 아버지에게 떼를 쓴 민혜 누나의 힘도 컸습니다. 민혜 누나도 세 친구와의 약속을 지킨 것입니다.

한참을, 그동안의 일을 설명하느라 정신이 없는 소년들의 이야기를 조용히 듣고 계시던 어머니께서 말씀하셨습니다.

"동우야, 그렇게 서서 이야기하지 말고 방으로 들어가는 것이 어떠니?"

"아참! 내 정신 좀 봐. 너희들 들어가자."

그러나 민수가 오늘은 시간이 넉넉치 않으니까 서서 마저 이야기하자고 했습니다. 이유를 물었더니 민혜 누나가 정류장에서 기다리고 있다는 것입니다.

"민혜 누나가 정류장에 와 있어? 아니 왜?"하고 코페르니는 이상하다는 듯이 물었습니다.

민수의 설명에 의하면, 민혜 누나는 코페르니의 집 근처에 있는 대학에 들어가게 되었다고 합니다. 그런데 오늘이 임시 소집일이어서 자신들과 함께 근처까지 왔다가 혼자 학교로 갔으며, 돌아갈 때도 같이 가기로 하고 정류장에서 만나기로 약속이 되어 있다는 것입니다. 민수는 그렇게 설명하고 나서,

"참, 나 누나의 편지를 가지고 왔는데……"

하고 약간 얼굴을 붉히며 호주머니에서 파란 봉투를 꺼냈습니다. 민혜 누나가 코페르니에게 보낸 편지였습니다. 코페르니는 곧 겉봉을 뜯었습니다.


코페르니에게

몸은 좀 어떤지? 한때는 꽤 심하게 앓았다고 들었는데 지금은 좀 나아졌는지 궁금하군.

어제 동생을 통해서 네가 보낸 편지를 봤어.

그 편지를 보고 나는 정말로 감동했어. 이렇게 솔직하고 진실한 사람을 친구로 둔 동생은 참 행복하겠다고 생각했지.

솔직히 말해서 난 네가 그때 다른 친구들과 같이 안 있었다는 이야기를 듣고는 몹시 화가 났었어. 그처럼 굳게 약속을 했는데, 그걸 어겼다고 생각하니 분한 마음까지 들었지. 그렇지만 그 편지를 읽어 보니, 더 이상 그런 느낌이 들지 않는구나.

아무쪼록 그 일 때문에 너와 동생 사이가 조금이라도 서먹서먹해지는 일이 없었으면 해. 그리고 앞으로도 오래오래 좋은 친구로서 지내주기를 동생을 대신해서 부탁할게.

그럼 하루 속히 건강을 회복하길 빌며.

3월 9일

민혜 씀.

"그럼 민혜 누나가 정류장에서 기다리고 있겠네?"

코페르니는 편지를 다 읽고 나서 흥분한 목소리로 민수에게 물었습니다.

"응, 벌써 와 있는지도 몰라."

"우리 집에 올 수 있니?"

"그거야 괜찮겠지만 사양할거야."

그러자 코페르니가 어머니를 돌아보며 말했습니다.

"어머니, 민수 누나 불러와도 되지요?"

"암 되구말고. 될 정도가 아니고 꼭 데리고 오렴."

오랜만에 밝은 표정을 짓는 아들을 보면서 어머니는 쾌히 승락을 하셨습니다.

"그러면 내가 지금 가서 불러 올께요. 괜찮지요, 어머니?!"

"글쎄……"

하시며 어머니는 코페르니가 병석에서 일어난 지 얼마 안되었다는 걸 생각하고서 잠깐 망설였지만 곧 허락해 주셨습니다.

"괜찮겠지. 그래 갔다 오너라. 그래도 목도리랑 외투는 꼭 입고 가야한다."

어머니의 말씀이 채 끝나기도 전에 코페르니는 벌써 자기 방안으로 달려갔습니다. 그리고 외투를 입고 나오자마자 현관 앞 옷걸이에 걸려 있던 목도리도 나꿔채서 목에다 둘렀습니다.

"그럼, 나 잠깐 다녀올께요."

친구들도 함께 갈 생각이었습니다. 어머니는 친구들에게 여기서 기다리는 것이 어떠냐고 하셨지만, 세 사람 모두는 코페르니와 같이 가고 싶어 했습니다.

"동우야, 길에서 너무 오래 있지 말고 빨리 돌아와. 맛있는 음식을 해 두마."

어머니의 말씀을 뒤로 들으면서 코페르니는 벌써 대문을 지나고 있었습니다. 그리고 나서 한 시간쯤 지나서 네 사람의 소년과 민혜 누나는 코페르니의 집을 향해 천천히 걷고 있었습니다. 몇 달 전에 코페르니와 삼촌이 진호와 민수를 바래다 주던 그 길이었습니다.

"코페르니야."

옆에서 나란히 걷고 있던 민혜 누나가 코페르니에게 말을 걸었습니다.

"그 편지 어머니께 보여 드렸어?"

"아니 아직이요."

"보여 드리지 마. 그렇지 않아도 다른 사람에게 보일까봐 정중한 말투로 쓰긴 했지만……."

"그럼 됐지요, 뭐."

"안돼. 그건 코페르니 너에게 보낸 편지지, 어머니께 보낸 것이 아니잖아?"

"누나도 진호에게 보낸 내 편지 읽었다면서요?"

"그건 그렇지만……."

모두들 깔깔거리고 웃었습니다. 그 웃음소리에 싱그러운 봄햇살이 마구 부서져 내리고 있었습니다. 코페르니는 눈이 부셨습니다. 길을 걸으면서도 연신 코페르니는 친구들의 얼굴을 바라보았습니다. 그때마다 마구 눈물이 날만큼 크게 웃고 싶었습니다. 멀리서 낯익은 집들이 보였습니다. 그 중 빨간 기와를 올린 집이 바로 코페르니의 집입니다.

코페르니는 왠지 큰 전쟁을 치르고 개선하여 돌아오는 듯한 기분
이었습니다.

수선화의 싹과 청명한 아침

　코페르니와 세 명의 소년들은 다시 좋은 친구가 되었습니다. 그
것은 분명 코페르니의 편지 덕분이었지만, 애초부터 세 친구들은
코페르니가 생각했던 만큼 깊이 마음을 쓰지 않았기 때문이기도 합
니다. 그리고 그나마도 이제와서는 아무 상관이 없는 일이 되었습
니다.

　하지만 코페르니가 혼자 마음 내키는 대로 고민했다고 하더라도
그 덕분에 자신이 하는 행동이며, 자기가 하는 생각을 비롯해서 자
기 생활에 대해 침착하게 반성한다는 것이 얼마나 중요한지를 알게
되었습니다. 결과적으로 좋은 경험이었던 것입니다.

　'너 자신을 알라'라든가, '하루하루를 반성하라'는 글귀는 국민
학교 때부터 수도 없이 보아왔습니다. 이젠 곰팡이 냄새가 나서,
어디서 그런 글귀를 보게 되면, '아, 또 그 소리야'하는 지겨운 느
낌밖에 없습니다. 그리고 그 글귀의 말 그대로의 뜻이라면 코페르
니도 잘 알고 있었습니다. 만약에 그 글귀를 써 놓고 '위에 적은 글
귀의 뜻을 설명하시오'라는 문제가 국어시험에라도 나온다면, 언
제라도 정답을 쓸 수 있는 자신이 있었습니다.

　그러나 낱말의 뜻을 안다는 것과, 그 낱말이 담고 있는 진리를
깨닫는다는 것은 다른 문제입니다. 코페르니는 최근에 와서야 겨
우 자신을 되돌아 본다는 것이 어떤 것인지를 조금씩 알기 시작하
였던 것입니다. 이번 일은 코페르니에게 그토록 깊은 영향을 미쳤
습니다.

　이제 코페르니의 말과 행동은 점점 어른스러운 것과 소년다운 것
이 뒤섞여지게 되었습니다. 어쩌면 그것은 당연한 일인지도 모릅
니다. 코페르니도 이제 열 여섯번째의 봄을 맞았고, 따라서 몸도
마음도 소년으로부터 어른이 되어가는 중간에 있게 되었으니까 말
입니다.

코페르니 자신도 그것을 느낄 수 있었습니다. 아직은 어른들이 사용하는 야구방망이를 휘두르기가 다소 무거운 편입니다만, 국민학교 때 아버지가 사다 주신 알루미늄 방망이를 손에 쥐어보면 우스울 정도로 가볍고 짧아서 '어떻게 이런 걸 가지고 야구를 했을까?' 하는 생각이 들곤 했습니다.

어쨌든 눈 내리는 날에 있었던 사건 이후, 코페르니에게는 많은 변화가 있었습니다. 삼촌도 그렇게 느꼈는지, 코페르니가 학교에 나가기 시작한 지 얼마 되지 않은 어느 날, 드디어 두툼한 갈색 수첩을 코페르니에게 주었습니다. 물론 잘 생각해가며 읽으라는 당부의 말씀도 함께 들려 주셨습니다.

화창한 봄날의 어느 일요일이었습니다. 코페르니와 어머니는 오전 내내 집안을 정리하였습니다. 겨울 동안 묵은 먼지도 털어내고, 유리창도 닦고 곳곳에 봄꽃을 옮겨 심으면서 열심히 봄단장을 하였습니다.

청소가 끝나고 오후가 되어, 어머니가 코페르니를 위해 부엌에서 과자를 구으시는 동안, 코페르니는 책상에 앉아 무언가를 열심히 생각하고 있었습니다.

코페르니 앞에는 고급 종이로 표지를 꾸민 수첩이 놓여 있습니다. 어머니께서 특별히 사 주신 것입니다. 삼촌의 수첩은 코페르니가 읽은 다음 어머니도 보셨는데, 어머니는 그것을 다 읽으신 후 다시 돌려 주시면서 이제부터는 코페르니도 스스로의 생각이나 느낌을 적어 두도록 하라고 말씀하셨습니다. 그리고는 이 새 수첩을 사다 주신 것입니다. 코페르니는 아까부터 어떤 느낌을 적어 보려고 애쓰면서 머리를 싸매고 있는 중입니다.

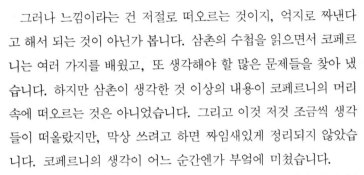

그러나 느낌이라는 건 저절로 떠오르는 것이지, 억지로 짜낸다고 해서 되는 것이 아닌가 봅니다. 삼촌의 수첩을 읽으면서 코페르니는 여러 가지를 배웠고, 또 생각해야 할 많은 문제들을 찾아 냈습니다. 하지만 삼촌이 생각한 것 이상의 내용이 코페르니의 머리 속에 떠오르는 것은 아니었습니다. 그리고 이것 저것 조금씩 생각들이 떠올랐지만, 막상 쓰려고 하면 짜임새있게 정리되지 않았습니다. 코페르니의 생각이 어느 순간엔가 부엌에 미쳤습니다.

'느낌이나 생각은 과자를 굽는 것처럼 만들어지는 것이 아니다.'

이런 문구가 떠오르긴 했지만 이것은 왠지 새 수첩의 첫머리를 장식하기엔 적당하지 못하다는 생각이 들었습니다. 결국 코페르니는 쓰기를 단념하고 일어섰습니다.

창문을 열고 밖을 보니, 날씨도 좋고 뜰에는 군데군데 피어 오르기 시작한 노란 수선화가 산뜻하게 느껴졌습니다. 코페르니는 떠오르는 생각들을 정리도 할 겸, 정원으로 나가 이리저리 거닐었습니다.

뜰에는 봄기운이 흘러 넘치고 있었습니다. 단풍나무 가지의 딱딱한 껍질 속에서는 샛빨간 새눈들이 싹트고 있었습니다. 대추나무 꼭대기에도 두터운 껍질을 둘러 쓴 채 새싹이 죽순처럼 머리를 내밀고 있었고, 그 옆 목련은 어느 새 꽃을 다 떨구고 푸른 잎을 몇 장씩이나 달고 있었습니다. 정원 곳곳에서 부드러운 흙을 밀쳐 올리든가, 딱딱한 가지 끝을 부풀게 하면서 수없이 많은 새로운 새싹들이 모두 바깥 구경을 하고 싶어 야단들이었습니다. 그리고 다른 것들보다 먼저 땅 위에 얼굴을 내민 풀꽃들은 나를 보라는 듯, 싱싱한 얼굴을 쳐들고 열심히 자라나고 있었습니다.

모든 것이 활기차고 모든 것이 상쾌해 보였으며, 그것을 보는 코
페르니의 마음도 더할 나위 없이 상쾌해졌습니다. 그러고 보니 슬
슬 두터운 스웨터를 벗어 버려도 되는 때가 됐나 봅니다. 이제 학
교운동장에는 축구를 하느라 지르는 친구들의 고함소리며, 공을
뻥뻥 차올리는 소리가 시끄럽게 울릴 날도 멀지 않았습니다.

이렇게 봄내음을 맡으며 걷던 코페르니는 뜻밖에 나뭇잎이 쌓인
마당 한 구석에서 흙투성이가 된 야구공을 발견했습니다.

'이것 봐! 지난 가을에 잃어 버리곤 아무리 찾아도 없던 공이
여기 있네!'

코페르니는 웃으면서 그 공을 주웠습니다. 공은 지난 가을 여기
에 굴러들어왔다가 긴 겨울을 나무들과 함께 지낸 것입니다. 가만
히 놓여 있는 공 위로 몇 번인가 눈이 쌓였고, 그래서 아무에게도
보이지 않았다가 따뜻한 날씨에 눈이 녹아 그 모습을 드러낸 것입
니다. 코페르니는 공을 집어들고 새삼 '정말 겨울이 다 지나갔구
나!'하는 생각을 했습니다.

그리고는 갑자기 떠오른 것이라도 있는지 조그마한 꽃삽을 들고
서 음지에서 싹을 내민 화초를 양지 쪽으로 옮겨 심어 주었습니다.
같은 수선화인데도 양지 쪽에 있는 것은 벌써 꽃을 피웠는데, 응달
에 있는 것은 아직 봉오리도 맺지 못하고 있었습니다. 코페르니는
마당을 왔다 갔다 하면서, 제대로 자라지 못한 화초들을 눈에 띄는
대로 따뜻한 곳으로 옮겨 심어 주었습니다.

'이젠 없나?'하고 코페르니가 두리번거릴 때였습니다. 조금
전 야구공이 놓여 있던 곳 가까이에 뾰족히 떡잎을 내민 화초의
싹이 눈에 들어왔습니다.

'아, 저기 또 하나 있네!'

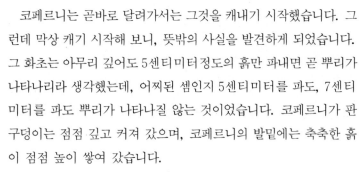

　코페르니는 곧바로 달려가서는 그것을 캐내기 시작했습니다. 그런데 막상 캐기 시작해 보니, 뜻밖의 사실을 발견하게 되었습니다. 그 화초는 아무리 깊어도 5센티미터 정도의 흙만 파내면 곧 뿌리가 나타나리라 생각했는데, 어찌된 셈인지 5센티미터를 파도, 7센티미터를 파도 뿌리가 나타나질 않는 것이었습니다. 코페르니가 판 구덩이는 점점 깊고 커져 갔으며, 코페르니의 발밑에는 축축한 흙이 점점 높이 쌓여 갔습니다.

　어두컴컴한 구덩이 안에는 끝만이 약간 푸른 줄기가 가냘프게 뻗어 있었습니다. 10센티미터, 11센티미터, 12센티미터, 코페르니는 열심히 파내려 갔습니다. 그러나 뿌리는 좀체 나타나지 않았습니다. 15센티미터를 넘어 서자 코페르니는 조금씩 흥분이 되었습니다.

　'이 한줄기 조그마한 풀이 이렇게 깊은 땅속으로부터 흙을 뚫고 용케도 얼굴을 내밀었군!'

　코페르니는 어느새 조그마한 풀을 보고 감탄하기 시작했습니다. 20센티미터 남짓 팠지만, 아직 뿌리에는 도달하지 못했습니다. 코페르니는 짐짓 놀란 표정으로 가느다랗게 뻗친 그 줄기를 바라보았습니다. 그것은 화초로 보이기보다는 오히려 파뿌리에 가까왔습니다.

　'그런데 여기까지 자라기 위해 도대체 며칠이나 걸렸을까? 적어도 열흘이나 보름 사이에 이렇게 자랄 수는 없었을텐데.'

　그렇다면 아직 땅에 눈이 남아 있을 때부터 이 풀은 봄이 가까와 온다는 걸 알고 서서히 땅속에서 싹을 내밀기 시작한 게 틀림없었습니다. 그리고는 캄캄한 흙속에서 조금씩 조금씩 쉬임없이 뻗어나와, 요며칠 사이에 겨우 지상에 얼굴을 내민 것이었습니다.

'참 끈질긴 놈이군!'

누구도 보지 않는 곳에서 잠자코 이만큼의 노력을 계속했다는 걸 생각하니, 코페르니는 뭔가 가슴이 뿌듯해옴을 느꼈습니다. 이 기묘한 모습을 한 풀은 더 이상 코페르니에게 평범한, 그래서 어찌돼도 상관이 없는 그런 풀이 아니었습니다.

'참 잘했어, 잘한 일이야!'

코페르니는 마음 속으로 이렇게 소리를 지르며 다시 계속해서 흙을 팠습니다. 30센티미터 남짓 파고 나니 마침내 뿌리가 나타났습니다. 그것이 수선화의 구근이라는 걸 코페르니는 금새 알아 볼 수 있었습니다.

'어쩌다 이렇게 깊은 곳에 수선화 구근이 묻혀 버렸을까?'

그것은 코페르니도 알 수 없는 일이었습니다. 그러나 그렇게 깊은 곳에 묻혔지만 이 구근은 죽지 않았습니다. 그리고 생명이 있었기 때문에, 두터운 흙밑에서 바깥과 차단당해 있으면서도 역시 태양의 열을 느꼈으며, 봄이 가까와지자 눈을 내서 밝은 지상을 향해 뻗지 않고는 못 배겼던 것입니다.

코페르니는 이 기묘한 수선화를 들어내 보았습니다. 30센티미터나 되는 걸 보니 땅 위에서 꽃을 피우고 있는 수선화와 거의 같은 키였습니다.

그런데 누가 보아도 수선화 같지가 않았습니다. 흰 줄기 부분은 아무리 보아도 파줄기이고 그저 약간 초록으로 물들인 머리부분만 겨우 수선화 잎사귀처럼 보였을 뿐입니다. 그나마 수선화라고 생각하고 봐야, 그렇게 보일 정도였습니다. 코페르니는 이 우스꽝스런 모습을 한 수선화를 다른 친구들이 어깨를 나란히 하고 햇볕을 쪼이고 있는 곳 옆에다 옮겨 심어 주었습니다. 구덩이를 깊이 파서 흰 부분은 본래대로 흙 밑으로 숨겨 주었습니다.

다른 수선들은 마치 물에 씻은 듯 산뜻한 초록색 잎을 시원스
럽고 또 보기좋게 뻗친 채, 진노랑색의 꽃송이를 반쯤 피워 놓고
있었습니다. 그와 달리 새로 옮겨 심은 수선화의 싹은 정말로 애처
롭게 보였습니다.

그렇지만 코페르니에게는 땅속에 묻혀 있는 그 하얀 줄기가, 흙
을 뚫고서 꼭 눈앞에 보이는 것만 같았습니다.

'그렇다! 그런 깊은 곳이지만 저놈은 뻗어나오지 않고는 배길
수가 없었던거야!'

코페르니는 다시 한번 감탄했습니다.

3센티미터밖에 안되는 초록색 싹으로 뻗어나오지 않고는 못 배
겼던 그 힘은 흘러 넘쳐서 이 조그마한 풀의 머리를 반듯하게 쳐들
어 주고 있었습니다.

그런데 무심코 눈을 들어 보니 그 솟구치는 생명력은 단풍나무에
도, 대추나무에도, 아니 모든 나무와 꽃들 사이에서 일제히 움직이
는 것이었습니다.

코페르니는 흙투성이가 된 손을 털지도 않고서 따뜻한 햇빛 속에
마냥 서 있었습니다. 가슴이 흐뭇한 느낌으로 가득 부풀어 올랐습
니다. 뻗어나지 않고는 못 배기는 힘이 코페르니의 몸속에서도 움
직이고 있었던 것입니다.

그날 밤, 꿈도 없는 편안한 잠을 자다가 코페르니는 갑자기 눈을
떴습니다. 방안은 캄캄했습니다. 모든 세상이 아직 잠들어 있는지
조용하기만 할 뿐, 아무 소리도 들려오지 않았습니다.

코페르니는 어둠 속에서 눈을 뜬 채 한참을 그대로 누워 있었습
니다. 편안하게 자고 난 뒤라서 그런지 조금도 부족함이 없고 포근
한 기분이었습니다.

'몇 시쯤 되었을까?'

둘러보았더니 창문으로부터 스며드는 빛이 뿌옇게 번지고 있었습니다. 동이 막 틀 무렵의 새벽이었습니다.

코페르니는 자리에서 일어나서 늘어지게 기지개를 켜 보았습니다. 그리고는 안방에서 주무시는 어머니가 깨지 않도록 조심스럽게 창문을 열었습니다. 밖에는 짙은 안개가 끼어 있었으며, 싸늘하고 눅눅한 아침 공기가 코페르니의 얼굴을 스치면서 방안으로 흘러들어왔습니다.

해는 아직 뜨지 않았습니다. 창가에서 보이는 뜰의 나무도, 옆집 지붕과, 멀리 보이는 나무들도, 전신주도 모두가 새벽녘의 희뿌연 안개에 휩싸여 아직 잠에서 덜 깬 모습이었습니다.

문득 코페르니는 어디선가 뻐꾸기 우는 소리를 들은 듯한 느낌을 받았습니다. 아니, 느낌만이 아니었습니다. 귀를 기울이고 다음 소리를 기다렸더니 한참 만에 멀리서 아련하게 또 한 번 소리가 들려왔습니다. 그리고는 계속해서 일정한 사이를 두고 맑고 청아한 소리가 들려왔습니다. 어디에 있는지 모습은 보이지 않고, 깊은 안개 속으로부터 소리만이 상쾌하고 아름답게 퍼져가고 있었습니다. 누구에게 들어 달라고 하는 것이 아니라, 그저 자신의 소리를 스스로 즐기면서 즐겁게 노래하고 있는 듯이 생각되었습니다. 한번 울 때마다 멀리 사라져가는 자신의 소리에 조용히 귀를 기울이고 있는 뻐꾸기의 모습을 상상하며, 코페르니도 창문에 기댄 채 한참 동안 귀를 기울이고 서 있었습니다.

그리고 잠시 후 코페르니는 책상 앞에 앉아서, 어머니가 사다 주신 새 수첩을 꺼내 만년필로 무엇인가를 쓰기 시작했습니다.

삼촌

나도 오늘부터 이 수첩에 나의 생각들을 적어 나가기로 했습니다.

삼촌의 수첩이 내게 말하며 들려 주는 형식으로 쓰여졌듯이, 나도 삼촌에게 말하는 것처럼 쓰도록 하겠습니다.

삼촌의 수첩, 여러 번 되풀이해서 읽었어요. 내게는 아직 어려운 내용도 있었지만, 그래도 빠짐없이 몇 번이고 거듭해서 읽었어요.

가장 마음을 움직였던 것은 물론 아버지의 말씀이었습니다. 나에게 '인간'으로서 훌륭한 인간이 되어 주었으면 하는 것이 돌아가신 아버지의 마지막 바램이었다는 사실을 나는 절대로, 절대로 잊지 않을 작정입니다.

삼촌 말대로 나는 소비전문가로서 무엇하나 생산하고 있지 않습니다. 용식이와 달라서 나는 지금 뭔가 생산하려고 해도 아무것도 해낼 수가 없어요. 하지만 앞으로 훌륭한 인간이 된다는 것은 할 수 있는 일입니다. 스스로 훌륭한 인간이 되어서, 훌륭한 사람을 한 사람 이 세상에 내보내는 일은 나도 할 수 있습니다. 그리고 그런 결심을 한 이상, 그보다 나은 것을—아마도 사람다운 사람들 사이의 관계로 이루어지는 세상을 만들어 내는 일도 그 하나겠지요—생산할 수 있는 인간도 될 수 있다고 생각합니다.

여기까지 쓰고 코페르니는 잠시 손을 놓았습니다. 안개 속 저 멀리서 자동차들이 지나가는 소리가 들리기 시작했습니다. 벌써 세상 사람들이 활동을 시작한 것입니다.

코페르니는 다시 창밖을 내다 보았습니다. 동쪽 하늘이 벌써 많이 밝아졌습니다. 그 하늘 밑에는 수많은 건물과 집들이 있고, 또 그 안에는 몇 백만이나 되는 사람들이 일어나서 하루 일을 시작하려 하고 있습니다.

용식이도……. 아니, 용식이는 벌써 일어나서 지금쯤은 간밤에 어질러진 방을 청소하고 있을 것입니다. 코페르니의 눈에는 민수네의 그 수풀 우거진 큰 저택이며, 그 속에 사는 민수와 민혜 누나의 모습이 떠올랐습니다. 진호가 잠자는 얼굴도 상상해 보았습니다. 좋은 친구들을 갖고 있어 행복하다는 생각이 문득 들었습니다. 코페르니는 또 수첩에다 무언가를 쓰기 시작했습니다.

나는 모든 사람들이 서로 좋은 친구가 되는 그런 세상이 와야만 한다고 생각합니다. 인류는 지금까지 진보해 왔으니까, 언젠가는 반드시 그런 세상을 만들게 되리라 나는 믿습니다. 그리고 나는 그런 세상으로 가는 데 꼭 필요한 사람이 되려고 생각합니다.

갑자기 주위가 환해졌기 때문에 코페르니는 얼굴을 들었습니다. 창문 가득히 햇빛이 비쳐 왔습니다. 태양이 안개를 밀쳐 내고 새로운 빛을 지상으로 던지기 시작한 것입니다.

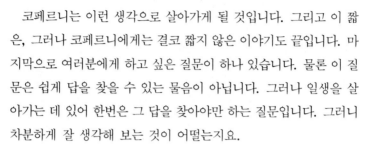

코페르니는 이런 생각으로 살아가게 될 것입니다. 그리고 이 짧은, 그러나 코페르니에게는 결코 짧지 않은 이야기도 끝입니다. 마지막으로 여러분에게 하고 싶은 질문이 하나 있습니다. 물론 이 질문은 쉽게 답을 찾을 수 있는 물음이 아닙니다. 그러나 일생을 살아가는 데 있어 한번은 그 답을 찾아야만 하는 질문입니다. 그러니 차분하게 잘 생각해 보는 것이 어떨는지요.

여러분은 어떻게 살 것입니까?

# 독자 여러분께 드리는 글

내가 코페르니를 알게 된 것은 지난 해 여름이었다. 명동성당의 한 귀퉁이에서 정권의 터무니없는 탄압과 스스로 선택한 굶주림에 맞서 힘겹게 싸우는 많은 선생님들과 함께 있을 때였다. 쏟아지는 궂은 소나기와 난폭한 뙤약볕에 번갈아 쫓기며, 이미 움켜쥔 희망과 닥쳐올지도 모를 고난 사이를 끊임없이 서성이고 있을 때였다. 나는 스치로폴이 깔린 비닐천막 안에서 아무렇게나 딩굴고 있던 한 권의 책으로, 끊임없이 쳇바퀴 돌 듯 거듭되는 머리 속의 '희망과 고난'에서 잠시라도 벗어나고 싶었다. 그렇게 잡은 책 속에서 나는 코페르니를 만났고, 몇 장 넘기지 않아 그가 빚어내는 이야기에 송두리째 마음을 사로잡히고 말았다.

그저 평범한, 그래서 이 땅의 어느 학교에나 있음직한 소년인 코페르니는 그 또래 특유의 솔직함과 쾌활함으로 책의 구석구석을 싱그럽게 채우고 있었으며, 마주치는 삶의 조각조각에서 진지한 사색과 성찰을 길어 올리고 있었다. 이웃과 사회를 향한 애정과 관심, 가난한 친구에게 보여주는 꾸밈없는 우정, 영웅에 대한 뜨거운 숭배는 말할 것도 없거니와 두려움을 이기지 못하고 드러내는 비겁함조차 이 땅의 청소년이 겪는 지극히 일상적인 삶의 모습이며, 코페르니는 그 모든 일을 겪으며 조금씩 성장해가고 있었다.

특히 삼촌의 수첩을 통해서 풀어 놓는 생각의 마디들은, 올곧은 삶이 무엇이고 어떻게 살아야 할 것인지를 이제 중학교 3학년인 코페르니와 이미 설흔이 넘은 선생인 나에게 자상하게 일러 주고 있었다. 자기 중심의 편협하고 이기적인 사고의 틀에서 벗어나 세상을 보아야 한다는 것에서부터 진보에 대한 흔들리지 않는 신념, 생산을 둘러싸고 맺어진 인간과 인간의 관계, 잘못을 딛고 새롭게 일어서는 인간의 위대함을 삼촌은 코페르니의 자잘한 일상에서 끌어내고 있었다.

더욱이 이 책이 쓰여진 때가 일본이 전쟁준비를 끝내고, 군국주의의 드센 군화발 아래 놓여 있었다는 것은 참으로 놀라운 사실이었다. 당시는 모든 진보적이고 양심적인 사람들에 대해 무자비한 탄압이 가해지고, 일하는 사람들은 몇몇 왕족과 군인들, 기업주들의 야욕으로 말미암아 최소한의 인간적 권리조차 거부당하는 상황이었던 것이다. 그럼에도 작가는 역사가 더 많은 사람들의 인간다운 삶을 향해 끊임없이 진보해 나간다는 신념을 자라나는 세대들에게 심어 주고자 뜨거운 열정으로 힘주어 말하고 있었다. 그것은 이미 50년이 지난 지금, 여기에서 일어나는 일과 조금도 다를 바가 없다. 다만 일본의 왕족과 군인, 기업주들이 한국의 정치권력과 자본가로, 작가 요시노 겐자부로가 수많은 선생님들로 바뀌어 있을 뿐이다.

이 소중한 책을 한꺼번에 읽은 다음, 나는 더욱 조바심치며 학교로 돌아가고 싶어 했다. 얼른 학교로 돌아가 아이들 앞에 '자, 여기 우리가 기다리던 책이 있다' 하며 불쑥 내밀고 싶었다. 그리고 꿈이 없는 국어책일랑 저만치 밀쳐 버리고 함께 머리를 맞댄 채 밤늦도록 삶을, 진실을, 역사의 진보를 이야기하고 싶었다. 그러나 끝내 나는 학교로 돌아가지 못했다. 1,500명도 넘는 다른 선생님들과

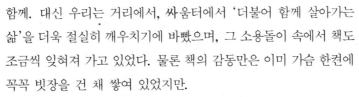

함께. 대신 우리는 거리에서, 싸움터에서 '더불어 함께 살아가는 삶'을 더욱 절실히 깨우치기에 바빴으며, 그 소용돌이 속에서 책도 조금씩 잊혀져 가고 있었다. 물론 책의 감동만은 이미 가슴 한켠에 꼭꼭 빗장을 건 채 쌓여 있었지만.

그런데 한참 뒤 우연한 인연으로 나는 이 책의 새로운 손질을 출판사로부터 요청받았다. 우리에게 절실히 와 닿지 않거나 걸끄러운 몇몇 내용을 손질해서 새롭게 단장을 입히자는 것이었다. 얄팍한 재주로 미루어 보아 쉽지 않은 일인지라 한사코 도리질을 쳤음에도 결국 책은 내 손에 떠넘겨졌고, 반 년 남짓 서랍 속에 그대로 잠겨 있었다. 무엇보다 손을 대는 것이 오히려 원작의 뜻을 해치거나 처음의 훌륭한 번역에 허물을 끼치지 않을까 하는 두려움 때문이었다. 그리고 그 두려움은 이미 돌이킬 수 없게 된 지금까지도 여전히 남아 있다. 다만 눈에 띄게 드러난 몇 부분을 대폭 다듬은 것으로 체면 치레를 했을 따름이다. 따라서 이 책의 못난 구석은 전적으로 나의 잘못이다.

끝으로 우여곡절 끝에 다시 나온 이 책은 당연히 역사의 진보를 흔들림없이 신뢰하는 이들과 고난 속에서도 묵묵히 일하는 이들의 것이다. 물론 참교육을 위해 기꺼이 해직을 감당하고 계시는 선생님들은 누구보다도 깊이 전진하는 역사를 신뢰하는 분들이며, 지금도 교실 한 귀퉁이를 차지하고 있는 주인임에도 불구하고 숨을 죽이며 지내는 우리의 청소년들은 이 시대의 가장 대표적인 민중이므로, 이 책은 의당 이분들의 것이기도 하다.

1990년 가을에
편저자.

# 원작에 관하여

지금 이 글을 읽고 있는 사람들은 아마 잔잔하지만, 그 어느 것에도 비길 데 없이 큰 감동을 경험하고 있으리라 생각합니다. 그리고 누군가에게 이 책을 권하고 싶다는 생각을 하고 계실 겁니다. 이 책은 많은 팬을 갖고 있습니다. 특히 마음이 맑고 깨끗한 사람들은 10명 중 8명 내지 9명이 이 책의 팬이 되는 것을 확인할 수 있었습니다. 그래서인지 이 책의 원작에 관한 문의가 출판사로 많이 옵니다.

당연히 밝혔어야 할 원작에 관하여, 굳이 출판관행에 어긋나면서까지 밝히지 않은 것은 사실은 저희 출판사로서 이 책을 아끼는 마음에서 였음을 밝혀 둡니다. 이 책은 일본에서 1930년대 발간된 『君たちはどう生きるか(여러분은 어떻게 살 것입니까)』라는 투박한 제목의 책을 원본으로 하고 있습니다. 저자도 유명한 철학자나 소설가가 아닌 편집자 출신의 요시노 겐자부로라는 사람입니다. 물론 저자가 일본 최고의 출판사이자 일본 지성을 대표하는 암파문고(岩波文庫, 이와나미 분고)의 편집인으로서 편집인들 사이에서 가장 존경을 받았던 인물이라는 것은 이처럼 감동적인 책을 쓴 저자의 경력으로서 모자람이 없다고 생각합니다. 다만 오래된 일본책이라는 형식적인 단점(?)이 혹, 이 책을 독자들의 손에 잡히게 하는 데 부정적인 역할을 할지도

모른다는 단순·소박한 생각이 들지 않을 수 없었습니다.

그러나 많은 독자들이 문의를 겸한 질타를 통하여 저희 출판사의 잘못된 방침에 대하여 지적해주시는 것을 보면서, 이렇게 5쇄에서나마 저자와 원제를 밝히게 되었습니다. 적어도 이렇게 뛰어난 이야기를 독자들에게 들려줄 수 있는 사람이라면 당연히 독자의 찬사를 직접 들어야 한다는 생각도 없지 않았습니다. 물론 좋은 책을 괜히 손을 대서 망치는 것이 아닌가 하는 우려를 말하며 편역작업을 고사하다 저희 출판사의 억지에 못이겨 원작의 감동을 그대로 살리면서 우리의 이야기로 만들어주신 김상옥 선생님의 노고도 당연히 찬사의 대상이 되어야 한다고 생각합니다. 원작도 저자가 살아있는 동안은 끊임없이 시대상황에 맞게 바꾸고 있음을 볼 때, 이 책을 편역 형태로 발간하는 것은 가장 바람직한 형태가 아닌가 하는 생각도 해 봅니다.

마지막으로 최근 저희 출판사 편집부원 한 사람이 일본을 방문했을 때 생긴 작은 일화 하나를 소개할까 합니다. 동경대 정문앞의 유일한 대학서점에서, 교재 이외에는 별다른 책을 구비해 놓지 않은 작은 서점에서 이 책의 원본이 잘 진열되어 있는 것을 보게 되었습니다. 순간 '동경대생들 중에도 이 책의 팬이 많은가 보다!' 하는 생각으로 정말 기뻐했다고 합니다.


1994. 4. 5
나라사랑 편집부